Fränkisches Gwerch

Petra Kirsch, im oberbayerischen Wintershof bei Eichstätt geboren, ist promovierte Literaturwissenschaftlerin. Nach ihrem Studium in München war sie zunächst als Lokalreporterin und Nachrichtenredakteurin bei Presse und Funk tätig, schließlich als Textchefin und Pressesprecherin. Heute lebt die Autorin in Nürnberg.

Dieses Buch ist ein Roman. Handlungen und Personen sind frei erfunden. Ähnlichkeiten mit lebenden oder toten Personen sind nicht gewollt und rein zufällig.

PETRA KIRSCH

Fränkisches Gwerch

FRANKEN KRIMI

emons:

Bibliografische Information der Deutschen Nationalbibliothek
Die Deutsche Nationalbibliothek verzeichnet diese Publikation
in der Deutschen Nationalbibliografie; detaillierte bibliografische
Daten sind im Internet über http://dnb.d-nb.de abrufbar.

© Emons Verlag GmbH
Cäcilienstraße 48, 50667 Köln
info@emons-verlag.de
Alle Rechte vorbehalten
Umschlagmotiv: Holger Leue/Lookphotos
Umschlaggestaltung: Nina Schäfer, Tobias Doetsch
Gestaltung Innenteil: César Satz & Grafik GmbH, Köln
Lektorat: Hilla Czinczoll
Druck und Bindung: Books on Demand GmbH, Norderstedt
Printed in Germany
ISBN 978-3-7408-0188-5
Franken Krimi
Originalausgabe

Unser Newsletter informiert Sie
regelmäßig über Neues von emons:
Kostenlos bestellen unter
www.emons-verlag.de

Die automatisierte Analyse des Werkes, um daraus Informationen
insbesondere über Muster, Trends und Korrelationen gemäß
§ 44b UrhG (»Text und Data Mining«) zu gewinnen, ist untersagt.

Für Paul Zankl alias Siggi Merkl

Eigentlich bin ich ganz anders,
nur komme ich so selten dazu.

Ödön von Horváth,
»Zur schönen Aussicht«

EINS

Hinter dieser Tür lauerte der Feind.
Zögerlich griff sie nach der Klinke, holte tief Luft und stieß dann die Tür nach innen auf. Ihre Strategie: gar nicht erst hinsehen, einfach ignorieren. Zumal an diesem hellen, ja geradezu aufdringlich grellen Augustsonntagmorgen. Das hatte bisher auch ganz gut geklappt.
Heute nicht.
Nachdem sie die Hautcreme aufgetragen, einmassiert und dabei die ganze Zeit die Kacheln über der Badewanne, und nur die Kacheln, fest ins Visier genommen hatte, warf sie, einer jahrzehntelangen Gewohnheit folgend, einen kurzen prüfenden Blick in den Badezimmerspiegel über dem Waschbecken. Sie sah sofort wieder weg. Doch da war es schon zu spät.
Abrupt verließ sie das Bad, ging in die Diele, schaltete das Deckenlicht an, blähte vor dem Ankleidespiegel die Wangen leicht auf und betrachtete sich im rechten Profil, ihrer Schokoladenseite. Wenn sie jetzt noch die Bauchmuskeln ein wenig anspannte, war es gar nicht so schlimm.
Paula Steiner, ledig, Kriminalhauptkommissarin beim Polizeipräsidium Mittelfranken, war jetzt fünfundfünfzig. Bis vor Kurzem hatte es keinen Grund gegeben, über ihren Körper zu klagen. Er war in Ordnung, mal mehr, mal weniger. Er war einfach da, eine Selbstverständlichkeit, über die sie nie ein Wort verlor. Er wurde akzeptiert.
Das hatte sich geändert. Schleichend. Vereinzelt ein paar graue Haare, die im letzten halben Jahr dazu übergegangen waren, im Stirnbereich ganz die Vorherrschaft zu übernehmen. Dann der kleine Bauchansatz – und das ihr! Ihr, die es bisher immer als eine Gnade ihrer Gene erachtet hatte, dass sie nie besorgt auf die Waage im Badezimmer gestiegen war. Und jetzt das! Sie wusste nicht einmal, wie es dazu gekommen war. Kein Tropfen Alkohol mehr als die Jahre zuvor. Also fast keinen. Auch nicht mehr gegessen. Wobei … gut, man merkt sich nicht

unbedingt alles. Die vielen Geburtstage und Dienstjubiläen im Präsidium in den vergangenen Monaten … Und jedes Mal, immer, immer, immer, wurden einem bei solchen Anlässen irgendwelche Kuchen- und Tortenstücke aufgenötigt. Das konnte man doch nicht ausschlagen.

Ihre Kollegin Eva Brunner, die mit dem gleichen Problem wie sie zu kämpfen hatte, dabei aber wesentlich jünger war, machte seit Kurzem als Gegenmaßnahme jeden Tag fünfzig Sit-ups. Fünfzig! Paula hatte dieses Programm mit Interesse verfolgt, dabei aber keinen offensichtlichen Erfolg feststellen können. Heinrich Bartels, auch er hatte in den letzten Jahren etwas zugelegt, ging jetzt zweimal in der Woche in ein Fitness-Studio. Und sie selbst? Sie hatte nicht vor, auf die unfeinen Entwicklungen ihres Körpers mit einer Dressur zu reagieren. Sie fand das unwürdig.

Paula Steiner machte keine Diät und quälte sich nicht mit Sport. Sie hatte keine Lust zu joggen. Sie hatte keine Lust auf Dinner-Cancelling. Sie hatte Lust auf Wein und – ja, auf Kuchen, Schokolade und ein Fünf-Minuten-Ei zum Frühstück, plus einer dick mit Butter bestrichenen Scheibe Weißbrot. Sie tat das in ihren Augen einzig Vernünftige: Sie verbannte die Personenwaage in den Keller und warf die zu eng gewordenen Kleidungsstücke in die Altkleidersammlung. So und nur so erstickte man jeglichen Ärger und Selbstzweifel schon im Ansatz.

Paula Steiner war noch nie besonders eitel gewesen. Im Grunde störte sie die kleine Wölbung nicht über die Maßen. Aber jetzt die Falten, das war zu viel. Eine tiefe Furche mitten auf der Stirn, dann diese widerwärtig aufplissierten Fächerfalten an den Wangen und – besonders hässlich – die klitzekleine kranzförmige Runzelpartie um den Mund, die sich, wie es schien, von Tag zu Tag schärfer in die Haut einbrannte.

Und dann gab es die wirklich schlimmen Tage, an denen über Nacht neue Falten dazukamen, nämlich da, wo bisher keine gewesen waren. Seitdem vermied sie es, in den Badezimmerspiegel zu sehen. Gut, dass es in ihrer Wohnung noch einen weiteren Spiegel gab. Ebenjenen in der Diele, und sie wusste nicht, warum, aber in dem sah sie immer viel dünner und viel jünger aus. Auf jeden Fall nicht wie fünfundfünfzig.

Deswegen musste der Badezimmerspiegel weg. Er würde wie die Badezimmerwaage ins tief gelegene Exil verbannt werden, und zwar sofort. Solche wichtigen Entscheidungen sollte man nicht auf die lange Bank schieben. Also zurück ins Bad, den Spiegel aus der Wandverankerung mehr gezerrt als gehoben, unter den rechten Arm geklemmt und … Sie hatte die Klinke der Wohnungstür bereits in der Hand, da klingelte ihr Handy, das auf dem Dielenschränkchen lag.

Sie griff mit der linken Hand danach und sagte unwirsch: »Ja, bitte. Was ist denn?«

Es war Matthias Breitkopf vom Kriminaldauerdienst. Der Fünfundsechzigjährige, der in zwei Monaten in Pension gehen würde, war einer ihrer Lieblingskollegen. Auch er jemand, der, seit sie ihn kannte, mit Gewichtsproblemen kämpfte und diesen Kampf immer mit Bravour verloren hatte.

»Erst mal einen recht guten Morgen, meine liebe Paula. Es ist«, bediente er sich ihrer Formulierung mit einem Lächeln, das sie durch das Telefon deutlich wahrnehmen konnte, »dass du ja heute Bereitschaftsdienst hast. Und weiter ist, dass wir eine weibliche Leiche haben. Spurensicherung, Gerichtsmedizin und Staatsanwalt sind schon informiert und müssten alle bereits vor Ort sein. Vor einer Viertelstunde kam ein anonymer Anruf, dass –«

»Wo?«, unterbrach sie ihn ungeduldig.

»Im Lorenzer Reichswald. Um genau zu sein, auf der Russenwiese bei dem Tiefen Graben, also auf dem westlichen Teil der Lichtung. Weißt du, wo das ist? Kennst du dich da aus?«

»Ja, ungefähr. Das kann ja nicht so kompliziert sein. Ich werde das schon finden.«

»Gut. Dann brauchst du von mir im Moment keine weiteren Angaben, oder?«

Sie verneinte und beendete das Gespräch. Mit einem kleinen Seufzer stellte sie den Spiegel vor dem Dielenschränkchen ab und zog sich so hastig wie achtlos an.

Mit einem Einsatz an diesem Bereitschaftswochenende hatte sie nicht gerechnet. Ein Mord im August, wo die halbe Stadt im Urlaub war und die andere Hälfte ins Freibad drängte oder auf der Terrasse lag, zumal an so einem sonnigen Tag? Das galt in der Statistik als Ausnahme. Zwar geschah im Großraum Nürnberg fast jeder zweite Mord tatsächlich zwischen Freitagabend und Sonntagmitternacht, aber meist nicht im Freien, sondern in der Wohnung des Täters oder des Opfers.

Als sie vor die Haustür trat, strahlte die Sonne über der Stadt. Der Asphalt dampfte dezent vor sich hin, das Firmament flimmerte in hellem Babyblau, und eine leichte Brise spielte mit ihrem Haar. Noch war die Luft frisch, trocken und von freundlicher, maßvoller Wärme. Ein heiterer Frühlingstag mitten im Hochsommer. Ein Geschenk des Himmels.

Der Ärger mit dem widerspenstigen Spiegel war vergessen, Paula Steiner lief zufrieden, ja frohgemut den Maxtorgraben entlang und wurde mit jedem Schritt euphorischer. Kurz nachdem sie das Labenwolf-Gymnasium links hinter sich gelassen hatte, rief sie laut: »Charly, ich komme!«

Fast ein ganzes Jahr hatte sie gebraucht, um ein passendes Nachtquartier für ihn zu finden. Es sollte doch einigermaßen bezahlbar und gleichzeitig noch bequem fußläufig zu erreichen sein. Seitdem parkte der teure Spritfresser in der Mitte einer Dreierkette von Fertiggaragen in der Maxtormauer nahe dem Rathenauplatz.

Als sie das unansehnlich verwitterte Blechschwingtor hochgezogen hatte, war sie, wie immer, wenn sie lange nicht gefahren war, regelrecht entzückt von der schnittigen Eleganz ihres Porsche Carrera, von seiner alterslosen klassischen Schönheit. Und auch davon, dass dieses Objekt allseitiger Begierde ihr gehörte. Sie konnte der Versuchung nicht widerstehen, ihm zweimal sanft auf die Heckklappe zu klopfen, so sehr freute sie sich auf die Fahrt in den Nürnberger Osten. Auf die ungewohnt leeren Straßen, auf den satten Donnerhall unter der Motorhaube. Und auch auf die bewundernd-anerkennenden Blicke unterwegs.

★★★

Kurz nach neun Uhr bog sie von der Valznerweiherstraße rechts ab. Leider hatte das mit den bewundernden Blicken bislang nicht geklappt – weder die wenigen Autofahrer, die zu so früher Stunde unterwegs waren, noch einer der Fußgänger hatten anerkennend aufgesehen, als sie an ihnen vorbeirollte. Oder zumindest überrascht. Und dabei war sie doch extra langsam gefahren.

Nach vierhundert Metern auf einer unbefestigten Forststraße winkte sie ein höchstens fünfundzwanzigjähriger Streifenbeamter – mittelgroß, sehr blond, eine stramm auf den schmalen Leib gebügelte Uniform, die rechte Hand spielte mit der Dienstwaffe – zu sich heran. Sie schaltete den Motor aus, nannte ihren Namen und Dienstrang, kramte dann den Dienstausweis aus ihrer Handtasche und hielt ihn ihm entgegen.

»Gut, dann dürfen Sie passieren«, beschied ihr der Beamte herablassend, nachdem er ihren Ausweis eingehend studiert hatte.

»Wie weit ist es denn noch zum Fundort?«

»Das darf ich Ihnen nicht sagen. Das müssten Sie doch selbst wissen«, sagte der Polizist tadelnd. »Das muss Ihnen ja der KDD mitgeteilt haben. Oder sind Sie etwa gar nicht befugt zur Tatortbefundaufnahme? Zeigen Sie mir noch mal Ihren Dienstausweis.«

Als sie unbeeindruckt von dieser Aufforderung den Motor starten wollte, fügte er drohend hinzu: »Sie werden hier so lange warten, bis ich Ihre Personalien bei meinem Dienststellenleiter gegengecheckt habe. Haben Sie mich da verstan–«

Wenn sie so jung sind wie dieser Blondschopf mit dem aufreizend glatten, faltenlosen Teint, dachte Paula, erfüllt sie es noch mit Stolz, eine Uniform tragen zu dürfen. Und wenn dann noch eine kräftige Portion Dummheit dazukommt, wie es bei diesem Grünschnabel der Fall zu sein scheint, entsteht diese konfliktträchtige Mischung aus Wichtigtuerei und Überheblichkeit. Schon von daher hatte sie lieber mit älteren Streifenbeamten zu tun.

»So, Herr Kollege«, unterbrach sie ihn, »ich habe Ihnen eine Dienstanweisung in Form einer Frage gestellt, die zu beantworten nicht allzu schwierig sein sollte, auch für Sie nicht. Nämlich entweder mit ›Ja, ich weiß es‹ oder mit ›Nein, ich weiß es nicht‹. Oder, dritte Möglichkeit: ›Ich weiß es, sag es Ihnen aber nicht.‹ Letzteres würde ich«, betonte sie, »als vorsätzliche Verweigerung einer Befehlsgebung deuten, die, wie Sie vielleicht wissen, innerdienstlich sanktioniert werden kann. Wenn Sie mit der Fundortsicherung überfordert sind, müssen Sie es mir nur sagen. Dann lass ich Sie hier augenblicklich abziehen. Für mich ist das kein Problem. Das geht ganz fix. Also, was ist jetzt?«

Nach einer kurzen Bedenkzeit presste der Beamte, dessen Gesicht nun in einem hellen, ungesunden Flammrot leuchtete, schließlich hervor: »Weit ist es nicht mehr. Circa zweihundert Meter. Immer geradeaus.«

Wortlos startete sie den Motor und gab Gas. Im Rückspiegel sah sie, wie ihr Kontrahent ihr einen grimmigen Blick hinterherschickte. Und wenn sie sich nicht täuschte, war darin neben dem Ärger, von ihr bloßgestellt worden zu sein, auch eine Spur von Bewunderung, die aber sicher nicht ihr galt. Sondern ausschließlich ihrem orangefarbenen Begleiter.

Wenig später stellte sie den 911er hinter drei Einsatzwagen ab, die in ihrem blau-silbrigen Streifenmuster mit dem Himmel und der planen, langweiligen Kies-, Wald- und Wiesenödnis zu verschmelzen schienen. Der Lorenzer Reichswald, an dessen Südwestseite sich die Russenwiese schmiegte, wurde von keiner Siedlung unterbrochen. Nichts als Bäume, Waldwege, Moos und ab und zu ein Schild oder ein Wanderzeichen zur Orientierung.

Weiter vorn parkte der Citroën von Dr. Frieder Müdsam, dem Gerichtsmediziner. Obschon seit einiger Zeit im Ruhestand, sprang er immer noch gelegentlich, vor allem an den Wochenenden, für seine Kollegen ein. Und das, obwohl er bei seinem offiziellen Abschied mehrfach verkündet hatte, ihn werde man in der Tetzelgasse nicht wiedersehen. Die Zeiten seien ein für alle Mal und unwiderruflich vorbei. Man solle gar nicht versuchen, ihn umzustimmen.

Gut, dass er seine Meinung geändert hat, dachte Paula,

als sie den Wagen absperrte. Sie freute sich jedes Mal, wenn sie ihn so unverhofft wie heute Vormittag antraf. Vor allem dann, wenn sie eine länger währende Kooperation mit seinem Nachfolger, diesem arroganten Klugscheißer Dr. Grath, hinter sich hatte.

Als sie sich dem Menschenknäuel aus Schutzpolizisten, Kriminaltechnikern, Staatsanwalt und Bestattern näherte, hob Müdsam die Hand zum Gruß. Sie winkte lebhaft zurück und marschierte direkt auf ihn zu.

»Schön, dass du da bist und nicht einer von den anderen«, sagte sie statt einer Begrüßung.

»Das kann ich nur zurückgeben, Paula«, erwiderte er mit einem tiefen Lächeln. Es folgte ein besorgter Blick auf ihre Sandalen und auf die nackten Unterschenkel: »Hm, das ist jetzt nicht ganz die optimale Bekleidung für deinen Einsatz hier.«

»Warum?«, fragte sie. »Was soll daran verkehrt sein?«

»Verkehrt ist nichts, aber der Leichnam liegt sehr ungünstig.« Er deutete mit der Hand nach links, zum Tiefen Graben, in dieser Jahreszeit nur ein spärliches Rinnsal hinter einer Allee aus Schlehen, Holunderbüschen und Wildkirschen, die den Weg säumten.

»Schau, mitten in dem hohen Gras. Und derzeit ist Zeckenalarm. Die Biester sind wieder sehr aktiv und aggressiv. Aber vielleicht mach ich mir ja grundlos Sorgen, und du bist dagegen geimpft?«

»Nein«, antwortete sie. »Aber ich werde mich da drin ja nicht stundenlang aufhalten.«

»Das ist doch keine Garantie!«, eiferte er sich. »Du musst dich hinterher genau absuchen, Paula. Versprich mir das. Du weißt doch, wie gefährlich so eine Borreliose —«

»Ja, ja«, unterbrach sie ihn schnell, »das mach ich schon. Ich schau mir jetzt erst mal die Tote an. Du kannst ja so lange hierbleiben, auf sicherem Terrain. Und dann sagst du mir, was du herausgefunden hast. Oder gibt es dazu noch nichts zu sagen?«

»Doch, schon. Aber ich gehe mit dir, erstens bin ich geimpft, und zweitens trage ich«, er wies auf seine Hosenbeine, worüber weiße Arztsocken bis zu den Waden hochgezogen waren, »im

Gegensatz zu dir die passende Kleidung für ein solch zeckenvermintes Gelände.«

Dann drehte er sich um und marschierte auf dem Kiesweg voran. Sie folgte der weißen Strahlkraft seiner Socken. Und wunderte sich, dass ausgerechnet er, ein Mediziner, der jahrzehntelang einen professionell unerschrockenen Umgang mit seinen oft schlimm zugerichteten Mordopfern gepflegt hatte, eine so offensichtliche Angst an den Tag legte. Angst vor winzigen Spinnentierchen, die um ein Vielfaches größer sein musste als die Furcht, sich in diesem Aufzug vor den anderen lächerlich zu machen.

Am Rand der Russenwiese blieb er stehen und zögerte. Sie schlüpfte an ihm vorbei, sprang über den Bach und schlurfte den kurzen Trampelpfad entlang, bis sie vor der Toten stand. Dort drehte sie sich um und sah zu Frieder, der immer noch auf dem Kiesweg ausharrte und ihren fragenden Blick ein wenig verlegen auffing.

»Ich bleibe doch lieber hier, Paula«, rief er ihr mit einem Achselzucken zu. »Du brauchst mich ja nicht unbedingt dabei, oder?« Der Ton, in dem er seine Frage stellte, enthielt die Hoffnung auf ein klares Nein.

»Nein, dabei brauche ich dich nicht. Später schon.«

Die Frau vor ihr, die sie mit grünen, toten Augen anstarrte, war mittelgroß, Mitte bis Ende vierzig, spindeldürr und knochig. Sie hatte das Smartphone-Knie – das ultimative Charakteristikum extrem dünner Frauen, hatte Paula vor Kurzem im Feuilleton ihrer Tageszeitung gelesen. Wer es schaffte, beide Knie zusammenzudrücken, ein iPhone 6 quer darüberzulegen und damit beide Knie vollständig zu bedecken, der liege im Trend eines vor allem von sehr jungen Frauen favorisierten Schlankheitsideals. War dieses Smartphone-Knie genetisch bedingt oder das Ergebnis einer asketischen Lebensweise? Oder gar das Anzeichen für eine ausgeprägte Magersucht?

Natürlich hatte die Tote keinen Bauchansatz wie die Frau, die jetzt skeptisch auf sie herniedersah, sondern eine deutliche Innenwölbung in der Körpermitte. Ein hellbraunes Chiffonkleid mit kleinen weißen Tupfen ergoss sich von den Schultern bis unterhalb der Knie. Hellbraune Cowboystiefel aus Krokodillederimitat, halterlose transparente Nylonstrümpfe, die in dem hohen Gras seidenmatt schimmerten. Nylons im Hochsommer, und das bei einem Waldspaziergang?

Die ersten Anzeichen von Altersflecken auf den ringlosen, knotigen Händen. Dezente Schminke, ein selbst für diesen lang andauernden regenlosen Sommer unnatürlich tiefbrauner terrakottafarbener Teint, der auf regelmäßige Besuche in einem Sonnenstudio schließen ließ. Schulterlanges glattes aschblondes Haar, das zu einem lässigen Dutt am Hinterkopf hochgebunden und stellenweise mit hellen Strähnchen aufgehübscht war. Ihre Mutter würde diese Frau sicher als eine gepflegte Erscheinung bezeichnen, doch Paula Steiner sah in deren Aufmachung vor allem das Widersprüchliche. Hier der angestrengte Gouvernanten-Look, da das zwanghafte Streben nach Juvenilität.

Auch Paula Steiner erkannte den Aufwand, den einem ein solches Erscheinungsbild abverlangte. Und zollte dieser Anstrengung insgeheim durchaus ihren Respekt. Das war mit Sicherheit niemand, der in Erwägung gezogen hatte, seinen Badezimmerspiegel in den Keller zu verbannen. Diese Frau hatte den immerwährenden Kampf mit ihrem Abbild nicht wie sie gescheut, sondern ihn jeden Tag aufs Neue aufgenommen. Aber war sie auch überzeugt davon gewesen, ihn zu ihren Gunsten entschieden zu haben?

Paula war mit dem Scannen der Toten so beschäftigt gewesen, dass ihr erst jetzt, nach dieser eingehenden Musterung, die lang gezogene Delle oben auf dem Kopf auffiel. Ein kleiner Graben, wie mit dem Lineal auf dem Mittelscheitel gezogen, aus dem an beiden Seiten kleine Blutklumpen hervortraten. An den Nasenöffnungen hatte sich getrockneter blutig-wässriger Ausfluss gesammelt. Als Paula sich aufrichtete, verschwammen vor ihr Himmel und Wiese zu einem trüben Brei.

»Mit dir haben wir heute nicht gerechnet«, sagte Klaus Dennerlein. Der Kriminaltechniker stand auf einmal neben ihr. Sie hatte ihn nicht kommen hören. »Ich dachte, Heinrich hat an diesem Wochenende Bereitschaftsdienst.«

»Es geht ihm nicht gut«, antwortete sie. »Da bin ich halt kurzerhand für ihn eingesprungen.«

»Soso, aha. Das ist ja wieder typisch. Mir geht es übrigens heute auch nicht gut. Trotzdem bin ich da. Ich glaube, du lässt ihm zu viel durchgehen, vor allem in der letzten Zeit, Paula. Der tanzt dir doch richtig auf der Nase herum. Dass du dir das alles gefallen lässt! Ich würde dem an deiner Stelle endlich mal richtig Bescheid stoßen.«

Nicht nur, was er sagte, sprach für sein übergroßes Selbstbewusstsein, sondern auch, wie er es sagte. Klaus Zwo, Dennerleins Kollege, richtete neugierig den Blick auf sie beide.

Erstaunt sah sie zu Dennerlein auf. Bislang hatte er es vermieden – im Gegensatz zu manch anderem männlichen Kollegen –, sich in ihre inneren Angelegenheiten einzumischen. Das jetzt war neu – und brandgefährlich. Wenn man so etwas nicht augenblicklich richtigstellte, drohte das präsidiumsintern zur Gewohnheit zu werden. Dementsprechend launig fiel ihre Antwort aus.

»*Falls*«, betonte sie die Konjunktion, »ich, lieber Klaus, deinen Rat in Personalführung irgendwann einmal brauchen sollte, lasse ich es dich rechtzeitig wissen. Wobei ich mir ziemlich sicher bin, dass es so weit nicht kommen wird. Und bis dahin halten wir es so wie bislang auch: Du kümmerst dich um deine Angelegenheiten und ich mich um meine. Das hat nämlich bisher wunderbar geklappt. War das verständlich genug?«

»Sei doch nicht so zickig«, raunzte Dennerlein sie an. »Ich habe das doch nur gut gemeint.«

Inzwischen hatten auch zwei Streifenbeamte ihre Absperrarbeiten unterbrochen, wie sie aus den Augenwinkeln beobachten konnte, und horchten ganz unverhohlen ihrem Disput. Und dessen weiterem Verlauf. Das war spannender, als Absperrbänder aufzustellen.

Darum sagte sie sehr laut und bestimmt in Richtung der zwei Polizisten: »Ich bin nicht zickig, sondern konsequent. Und natürlich hoch professionell. Denn wenn ich zickig wäre, dann hätte ich dich, natürlich in aller Form, darauf hingewiesen, dass ich hier den Einsatz leite und du wie alle anderen nur dazu da bist, lieber Klaus, mir zuzuarbeiten. Und davon habe ich bis jetzt leider noch nichts gemerkt. Also, was hast du, der du ja schon so viel länger am Tatort bist, für mich?« Und sie rechnete es sich hoch an, ihre Frage sogar mit einem aufrichtigen Lächeln zu garnieren.

Einen kurzen Moment überlegte er. Es sah so aus, als wollte er den Ring noch nicht verlassen. Doch dann gab er sich geschlagen.

»Ja, eigentlich sehr viel. Wir wissen, wie die Tote heißt. Ida Glanz, siebenundvierzig Jahre, ledig, kinderlos, wohnhaft in der Neuweiherstraße. Das ist in Zabo, am Valznerweiher. Also ganz in der Nähe.«

»Dann hatte sie also ihren Personalausweis bei sich?«

Er nickte. »Ja. Genau wie ihren Geldbeutel und was man als Frau eben so bei sich hat auf einer Radtour.«

»Was hat man denn als Frau so bei sich, auf einer Radtour?«, fragte sie amüsiert.

»Na, den Schlüsselbund, Schminkzeug, Taschentücher, Tampons, einen Kamm, Handcreme, ein Spray für Heuschnupfenallergiker, eine Sonnenbrille, Kekse und ein Apotheken-Mäppchen mit Pinzette, Hansaplast und so einem Kram. Das weißt du doch besser als ich, Paula. Plus eine Trinkwasserflasche aus Aluminium, wie sie Wanderer immer mit sich führen. Die Flasche war übrigens leer. Das heißt: Die Tote muss schon eine Weile unterwegs gewesen sein, die war bestimmt schon auf dem Rückweg.«

»Auf einer Radtour, sagst du? Woher wisst ihr das? Habt ihr ein Fahrrad neben der Leiche gefunden?«

»Nicht neben der Leiche«, korrigierte Dennerlein sie, »sondern da auf dem Gehweg.« Er deutete mit dem Daumen nach rechts, zu dem Wiesenstück auf der gegenüberliegenden Seite.

»Wir gehen davon aus, dass es sich dabei um das Rad der Toten handelt. Es ist auf jeden Fall ein Damenfahrrad, ein richtig schweres Hollandrad. Nichts, was man so eben mal mit einer Hand in die Wohnung oder in den Keller transportieren kann«, sagte er, um gleich hinzuzufügen: »Vor allem, wenn man so ein zierliches Püppchen ist wie die.«

Ein Püppchen? Klaus schien das anerkennend zu meinen. Er hatte, das wusste Paula, ein Faible für sehr schlanke, ja dünne Frauen. Dass die Tote auch magersüchtig gewesen sein konnte, schien er nicht in Betracht zu ziehen.

»Ach, noch was in diesem Zusammenhang«, fuhr er fort, »eine Fahrradpumpe haben wir nicht gefunden. Zumindest bis jetzt nicht. Mag sein, dass keine dabei war. Kann aber auch sein, dass der Mörder sie an sich genommen hat, nachdem er sie als Tatwerkzeug benutzt hatte. Wir können weder das eine noch das andere ausschließen. Was wir außerdem gefunden haben, ist ein weißer Strohhut, der lag vor dem Rad.« Erneuter Daumenzeig nach rechts.

Sie folgte diesem Richtungsgeber, entdeckte aber keinen weißen, sondern einen cremefarbenen Strohhut. »Na, das ist doch schon mal was. Gut. Dann aber ist der Mord nicht in der Wiese selbst, sondern wahrscheinlich auf dem Wiesenweg passiert, oder?«

»Davon gehen wir aus, ja. Dafür sprechen auch die Schleifspuren auf dem Weg, die Klaus Zwo schon gesichert hat. Und hier die Spur, siehst du die?« Er drehte sich um die eigene Achse und zeigte auf das niedergedrückte Gras zu den Füßen der Toten. Der schmale Trampelpfad führte bis zu dem Bach. »Man hat sie wahrscheinlich erst über den Graben getragen, dann dieses kurze Stück da entlanggeschleift und schließlich hier abgelegt.«

»Komisch«, sagte Paula nach einer längeren Denkpause. »Demnach wäre der Mord direkt auf dem Weg passiert, vor aller Augen … Da ist der Mörder aber ein großes Risiko eingegangen. Es braucht doch bloß ein Wanderer oder ein Radfahrer vorbeizukommen. Das ist ja wie auf dem Präsentierteller hier. Der Weg ist in allen vier Himmelsrichtungen, und zwar schon von Weitem, gut einsehbar. Also, ich weiß nicht. Das kann ich mir nicht vorstellen. Bist du dir da auch si–«

»Ha«, triumphierend fiel Dennerlein ihr ins Wort, »hier ist doch nichts los am Wochenende, Paula. Der Lorenzer Reichswald ist nicht so überlaufen wie der Dutzendteich, der Marienberg oder andere Parks. Wer geht denn schon bei so einem schönen Wetter in dieses triste Waldstück, wo es nichts gibt als Bäume, schnurgerade Wege und dieses Gestrüpp? Oder fährt mit dem Rad? Das macht doch keiner.«

»Ich weiß nicht.« Sie zögerte noch. »Aber vorstellen kann ich mir schon, dass, wer die Ruhe und Abgeschiedenheit liebt, lieber hierher als zum Marienberg fährt, wo man sich vor allem am Samstag und Sonntag gegenseitig in die Quere kommt, gerade bei einem solchen –«

»Quatsch.« Ungehalten unterbrach Dennerlein sie erneut. »Wenn ich die Ruhe und Abgeschiedenheit liebe, dann bleibe ich daheim und mache es mir da gemütlich. Nein, nein, Paula, das siehst du falsch. Hier ist nicht nur am Wochenende absolut tote Hose.«

Sie war nicht überzeugt, stimmte ihm aber zu. »Mag sein, dass du recht hast. Habt ihr Hinweise darauf, dass die Tote in Begleitung war?«

»Nein, das können wir fast zu hundert Prozent ausschließen. Da gibt es nur die Spuren von ebendiesem Hollandrad, das hat Klaus Zwo schon eindeutig feststellen können. Keine weiteren Radspuren. Aber, und das ist jetzt richtig aufschlussreich, wir haben die Abdrücke von einem Schuhpaar. Und diese Abdrücke sind bis in dieses Wiesenstück hinein«, er zeigte auf den schmalen Trampelpfad, »sehr sauber zu verfolgen. Somit stammen die aller Wahrscheinlichkeit nach von ihrem Mörder.«

»Oder von ihrer Mörderin«, ergänzte Paula automatisch.

»Wir gehen davon aus, es war ein Mann. Es muss ein Mann gewesen sein. Oder kennst du eine Frau mit der Schuhgröße dreiundvierzig? Nein, nein, da sind wir uns ganz sicher, der Täter war keine Frau.«

»Aha. Noch was?«

»Im Augenblick nicht. Ach ja, doch. Hat aber mit dem Fall nichts zu tun. Weißt du, ob unser Staatsanwalt ein neues Auto hat?«

»Nein, weiß ich nicht. Und glaub ich auch nicht. Als ich gekommen bin, stand jedenfalls sein Jaguar da. Warum fragst du, Klaus?« Eine naive Frage. Den Kopf leicht schräg gelegt, der Blick offen und vertrauenerweckend – Paula Steiner beherrschte bei der Weibchen-Gestik das volle Programm. Sie stellte sich absichtlich ahnungsloser, als sie war, denn die kriminalistisch geschulte Hauptkommissarin wusste, worauf er abzielte. Aber sie wollte es von ihm hören.

»Na, wem gehört denn dann der Porsche? Ich hab doch vorhin einen Carrera gehört, ganz deutlich hab ich ihn gehört. Bei Sportwagen kenne ich mich aus.«

Endlich. Endlich stellte einmal jemand diese schon längst fällige Frage. Die Antwort erfolgte nonverbal, aber eindeutig. Mit einem breiten Grinsen tippte sie sich zweimal mit dem Zeigefinger auf die Brust.

»Was, du hast einen Porsche? Und noch dazu einen Carrera! Seit wann denn? Das wusste ich ja gar nicht. Aber da frag ich mich schon: Wie kannst du dir so ein Geschoss leisten? Du verdienst doch auch nicht so viel mehr als ich, oder? Hast du geerbt? Wie viel hast du dafür bezahlt, was kostet denn so eine Rakete aus dem Hochpreissegment heutzutage? Welches Baujahr? Farbe? Mit Turbo oder ohne?«

Ein Fragen-Stakkato, aus dem aufrichtiges Interesse sprach. Und für die Besitzerin dieser »Rakete aus dem Hochpreissegment« ebenso aufrichtige Anerkennung, gar der Hauch von Bewunderung.

»Nein, ich habe nicht geerbt. Und gekostet hat er viel. Und zwar so viel, dass ich noch immer daran abbezahle. Und das auch noch die nächste Zeit tun werde. Und natürlich ohne Turbo, das wäre ja albern. Vor allem bei so einem Auto.« Sie gab sich Mühe, bescheiden zu klingen. Es gelang ihr nicht besonders überzeugend.

»Und die Farbe, Paula? Schwarz vielleicht? Das würde gut zu dir passen.«

»Leider nein. Orange. Ein sehr auffälliges, gewöhnungsbedürftiges Orange.«

»Toll, Paula, wirklich. Ich finde das ganz toll, dass du so was Schönes hast. Ein richtiges Männerauto«, sagte er, um gleich anzuhängen: »Damit widersetzt du dich jedem Klischee. Beziehungsweise lockerst das mal sehr elegant auf.«

Sie suchte in seinem Gesicht nach Spuren von Ironie, wurde aber nicht fündig. Er schien sein Lob ernst zu meinen. Das versöhnte sie augenblicklich mit seinem Einmischungsversuch von eben. Jenen sah sie jetzt in einem anderen, in einem sehr milden Licht, deutete ihn als Ausprägung einer vorübergehenden schlechten Laune, wie sie jeder von ihnen einmal hatte – vor allem bei diesen vermaledeiten Sonntagseinsätzen.

So antwortete sie vergnügt: »Wenn du willst, nehme ich dich dann mit in die Neuweiherstraße.«

»Das geht leider nicht, ich muss hierbleiben, Klaus Zwo übernimmt die Spurensicherung in der Wohnung. Aber was ich mache, und zwar sofort, ich schau mir dein Gefährt mal an. So viel Zeit muss sein. Zu irgendetwas muss dieser Dreckssonntagsdienst ja gut sein.«

Sprach's, schlüpfte unter der Absperrung hindurch und marschierte Richtung Westen. Lächelnd sah sie ihm nach – Klaus Dennerlein empfand ja fast so viel Zuneigung für ihren Charly wie sie. Dann setzte sie mit einem Sprung über den Bach.

Dort empfing Müdsam sie mit einem missbilligenden Kopfschütteln.

»Warum hat das denn jetzt so lange gedauert? Klaus und du, ihr hättet das Ganze doch auch hier auf dem Weg bereden können. So, bevor wir zwei uns jetzt unterhalten, wirst du dich auf Zecken untersuchen. Zumindest die Beine. Auch die Oberschenkel. Ich schau auch nicht hin«, sagte er und drehte sich ostentativ um die eigene Achse.

Paula sah kurz an sich hinunter, dann richtete sie sich wieder auf. »Fertig. Da ist nix.«

»Das war viel zu kurz«, sagte Müdsam, ohne sich umzudrehen. »Du musst schon richtig schauen. Alles. Die Beine, auch hinten, die Oberschenkel, vor allem die Kniekehlen und – ganz wichtig – zwischen den Zehen. Die Biester saugen sich nämlich vorzugsweise dort fest, wo es warm und feucht ist. Die Achselhöhlen und die Armbeugen sind auch sehr gefährdet. Also, ich warte.«

»Mensch, Frieder, man kann es auch übertreiben«, seufzte sie. Aber sie fügte sich seiner Direktive und nahm ihre Extremitäten, die oberen wie die unteren, genau in Augenschein. Zentimeter für Zentimeter. Denn mittlerweile hatte er es geschafft und sie mit seiner Phobie angesteckt. Zumindest ein wenig.

»Was wird das eigentlich hier, wenn es fertig ist?«, fragte Klaus Zwo, der mit einem Mal hinter ihr stand. Sie hatte ihn nicht kommen hören. »Machst du einen Striptease, Paula? Dann sag ich es den Kollegen. Eine kleine Abwechslung täte uns allen ganz gut.«

»Red doch nicht so saudumm daher«, entgegnete sie ungehalten. »Ich such mich nach Zecken ab. Auf Wunsch von Frieder. Der meint, das sei unbedingt notwendig.«

»Das meine ich nicht nur, das ist es auch«, korrigierte Müdsam sie. Noch immer stand er von ihr abgewandt und starrte regungslos in die Ferne.

»Übrigens nicht nur für dich, Paula. Auch du, Klaus, solltest da die entsprechende Vorsicht walten lassen und dich gelegentlich absuchen. Gerade weil du dich ja ständig in dem hohen Gras aufhältst. Machst du das denn auch?«

Nachdem von Klaus Zwo keine Reaktion erfolgte, setzte der Mediziner nach. »Also, ich verstehe euch beide nicht. Habt ihr denn noch nie etwas von diesem riesigen Risiko gehört beziehungsweise gelesen, welches mit einem Zeckenbiss verbunden sein kann? Ich rede jetzt gar nicht von der Frühsommer-Meningitis, gegen die kann man sich ja impfen. Es genügt schon, wenn man sich eine Borreliose einfängt. Das ist extrem schmerzhaft und kann so weit gehen, dass man arbeitsunfähig wird. Die Zeitungen sind doch voll davon. Gerade jetzt. So viel Leichtfertigkeit grenzt ja schon an Dummheit. Da hätte ich euch zwei doch für wesentlich intelligenter gehalten.«

Der Kriminaltechniker sagte nichts. Aber er tippte sich mit dem Zeigefinger an die Stirn; Müdsam konnte ihn ja nicht sehen. »Warum ich eigentlich hier bin, Paula«, sagte er, »ich wollte dich fragen, ob du in die Wohnung des Opfers mitkommst.«

»Nein. Doch ich komme bald nach. Ich will erst noch mit Frieder reden. Das wird voraussichtlich nicht lange dauern.«

»Gut, dann bis später. Du hast ja die Adresse?«

Sie nickte. Schließlich richtete sie sich auf und verkündete: »Frieder, du kannst dich jetzt umdrehen. Ich habe jeden Quadratmillimeter genauestens untersucht. Eine Zecke hab ich nicht gefunden.«

»Na, Gott sei Dank. Du meinst, ich bin vielleicht in der Hinsicht ein bisschen überkandidelt«, sagte er, nachdem er sich ihr zugewandt hatte. »Aber ich meine es ernst, diese Gefahr darf man nicht unterschätzen. Die paar Jährchen, die mir noch bleiben, will ich mich nicht mit Schmerzmitteln vollpumpen. Ich habe, das gebe ich durchaus zu, Angst, und zwar richtige Angst vor einem Zeckenbiss. Du nicht, nach dem zu schließen, wie wenig du dich darum kümmerst.«

»Angst? Nein. Sorge, das ja, vielleicht, vor allem jetzt, nachdem du mich so eingehend aufgeklärt hast. Aber dafür hab ich vor vielen anderen Sachen richtige Angst, vor der du sicher gefeit bist.«

»Zum Beispiel?«, fragte er.

»Zum Beispiel? Zum Beispiel vor irgendwelchen Krankheiten, die einem als Raucher ja tagtäglich ins Auge springen mit diesen Schockbildern. Und dann davor, dass mein blöder Bruder eines Tages unangemeldet vor der Tür steht und ich ihn in meine Wohnung hereinlassen muss. Und seit Neuestem auch Angst vor meinem Badezimmerspiegel.«

Da lachte er laut auf. »Das brauchst du aber nicht, Paula, Angst vor irgendwelchen Spiegeln zu haben. Wirklich nicht. So, jetzt zu der Toten. Du wirst es schon selbst bemerkt haben: Todesursache war ein Schädelbasisbruch«, sagte er, um sich gleich danach zurückzunehmen. »Also nach dem, was ich bislang gesehen habe. Genaueres kann ich dir natürlich erst nach –«

»Nach der Obduktion sagen, ich weiß«, vervollständigte sie seinen Satz. »Ja, ich hab das auch schon vermutet. Aber was mich dabei stört, ist, dass der Täter dann extrem groß gewesen sein muss. Wesentlich größer als das Opfer, das vor ihm beziehungsweise ihm direkt gegenüber stand. Der Schlag wurde ja mittig über die ganze Kopfoberseite geführt.«

»Das sehe ich anders, Paula. Opfer und Täter standen sich bei diesem Schlag nicht gegenüber. Denn dann wäre die Voraussetzung für eine derartige Fraktur auf der mittleren Schädelgrube ein Größenunterschied von tatsächlich einem halben Meter. Also hätte der Mann, oder auch die Frau«, erweiterte er seine Aussage, »mindestens zwei Meter zwanzig groß sein müssen. Schon von daher können wir das so gut wie ausschließen. Ich denke, sie ist vor dem Täter in die Knie gegangen, aus welchem Grund auch immer. Um sich vielleicht ein Steinchen aus dem Schuh zu klopfen oder weil sie etwas aufheben wollte, was ihr aus dem Rucksack gefallen ist. Möglich ist da vieles. Und in ebenjenem Moment hat der Täter zugeschlagen.«

»Stimmt, das ist schlüssig, Frieder. So wird es gewesen sein. Daran habe ich jetzt nicht gedacht. Ach ja, Klaus hat mir erzählt, sie haben ein Fahrrad gefunden, das anscheinend der Toten gehörte. Allerdings ohne Fahrradpumpe. Ist es möglich, dass man ihr mit ebendieser Pumpe eins über den Schädel gezogen hat? Konkret gefragt: Kann eine Fahrradpumpe das Mordwerkzeug sein?«

Müdsam schüttelte energisch den Kopf. »Nein, das ist ausgeschlossen. Dann wäre die Wunde nicht so tief. Das muss ein wesentlich schwererer Gegenstand gewesen sein. Ein Stein vielleicht oder ein Rohr. Aber das kann ich dir erst dann genau sagen, wenn ich sie untersucht habe.«

»Und dass sie bereits tot war und ihr post mortem der Schlag versetzt wurde?«, fragte Paula.

»Auch das ist nach dem, was ich bislang gesehen habe, auszuschließen. Hast du den blutigen Ausfluss an den Ohren und im Nasenvorhof gesehen?«

Sie nickte. »Den an den Nasenlöchern schon.«

»Das ist ein Zeichen dafür, dass sie an der starken Gewalteinwirkung im Kopfbereich gestorben sein muss. Außerdem hat sie ein Monokelhämatom, was meine These –«

»Ein was?«, unterbrach sie ihn.

»Diese sichtbaren Einblutungen in den Augenhöhlen. Auch die sprechen eindeutig für eine Schädelbasisfraktur.«

»Und die Tatzeit?«

»Zwischen achtzehn und neunzehn Uhr dreißig gestern Abend.«

Nachdem es nicht so aussah, als wollte er noch etwas hinzufügen, fragte sie: »Dann kann ich jetzt den Leichnam abtransportieren lassen?«

»Wegen meiner schon.«

Sie verabschiedete sich betont herzlich von Frieder Müdsam, wiederholte nochmals, wie froh sie sei, endlich wieder einmal mit ihm zusammenarbeiten zu können, versprach ihm, sich so bald als möglich unter die Dusche zu stellen, rief nach den zwei Bestattern und machte sich schließlich auf den Weg zu ihrem Wagen.

Von hinten erklang ein Ruf. »Hallo, Frau Steiner. Ist das Ihr Auto?«

Es war Staatsanwalt Kauper, der die überflüssige Frage stellte, als Paula gerade die Fahrertür aufsperrte.

»Die alte Kiste? Ja, das ist meine«, antwortete sie betont beiläufig.

Gottlob widersprach ihr Dr. Kauper sofort vehement und wortreich. »Alte Kiste, also ich bitte Sie! Das ist ein Oldtimer. So etwas kann sich unsereiner als Ehemann und Vater natürlich nicht leisten. Aber wenn die Kinder mal aus dem Haus sind, dann, Frau Steiner, dann werde ich mir auch so etwas Schönes zulegen. Das habe ich meiner Frau schon angedroht.«

Schließlich stieg er in seinen Jaguar und grüßte sie zum Abschied mit der gängigsten Geste der Anerkennung – mit dem hochgestreckten rechten Daumen.

Als Paula Steiner sich in das rissige Leder des Fahrersitzes fallen ließ, umspielte ihre Lippen ein breites, ziemlich einfältiges Grinsen. Sie konnte gar nicht anders.

ZWEI

Fünf Minuten später parkte Paula Steiner direkt vor der Wohnung der Ermordeten ein. Ein modernes dreigeschossiges Eckhaus mit hübschen Balkonen zur Valznerweiher- und zur Neuweiherstraße, allesamt mit exakt den gleichen Blumenkästen ausgestattet. Üppig blühende lilafarbene und rostrote Hängegeranien stürzten Wasserfällen gleich die Balkonbrüstungen herab.

Es dauerte eine ganze Weile, bis die Haustür aufsprang. Paula Steiner stieg in den zweiten Stock, wo Klaus Zwo sie bereits ungeduldig, wie sie den Eindruck hatte, erwartete. Wortlos reichte er ihr ein Paar weiße Schutzhandschuhe, um sofort wieder in einen der hinteren Räume zu verschwinden. Als sie sich die Handschuhe überstreifte, klingelte es erneut.

»Herrschaftszeiten, kann man denn hier nicht *einmal*«, rief der Kriminaltechniker von hinten, »in Ruhe arbeiten! Hier geht es schon die ganze Zeit zu wie in einem Taubenschlag, Mensch. Seitdem ich da bin, klingelt alle zwei Minuten irgend so ein Depp und will was. Paula, machst du bitte mal auf? Das wird jetzt bestimmt wieder die Nachbarin von nebenan sein, mit der hatte ich heute schon öfters zu tun. Sag ihr halt …«

Bevor er weiterreden konnte, öffnete sie schnell die Tür. Und tatsächlich – direkt vor ihr stand eine Frau in etwa ihrem Alter, mittelgroß, stämmig, aber nicht dick. Sie hatte einen großzügigen, sorgfältig geschminkten Mund in einem kleinen weißen Gesicht und schwarze Haare – wie Schneewittchen. Sie trug chinarote Pantoletten und einen farblich darauf abgestimmten Nicky-Hausanzug, der teuer aussah.

»Jetzt möchte ich aber schon mal wissen, was hier los ist«, herrschte ihr Gegenüber sie an. »Das geht ja heute zu wie in einem Taubenschlag. Erklärt mir jetzt mal endlich jemand, was Sie hier zu schaffen haben? Es ist Sonntagmittag, da ist doch ein wenig Ruhe nicht zu viel verlangt. Ich möchte jetzt auf der Stelle wissen –«

Bevor sich Schneewittchen weiter in Rage reden konnte, unterbrach Paula sie und nannte ihren Namen, den Dienstgrad und das Fachdezernat. Dann fragte sie: »Und Sie sind?«

»Schlötzer ist mein Name, ich bin die Nachbarin von Frau Glanz. Aber warum ist –«

»Gut, Frau Schlötzer. Mit Ihnen werde ich später reden. In etwa«, sie sah auf ihre Armbanduhr, »einer Stunde. Sie halten sich bitte zu meiner Verfügung.« Sie schenkte ihr zum Abschied ihr Allerweltslächeln, schloss die Wohnungstür und ging zu Klaus Zwo, der sich noch immer im Wohnzimmer zu schaffen machte.

»Du kannst gleich bei der Tür stehen bleiben. Wahrscheinlich wird die in spätestens fünf Minuten wieder hier klingeln und blöd fragen.«

»Nein, die klingelt nicht nochmals. *Ich*«, betonte Paula, »bin es, die bei ihr klingeln wird. Vor der haben wir vorerst Ruhe.« Dann sah sie sich in dem geräumigen und lichtdurchfluteten Zimmer um.

Ein cremefarbenes ausziehbares Zweiersofa mit Stoffbezug, reichlich garniert mit Leopardenfellkissen, davor ein ebenfalls cremefarbenes Sideboard, auf dem ein Duftkerzengeschwader in allen möglichen Farben, ein winziger alter Fernseher und ein Hi-Fi-Türmchen aus den achtziger Jahren thronten. Darüber an der Wand ein CD-Regal aus weißem Stahlblech. Interessiert blätterte Paula in der CD-Sammlung, fand darin aber nur House, Easy Listening und Loungemusik. Für sie das passende Pendant zu diesem affigen und pflegeintensiven Sofa. Kurz berührte sie den Fußboden, der wie gekalkte Eiche aussah. Doch es war Laminat.

Das Auffälligste in diesem Raum aber war der alte Tisch aus massivem Eichenholz, groß wie ein Altar, mindestens hundert Jahre alt mit seiner unbehandelten Oberfläche und den kleinen Wurmlöchern. Keine Tischdecke, dafür lagen akkurat zwei gleich große Stapel von Hochglanzbildbänden darauf. Darum sechs Stühle, ebenfalls aus massiver geölter Eiche.

»Kannst du mir mal verraten«, fragte Klaus Zwo, »wieso ein Single so einen riesigen Tisch braucht?«

»Vielleicht hat sie ja gerne gekocht und regelmäßig ihre Freunde oder die Verwandtschaft zum Essen eingeladen«, antwortete Paula nach kurzer Bedenkzeit.

»Das glaube ich nicht. Dafür hat die gar nicht das entsprechende Geschirr. Und auch nicht die Töpfe.«

Klaus Zwo schüttelte entschieden den Kopf. »Nein, die hat nicht aufwendig gekocht. Ich hab darüber vor Kurzem einen hochinteressanten Artikel in einer Fachzeitschrift – ich glaube, es war irgendetwas mit forensischer Psychologie – gelesen. Demnach hat so ein großer Tisch vor allem bei Singles etwas Appellatives. Das entspreche ihrer Sehnsucht, auch irgendwie in einer Gemeinschaft zu leben und sich nicht so vereinzelt durchs Leben schlagen zu müssen. Fast ausschließlich alleinstehende Frauen seien davon betroffen.«

»Und alleinstehende Männer wohl nicht?«, hakte die ebenfalls alleinstehende Kommissarin pikiert nach.

»Nein, wir Männer sind zumindest vor solcher Art Sehnsucht gefeit.« Klaus Zwo lächelte ironisch.

Doch Paula ließ nicht locker. »Vielleicht hat ihr der Eichentisch ja einfach nur gefallen, und sie hat ihn deswegen gekauft? Denn schön ist er ja. Eiche massiv, das ist eine richtige Antiquität. Und er passt hervorragend zu den alten Stühlen. Schaut doch wirklich toll aus, gerade in dieser Kombination. So was Teures kauft man sich doch nicht nur, um damit … wie hast du das genannt? Ach ja, um damit an eine gelebte Gemeinschaft zu appellieren respektive um sie sich selbst vorzugaukeln.«

»Quatsch«, fuhr er ihr über den Mund. »Da täuschst du dich. Man stellt sich doch nicht die Wohnung mit so was voll, bloß weil es schön ist. Und bequem sind diese Stühle nicht, Paula. Nein, die hat sich das alles nur aus dem einen Grund zugelegt: weil sie eigentlich mit ihrer Singlerolle unzufrieden ist. Aus dem alten, unbequemen und vor allem für eine alleinstehende Frau höchst unpassenden Plunder spricht eine fast schon makabre Sehnsucht nach Gemeinschaft.«

»Und dann sage ich dir noch was in dem Zusammenhang«, fuhr er nach einer kurzen Verschnaufpause fort. »Solche im Prinzip sinnlosen Möbelstücke wie dieser Tisch und die Stühle stellen auch ein Statement dar, die sind ein Mittel der Distinktion. Man will sich damit von anderen abgrenzen, sein Profil als Kulturmensch stärken. Du kannst daraus eine bestimmte kulturelle Position ableiten. Das habe ich nämlich auch in diesem Artikel gelesen. Manche haben ein Klavier in ihrer Wohnung, obwohl sie nie darauf spielen oder, noch schlimmer: gar nicht Klavier spielen können. Andere haben ein volles Bücherregal und mit Lesen überhaupt nichts am Hut. Man will solche wohnlichen Dinge nicht benutzen, sondern damit ausschließlich großbürgerliches Kunstverständnis nach außen transportieren. Das ist im Prinzip das Gleiche wie bei unserer Toten mit ihrem alten Klostertisch. Alles nur ein Mittel der Distinktion!«

Nachdem der Herr Professor seine Vorlesung anscheinend beendet hatte, sagte Paula verwundert und auch mit einer gewissen Anerkennung: »Du hast dich ja in das Thema richtig eingearbeitet.«

»Muss ich ja, schon von Berufs wegen.«

»Und woher weißt du das mit dem Geschirr und den Töpfen?«

»Ich habe als Erstes die Küche gemacht.«

»Gut, dann werde ich mir die jetzt auch mal ansehen.«

Bevor sie das Wohnzimmer verließ, warf sie noch einen kurzen Blick in das Sideboard. Es war fast leer. Außer zwei Cognacschwenkern, ein paar Römern, billigen Gastronomie-Gläsern mit Eichmarke, einer Kuchenplatte aus Edelstahl mit Plastikhaube und vier Blumenvasen unterschiedlicher Größe konnte sie nichts darin entdecken.

Klaus Zwo hatte recht. In dieser Küche wurde nicht aufwendig gekocht. Das erkannte die lausige Köchin Steiner sofort. Auch wenn die Dunstabzugshaube, groß wie ein Vordach, und die neun Spezialmesser, die in einem Betonkorpus mit Buchenholzeinsatz wie ein Operationsbesteck bereitlagen, scheinbar dagegensprachen. Denn sonst fanden sich auf der Küchenzeile lediglich ein Basilikum-Töpfchen, das kulinarische Manifest des Jamie Oliver und eine Flasche Olivenöl, nativ extra, kaltgepresst, angeblich aus Italien. Plus ein Smoothie-Mixer, der gebraucht aussah.

In Paulas Augen erklärte dieses Utensil einiges: sowohl das Smartphone-Knie als auch die spärliche Ausstattung dieser Küche. Wahrscheinlich war Ida Glanz eine dieser Frauen gewesen, die sich anstelle eines Fünf-Minuten-Eis zum Frühstück eines dieser hochgradig gesunden und genussfreien Mischgetränke einverleibten. Eine Vorstellung, für die Paula jedes Verständnis fehlte.

Über der Anrichte hingen drei Kupferpfannen, staubfrei und auf Hochglanz poliert. Pure Dekorationsutensilien. Und: reine Zeitverschwendung, fand Paula. Warum holt sich ein Mensch etwas ins Haus, das nur Arbeit verursacht und nicht benutzt wird? Wenn es schon so auffällig glänzen soll, was es ja tat. Normal war so etwas nicht. Wahrscheinlich, kam sie zu dem Schluss, war die Tote eine zwanghafte Putzerin gewesen. Dafür sprach ihrer Meinung nach auch das Edelstahl-Spülbecken. Es war leer und glänzte mit den Pfannen um die Wette.

Paula öffnete den Kühlschrank. Außer einer Flasche Bier, einigen Pastasoßen im Glas und einem Teller mit dünnen Tomatenscheiben, die jede mit einem Stückchen Mozzarella und einem Basilikumblättchen garniert waren, fand sich darin nichts Bemerkenswertes. Insgeheim musste sie Klaus Zwo recht geben: Das entsprach nicht der Vorratshaltung von jemandem, der gern und aufwendig kochte. Sondern von jemandem, der ein großes Faible für Schnellgerichte hatte. Und so gar keinen Hang zu einer raffinierten Esskultur. Also jemand wie sie selbst.

Das aber war auch schon die einzige Gemeinsamkeit zwischen ihr und der Ermordeten. Denn sie, Paula, verfügte nicht über eine vordachgroße Dunstabzugshaube oder einen selbstreinigenden Backofen mit Pyrolysetechnik. Und nie und nimmer würde sie sich ein helles Stoffsofa in die Wohnung stellen, das sehr viel Rücksichtnahme und Zuwendung verlangte, von den drei genauso pflegeintensiven Kupferpfannen ganz zu schweigen.

Sie war gespannt, was sie in dem nächsten Zimmer erwartete. Letztendlich war das Bad eine eindrucksvolle Bestätigung der

Ressentiments, die sich in der kurzen Zeit bei ihr gegen Ida Glanz aufgestaut hatten. Denn überall, wohin sie sah, blinkte, funkelte, glänzte es. Die Kacheln, das Waschbecken, selbst die im Eck eingelassene Viertelkreisdusche mit Echtglasschiebetüren waren nicht nur sauber, sondern rein. Genauso wie das Fensterbrett und die zwei offenen verchromten Wandregale aus Glas, die mit Salben, Tuben, Cremes und Lotions vollgestellt waren. In ihrem Badezimmer hatte die Ermordete, so lautete Paulas Bilanz, die meiste Zeit verbracht. Mit Körperpflege, ausgetüftelten Verschönerungsmaßnahmen und vor allem – mit Putzen.

Jetzt das Schlafzimmer. Auch hier dominierte dieser affige Champagnerton, den Paula schon vom Wohnzimmer in unguter Erinnerung hatte. Cremefarbene Schleiflackmöbel, cremefarbene Duftkerzen, cremefarbene Deko-Gardinen. Selbst die zwei Steppdecken sowie die zwei Kopfkissen auf dem Kingsize-Bett waren mit champagnerfarbener Bettwäsche aus Seidensatin bezogen. Furchtbar. Die Größe des Bettes wie auch die Bettwäsche in doppelter Ausführung deutete Paula als Zeichen, dass Ida Glanz in dieser Wohnung nicht allein gelebt hatte. Sie öffnete den raumhohen, circa fünf Meter breiten Einbauschrank – fand darin aber ausschließlich Frauenkleider vor, die allerdings in großer Anzahl.

Zur Sicherheit warf sie nochmals einen Blick ins Badezimmer. Doch auch darin gab es keinen Hinweis darauf, dass hier regelmäßig oder auch nur gelegentlich ein Mann ein und aus ging. Kein Rasierzeug, keine zweite Zahnbürste, nichts dergleichen. Das erschien ihr seltsam. Denn in ihrem eigenen Bad hatte Paul Zankl gleich zu Beginn ihrer damals noch sehr losen Beziehung die entsprechenden Utensilien deponiert. Darunter ein teures Schuppenshampoo und ein eigenes Männer-Deo. Und sie, Paula, hatte kein Kingsize-Bett. Und erst recht keine zweite parat liegende Bettwäschegarnitur für den Fall der Fälle. Die wurde nur hervorgeholt, wenn Paul zu Besuch kam. Bis jetzt hatte er sich auch noch nie darüber beschwert.

Nachdem die Kommissarin mit der Wohnung durch war, stand ihr Bild über die Tote fest, und zwar in Stein gemeißelt:

eine unverheiratete Frau Ende vierzig, ordentlich, tüchtig, pflichtbewusst, ein Putzteufel, sehr auf ihr Äußeres bedacht, mit einer Vorliebe für schlechte Musik sowie einem Faible für affige Farben und kitschige Wohnaccessoires. Eine Frau, die samstags Rad fuhr und in deren Schlafzimmer ein riesiges Doppelbett stand, das anscheinend nur von ihr allein benutzt wurde.

Paula ging ins Wohnzimmer, wo Klaus Zwo am Boden kauerte. Sie hörte, wie er den neuen Praktikanten der Kriminaltechnik soeben in die höheren Weihen der forensischen Biologie einwies.

»Klaus, ich muss dich leider unterbrechen. Auf der Russenwiese hat man mir gesagt, die Tote sei ledig und kinderlos. Also hat jemand von euch das schon gegengecheckt. Wer war das?«

»Das war einer von den Streifenbeamten. Warum?«, fragte er, ohne aufzusehen.

Sie beantwortete seine Frage mit einer Gegenfrage. »Warst du schon im Schlafzimmer?«

»Natürlich, Paula. Ach, du meinst wegen des Doppelbetts. Das ist doch nichts Auffälliges. Die wird halt einen festen Freund gehabt haben, der bei ihr öfters übernachtet hat. Meine Schwester zum Beispiel ist unverheiratet und hat auch so ein riesiges Bett mit allem Drum und Dran in ihrem Schlafzimmer. Plus zwei Nachtkästchen.«

»Aber im Bad deiner Schwester stehen bestimmt eine zweite Zahnbürste und Rasierzeug.«

»Ja, schon. Hier wohl nicht?«

»Nein, hier nicht. Das ist es ja, was mich so stutzig macht.«

Da endlich erhob sich der Kriminaltechniker. Es war mit Händen greifbar, wie angestrengt er nachdachte. Plötzlich hellte sich sein Gesicht auf.

»Na, das passt doch wie die Faust aufs Aug. Kannst du dich erinnern, was ich dir vorhin in Bezug auf den Tisch«, mit dem Kopf deutete er auf das Monstrum, das vor ihnen stand, »erzählt habe? Das mit der Sehnsucht bei alleinstehenden Frauen, welche Kapriolen das schlagen kann. Viele wollen halt zumindest in ihren eigenen vier Wänden das Gefühl haben, in einer

Gemeinschaft zu leben. Und das holen sie sich mit so einem riesigen Familienmöbel oder eben auch mit einem Doppelbett in die Wohnung. Das ist doch einleuchtend«, sagte er mit großer Befriedigung in der Stimme, um dann sein Resümee vorzutragen.

»Tisch und Bett haben hier nur Symbolcharakter. Es sind die auf den ersten Blick widersinnigen Bedeutungsträger für eine unerfüllte Sehnsucht nach Zweisamkeit.«

Insgeheim hatte Paula an dieser doch sehr simpel gestrickten These aus den Untiefen der Vulgärpsychologie so ihre Zweifel. Da fand sie es wesentlich vielversprechender, den Symbolcharakter eines auf Hochglanz polierten Spülbeckens zu deuten. Oder jenen der drei unbenutzten Kupferpfännchen. In ihren Augen war das das eigentlich Widersinnige und mit Sicherheit ein Bedeutungsträger für etwas sehr Pathologisches. Dennoch stimmte sie ihm zu, wenn auch sehr verhalten.

»Na ja. Aber bitte, vielleicht ist an deiner Theorie ja was dran. Hast du denn diesen Artikel noch? Könntest du mir den mal leihen?«

»Klar, gern sogar, ich bringe ihn dir mit. Du hast ihn morgen früh auf deinem Schreibtisch. Versprochen.«

Sie hatte nicht vor, ihn zu lesen, aber sie wusste, wer daran ein großes Interesse haben würde – ihre Mitarbeiterin Eva Brunner.

Zum Abschied nickte sie Klaus Zwo kurz zu. Dann verließ sie diese Wohnung, die ihr genauso fremd war wie deren Besitzerin, und ging nach nebenan.

»Ute Schlötzer« stand in geschwungener Schönschrift auf einem ovalen Messingschild, daneben der Klingelknopf. Paula wollte soeben daraufdrücken, da wurde die Wohnungstür von innen aufgerissen. Frau Schlötzer musste sie durch den Türspion beobachtet haben. Leider machte sie keine Anstalten, die Kommissarin hereinzubitten.

So sagte Paula mit ihrem liebenswürdigsten Lächeln: »Kann ich kurz hereinkommen, Frau Schlötzer? Es wird nicht lange dauern.«

»Also, mir wäre es lieber, wir halten die Besprechung bei Frau Glanz ab. Ich bin auf Besuch so gar nicht eingestellt.« Dabei leuchtete ihr die Neugier aus den Augen.

Zeit für eine kleine Tonkorrektur. »Ich bin kein Besuch. Und das wird auch keine Besprechung. Das ist eine Zeugenvernehmung.«

»Ja, was ist denn passiert? Sagen Sie mir doch erst mal, um was es überhaupt geht.«

Paula merkte, wie die Ungeduld an ihren Nerven zerrte. Und sie hatte nicht vor, dagegen anzukämpfen.

»So, entweder Sie lassen mich jetzt rein, oder, falls Sie sich dazu außerstande sehen, ich bestelle Sie für«, ein Blick auf ihre Armbanduhr, »dreizehn Uhr dreißig ins Präsidium am Jakobsplatz ein. Und sollten Sie da nicht rechtzeitig erscheinen, dann …« Den Rest dieser angedeuteten Drohung ließ sie offen.

Da endlich wurde sie hereingebeten.

Die Wohnung ihrer unfreiwilligen Gastgeberin hatte, das sah sie sofort, den gleichen Zuschnitt wie die von Ida Glanz, nur spiegelverkehrt. Was Paula auch sofort erkannte: Frau Schlötzers Wohnung war genauso keim-, staub- und fusselfrei wie die der Toten. Und ebenso penibel aufgeräumt. Also von wegen: »Ich bin auf Besuch nicht eingestellt.«

Und doch gab es einen augenblicklich ins Auge springenden Unterschied: Schneewittchens Wohnung war komplett champagner- und cremeweißfrei. Dafür sehr, sehr rot. Sofa, Teppich, Stuhlbezüge, selbst das Gehäuse des Fernsehers strahlten in einem dominanten satten Tiefrot.

Paula setzte sich unaufgefordert an den Esstisch und sah sich fasziniert um.

»Ich bin derzeit in Therapie, wissen Sie«, kommentierte Ute Schlötzer diesen interessierten Blick ihres Gasts. »Es war meine Psychologin, die mir dazu geraten hat, Farbe zu bekennen. Ja, so hat sie es genannt. Farbe bekennen. Und wissen Sie was?«, stellte sie die rhetorische Frage, um sie sich umgehend selbst zu beantworten.

»Mir tut das«, sagte sie mit einer raumgreifenden Handbewegung, »gut, richtig gut. Mir geht es seitdem wesentlich besser.

Ich bin viel aktiver geworden. Und zwar in *jeder*«, betonte sie mit einem verschmitzten Blick, »Hinsicht. In jeder.«

Paula hörte die darin versteckte Bitte, hier, bei diesem scheinbar ergiebigen Thema, nachzuhaken. Eine Aufforderung, die sie geflissentlich ignorierte.

»Sie haben es sich vielleicht schon gedacht, Frau Schlötzer. Wir von der Polizei sind deswegen da, weil Frau Glanz einem Gewaltverbrechen zum Opfer gefallen ist.«

»Ach, das ist ja furchtbar«, sagte die Nachbarin und schlug sich die rechte Hand vor den offenen Mund, für Paula eine unechte, affektierte Geste, »ganz furchtbar. Darauf wäre ich nicht gekommen. Nie im Leben. Nein, wirklich nicht.«

»Ja, was dachten Sie denn, weswegen wir hier sind?«, fragte Paula verwundert.

Frau Schlötzer zögerte. »Na ja, ich habe halt gedacht, sie hat sich was zuschulden kommen lassen«, antwortete sie schließlich in verschwörerischem Ton. »Nichts wirklich Schlimmes. Aber eben schon etwas, das die Polizei auf den Plan ruft.«

»Und an was konkret hatten Sie da gedacht?«

Diesmal kam die Antwort umgehend. »Ich weiß nicht. Wirklich nicht. War nur so eine Idee von mir. War nur so dahingesagt. Vergessen Sie es einfach.«

Die Kommissarin nahm ihr das nicht ab, ließ es ihr aber durchgehen, vorerst zumindest. Zumal sie wusste, dass ein Nachhaken im Moment nicht fruchten würde. »Wann haben Sie Frau Glanz zum letzten Mal gesehen?«

Auch jetzt kam die Antwort wie aus der Pistole geschossen. »Das war am Samstagvormittag. Gegen elf Uhr. Da sind wir uns zufällig im Treppenhaus begegnet. Ich wollte zur Papiertonne, und sie war auf dem Weg zum Einkaufen. Ihr sei die Milch ausgegangen. Außerdem brauche sie noch Gemüse und Salat. Tja, und was weiß ich noch alles. So genau habe ich da nicht hingehört.«

Das klang nicht nach einem in Herzlichkeit verbundenen nachbarschaftlichen Verhältnis.

»Wissen Sie etwas darüber, welchen Umgang Frau Glanz so hatte?«

Mit gespielter Entrüstung sah Ute Schlötzer sie an. »Also wirklich. Da muss ich passen. Tratsch ist nun wirklich nicht mein Fall.«

Auch das nahm Paula ihr nicht ab, und diesmal bestand sie auf einer Antwort. »Aber ich bitte Sie, Frau Schlötzer, das hat doch nichts mit Tratsch zu tun. Wir müssen einen Mord aufklären und sind dabei auf entsprechende Mithilfe aus der Bevölkerung angewiesen. Sie als Bürgerin wollen doch sicher Ihre Informationspflicht, die Sie gegenüber der Polizei durchaus haben, erfüllen, oder etwa nicht?«

Anscheinend brauchte Ute Schlötzer genau diesen kleinen Schubs inklusive der darin versteckten Drohung. Denn jetzt sprudelte es aus ihr heraus.

»Natürlich nicht. Ich sage es, wie es ist: Frau Glanz war jetzt niemand, der Freundschaften pflegte. Also, damit meine ich Freundschaften zu Frauen. Sie hatte meines Wissens keine einzige Freundin, keine einzige. Die einzige Frau, die hier ab und an, und das auch nur selten, auftauchte, war ihre Schwester. Zumindest was ich so mitbekommen habe. Und da man ja Tür an Tür lebt, denke ich schon, dass ich mit meiner Einschätzung richtigliege. Selbstverständlich kann ich mich täuschen, aber ich glaube nicht. Nein, ich bin mir ziemlich sicher, dass es so war. Eine Freundin zu haben war ihr scheinbar nicht wichtig.«

Schneewittchen war gut im Reden. Aber Paula brauchte Fakten, keine Phrasen.

Und schon sprudelten aus ihrem Gegenüber die Wörter wieder wie ein Wasserfall.

»Wissen Sie, ich bin da ganz anders: Ich brauche meine Freundinnen. Ansonsten hätte ich die seelische Krise, die ich vor Kurzem durchgemacht habe, nicht so gut bewältigt. Das heißt: ohne die Unterstützung aus meinem Freundeskreis. Die sind mir auch in dieser dunklen Zeit beigestanden, das war einfach wunderbar. Dass man sich so auf andere verlassen kann, das hätte ich vorher, wenn mich einer danach gefragt hätte, nie ge–«

Für Paulas Geschmack redete ihr Gegenüber zu viel, um überhaupt noch Zeit zum Denken zu finden. Deshalb zog sie jetzt die Handbremse. »Das ist doch schön für Sie, Frau Schlötzer. Jetzt zu etwas anderem: Wie sah es denn bei Frau Glanz mit Männerbekanntschaften aus? Hatte sie einen festen Freund, wissen Sie darüber auch etwas?«

»Ha«, lachte Ute Schlötzer auf, »einen? Mehrere hatte sie, mehrere. Ich weiß nicht, wie viele genau, aber«, sie nahm für dieses Rechenkunststück die Finger ihrer linken Hand zu Hilfe, nacheinander schnellten der Daumen, der Zeige- und dann der Mittelfinger in die Höhe, »drei waren es mindestens. Mindestens!«

»Die Namen?« Immerhin war da noch ein Fragezeichen am Ende von Paulas Satz.

Ute Schlötzer schüttelte bedauernd den Kopf. »Leider nein. Frau Glanz hat es nie für nötig befunden, mich mit den Herren bekannt zu machen. Wobei ich ja finde, dass sich das gehört hätte. Schließlich leben wir beziehungsweise lebten wir Tür an Tür.«

»Aber vielleicht können Sie mir die Männer beschreiben, hm?«

»Beschreiben«, wiederholte Ute Schlötzer nachdenklich. »Beschreiben ist in diesem Zusammenhang vielleicht zu viel gesagt, aber ich kann es ja mal versuchen.«

Nach einem aufmunternden Kopfnicken von Paula legte sie los. »Also der erste Herr, den ich aber schon lange nicht mehr gesehen habe, war wesentlich älter als sie. Zwischen den beiden bestand ein Altersunterschied von mindestens zehn Jahren, vielleicht waren es auch mehr. Ein richtiger Buchhalter-Typ, wenn Sie verstehen, was ich meine.«

Paula konnte es sich in etwa denken, sagte jedoch: »Nein. Was meinen Sie denn damit?«

»Na ja, er machte halt einen ganz korrekten, fast schon peniblen Eindruck. Ein richtig zerknittertes, muffliges Gesicht. Gelblich, eine ungesunde Farbe. Langweilig gekleidet war er auch, immer eine Stoffhose, nie eine Jeans oder mal was Flotteres. Und wenig Haare auf dem Kopf, nur so ein kleiner, spärlicher Kranz.« Als Zugabe zu dem letzten Charakteristikum gab es ein Lächeln, dem eine große Portion Schadenfreude beigemengt war.

Da endlich holte Paula ihren Block aus der Handtasche und machte sich Notizen dazu. Nachdem sie damit fertig war, sah sie ihr Gegenüber fragend an.

»Und der zweite?«

Gedankenvolle Pause.

»Ah«, rief Ute Schlötzer schließlich triumphierend aus, »da weiß ich den Namen. Das ist aber reiner Zufall. Sie hat ihm einmal vom Balkon aus hinterhergerufen: ›Dieter, du hast deinen Regenschirm bei mir vergessen.‹ Der hieß also Dieter. Aber auch den habe ich seit mindestens einem Jahr nicht mehr bei ihr gesehen. Das war schon ein anderes Kaliber als Nummer eins. Groß, sportlich, stahlblaue Augen, immer tipptopp gekleidet, Anfang vierzig, schönes volles Haar.«

Die Zeugin wartete, bis auch diese ihre Angaben notiert worden waren. Dann fuhr sie fort, und es war ihr anzumerken, dass sie dabei großes Vergnügen empfand.

»Und Nummer drei, tja, der war verheiratet. Ich hab nämlich den Ehering bei ihm gesehen. Der kam ausschließlich spätabends, verließ das Haus entweder spät in der Nacht oder im Morgengrauen, und das immer nur unter der Woche. Das ist ja auch naheliegend, gell? Ehemänner haben am Wochenende nun mal keine Zeit für ihre Geliebten. Da müssen sie ja bei ihrer Familie sein. Und ihre Ehe wollen sie unter keinen Umständen für so eine kleine, außereheliche, vorübergehende Beziehung gefährden. So ist es doch.«

Aus dem augenzwinkernden Geplapper hörte Paula eine Prise Bitterkeit heraus. »Beschreiben können Sie ihn wohl nicht näher?«, fragte sie.

»Nein, wie denn, in dem dunklen Treppenhaus sieht man ja nichts.«

»Aber wenn Ihnen schon der Ehering aufgefallen ist, da werden Sie doch sicher noch etwas bemerkt haben, was uns bei der Recherche weiterhilft? Das Autokennzeichen vielleicht?«, sagte Paula so amtlich wie möglich.

Ute Schlötzer schüttelte wieder den Kopf. »Nein, leider nicht. Leider. Das war mehr der durchschnittliche Typ. Mittelgroß, nicht dick, nicht dünn, ein Nullachtfünfzehn-Gesicht.

Ich weiß es nicht, aber es könnte sein, dass er aschblondes Haar hatte.«

Schließlich, nach einer gedankenvollen Pause, die Zugabe: »Ach ja, und da bin ich mir jetzt ganz sicher: Er war Schwabe. Er sprach jedenfalls so. Das ist mir sofort aufgefallen.«

Paula klappte ihren Notizblock zu. »So, dann hätte ich nur mehr eine Frage an Sie. Und die bitte ich nicht falsch zu verstehen, Frau Schlötzer. Sie werden es vielleicht selbst wissen, aber wir von der Kripo müssen —«

»Ich weiß schon«, fiel ihr Frau Schlötzer ins Wort. »Sie wollen mich sicher nach meinem Alibi fragen. Ja, bitte.«

»Gestern Abend, in der Zeit von achtzehn Uhr bis neunzehn Uhr dreißig, wo waren Sie da?«

Frau Schlötzer gab vor, nachzudenken. »Da war ich hier. Also in meiner Wohnung. Mir ist das derzeit viel zu heiß draußen, da bleibe ich lieber in meinen eigenen vier Wänden, im Kühlen. Ich hab hier ja alles, was ich brauche. Außerdem schau ich mir jeden Samstag im Fernsehen ›Kunst und Krempel‹ an. Kommt im dritten Programm. Kennen Sie die Sendung?«

Als Paula verneinte, setzte Ute Schlötzer nach: »Die ist wirklich sehenswert. Und man lernt so viel dabei. Über echte Antiquitäten und wie man sie von minderwertiger Ware unterscheidet. Ja, wollen Sie sich denn dazu keine Notizen machen?«

»Nein, das kann ich mir auch so merken.«

Als Paula bereits an der Wohnungstür stand, fiel ihrer Gastgeberin noch etwas ein.

»Hach, jetzt habe ich Ihnen gar nichts zu trinken angeboten. Wie unhöflich von mir. Ich könnte uns doch einen Kaffee aufsetzen, wenn Sie noch so viel Zeit haben. Der ist schnell gemacht. Oder möchten Sie lieber ein Glas Wasser?«

»Nein, danke. Das ist sehr nett von Ihnen. Aber das geht leider nicht, ich habe heute noch viel zu erledigen.«

Das jedoch war nur die halbe Wahrheit. Im Grunde wollte Paula jetzt unbedingt eine Zigarette rauchen, und sie war sich sicher, dass Ute Schlötzer das in ihrer staub- und fusselfreien Wohnung mindestens genauso wenig goutieren würde wie diese Ungeheuerlichkeit von Ida Glanz, ihr die Namen ihrer Geliebten vorzuenthalten.

»Nur noch eine Frage: Wissen Sie zufällig, wie die Schwester von Frau Glanz heißt?«

»Ja, aber das ist wirklich der pure Zufall. Die hatte nämlich so viel Anstand, sich bei mir vorzustellen. Also, die Schwester, meine ich. Sie heißt Iris Huttner und ist eine ganz liebenswürdige Person. Ganz liebenswürdig. Bescheiden, höflich und …«

Nachdem Paula auf dem Beifahrersitz ihres Porsche Platz genommen und das Fenster weit hinuntergekurbelt hatte, zündete sie sich eine HB an und blies den Rauch genussvoll aus dem Fenster. Als sie damit fertig war, stieß sie die Tür auf, schnippte den Zigarettenstummel auf das Trottoir und zerkrümelte ihn dann sorgfältig mit der Schuhspitze. Bevor sie sich auf den Fahrersitz setzte, sah sie kurz zu den Balkonen mit den leuchtenden Geranien hinauf.

Am liebsten hätte sie jetzt auf der Stelle eine kleine Spritztour unternommen, irgendwohin aufs Land, am besten in die Hersbrucker Schweiz mit ihren sanften Kurven, dem gefälligen Auf und Ab, den einfachen Wirtshäusern. Den Fahrtwind und die Sonne im Gesicht, vom Boden her die Kraft des Motors spüren und in den Ohren nichts als sein sonores Brummen. Das wäre schön. Sie redete sich zu, dass sie doch keinen Grund zur Eile hatte, mit den Ermittlungen könnte sie ebenso gut in einer Stunde weitermachen.

Dagegen sprach nur eines – ihre Ungeduld. Sie wollte ihr Tagespensum erledigen, hinter sich bringen. Überhaupt wurde ihre Ungeduld, je älter sie wurde, umso stärker. Alles, was unerledigt vor ihr lag, beunruhigte sie, selbst wenn dieses vor ihr Liegende leicht zu erledigen war. Die Arbeit, Pauls Besuche und heute der Badezimmerspiegel, der noch in den Keller geschafft werden musste.

Also gab sie den Namen der Schwester der Ermordeten in das Handy ein. Sie hatte Glück, Iris Huttner stand mit Telefonnummer und Adresse im Telefonverzeichnis. Sie tippte die Philippstraße in ihr Navigationsgerät und ließ sich von ihm den

Weg weisen. Für diese Fahrt, die sie vom Osten der Stadt in ihren äußersten Westen, bis zur Stadtgrenze nach Fürth, führte, brauchte sie eine gute halbe Stunde.

★★★

Da Parkplätze in der Philippstraße Mangelware waren, musste sie den Wagen auf einem ausgebauten Feldweg abstellen. Von hier aus konnte sie auf die bis zuletzt heftig umstrittene Höfener Spange sehen. Der Verkehrslärm dieser viel genutzten Querverbindung von Frankenschnellweg und Südwesttangente war als dauerhaftes Hintergrundrauschen zu hören.

Ansonsten herrschte rund um die Neubaureihenhäuser eine sonntägliche Stille, die, je länger Paula um die Häuserzeilen strich, desto bedrückender wurde. Kein Bratenduft, der ihr verlockend in die Nase stieg, kein Kindergebrabbel, keine häuslichen Verrichtungen, die darauf schließen ließen, dass hier in diesem Geviert irgendwer zu Hause war.

Sie drückte auf den Klingelknopf. Sie hatte nicht damit gerechnet, jemanden anzutreffen, nicht bei dieser Totenstille in dem scheinbar ausgestorbenen Viertel, doch schon nach wenigen Sekunden wurde die Haustür aufgerissen, und eine Frau Anfang vierzig stand vor ihr.

Auf den ersten Blick hatte Iris Huttner keine Ähnlichkeit mit ihrer Schwester: Sie war kleiner als diese, vollkommen ungeschminkt, schlank, aber bei Weitem nicht so dünn wie Ida Glanz, trug ein Schlabbershirt und eine Monsterkastenbrille. Ein heller Teint, Gesicht und Arme waren voller Sommersprossen. Nur das viereckige Gesicht und die aschblonden schulterlangen Haare – Haare wie eine Gardine – verrieten auf den zweiten Blick die Familienähnlichkeit.

»Frau Huttner?«, fragte Paula und erhielt ein wortloses, freundliches Nicken. Die Kommissarin stellte sich vor, kramte in der Tasche nach ihrem Ausweis und hielt ihn Frau Huttner vor die Nase.

»Ist was mit den Kindern? Ist ihnen was passiert? Was ist ihnen passiert?« Drei Fragen in hellem Diskant, die Sprache der

Panik. Dazu hektische rote Flecken im Gesicht, die schlagartig die Sommersprossen überdeckten.

»Nein, nein, mit Ihren Kindern ist nichts. Da kann ich Sie beruhigen. Es geht um Ihre Schwester Ida.«

»Gott sei Dank.« Iris Huttner atmete tief durch. Dann bat sie die Kommissarin ins Haus.

Auch dieses Wohnzimmer in der Philippstraße war aufgeräumt und sauber, wenn auch nicht so picobello wie die beiden Vorzeigeobjekte in der Neuweiherstraße. Zwei helle Sofas, davor ein Couchtisch, eine Essgruppe, ein Sideboard, alles aus verschiedenen Materialien und in einer breit gefächerten Farbpalette.

Und überall, auf dem Sideboard, im Regal, auf den Fensterbrettern, dem Tisch, den Sofas, an den Wänden, standen, hingen, lagen, schliefen Lämmer, kuschelten sich aneinander. Lämmer aus Ton, Wolle, Holz, Kunststoff, Papier, eine ganze Herde hatte sich in diesem lichtdurchfluteten Wohnzimmer breitgemacht. Lämmer als Blumenstecker und Blumentöpfe, Dekorationsobjekte und Kerzenhalter, Kissen und Dosen. Sah sich ihre Gastgeberin als Opfer? Als unschuldiges, duldsames, wehrloses Opfer?

Nein, das war zu platt und zu simpel. Paula würde morgen die hauseigene Psychologin des Präsidiums, ihre Mitarbeiterin Eva Brunner, nach der Symbolkraft dieser dekorativen Ziergegenstände fragen. Die würde dafür sicher eine Erklärung haben. Wenn nicht sogar mehrere.

An die Fensterfront schloss sich ein Wintergarten an, der neu aussah. Von da aus blickte man über eine breite Wiesenfläche direkt auf die Höfener Spange, konnte sogar die Autos in Spielzeuggröße zählen, hörte aber keinen Lärm.

Noch im Stehen fragte Iris Huttner: »Wasser oder Kaffee? Was ist Ihnen lieber?«

»Ein Glas Wasser wäre prima.«

Nachdem ein Glas und eine Flasche »Frankenbrunnen, spritzig« vor ihr standen, überbrachte Paula ihre Nachricht. Eine Zeit lang war es still in dem stickigen Zimmer.

»Das heißt: Ida ist ermordet worden?«

Paula nickte.

»Wo, sagten Sie, ist das passiert? Und wann genau?«

»Direkt an der Russenwiese. Da hat man sie gefunden. Das ist der Fundort und wahrscheinlich auch der Tatort. Aber wann genau, das kann ich Ihnen leider nicht sagen. Wir gehen davon aus, dass es am Samstag so zwischen achtzehn und neunzehn Uhr dreißig passiert ist.«

»Ach.« Iris Huttner starrte auf den gelben Tischläufer vor sich und schwieg. Schließlich richtete sie den Blick, direkt und vorwurfsvoll, auf Paula.

»Ich habe sie immer wieder gewarnt. Dort allein mit dem Rad zu fahren, das sei doch viel zu gefährlich. In diesem Waldstück ist ja keiner unterwegs, auch am Wochenende nicht. Aber da war sie ganz stur. Uneinsichtig. Sie hätte ja immer ein Pfefferspray dabei. Als wenn das in einer solchen Situation irgendetwas ausrichten könnte. Wie man nur so blöd sein kann. Und das in ihrem Alter!«

Sie schloss diese Rede, die immer erregter und lauter wurde, mit dem Satz: »Das hat sie jetzt davon, die blöde Kuh, die blöde.« Doch in dem Ausruf war keine Spur von Rechthaberei, nur unendliche Traurigkeit.

Tränen kullerten die Wangen hinab. Und aus der Nase liefen Wasserschlieren, die sich Iris Huttner mit dem Ärmel wegwischte. »Dann ist sie sicher ausgeraubt worden, nicht wahr? Und auch vergewaltigt?«

»Nein, wir gehen davon aus, dass beides nicht der Fall ist. Denn im Portemonnaie fanden wir Geldscheine und Münzen. Auch von einer sexuellen Nötigung gibt es bislang keine Spur.«

»Nicht?«, fragte Iris Huttner verwundert. »Ja, warum sonst soll man sie denn ermordet haben? Wenn nicht aus einem dieser beiden Gründe?«

»Um das herauszubekommen, bin ich ja da. Ihre Schwester hat diese Radtouren wohl meistens allein unternommen?«

»Nicht meistens«, korrigierte Frau Huttner sie stante pede, »immer! Und immer am späten Samstagnachmittag, wenn es das Wetter einigermaßen zuließ. Im Sommer wie im Winter. Wissen Sie, Ida ist … war eine … ja, wie soll ich das jetzt ausdrücken, ohne dass es irgendwie gehässig klingt? Sie war jemand, der sein Leben bis ins letzte Detail durchgeplant hat. Sie war sehr diszipliniert. In allem! In der Arbeit wie im Privaten. Und erst recht in ihrer Freizeit. Was sie sich vorgenommen hatte, das wurde durchgezogen. Koste es, was es wolle. Da war sie rigoros, nicht nur gegen andere, auch gegen sich selbst. Schlampereien, auch kleine, duldete Ida nicht. Dafür hatte sie überhaupt kein Verständnis. Ich bin da anders. Und Irene, meine andere Schwester, auch.«

Paulas Argwohn gegen die Ermordete verstärkte sich. Eine solche übermenschliche Disziplin war ja fast krankhaft, abnorm auf jeden Fall.

»Ach, Sie haben noch eine Schwester. Seltsam. Davon hat Frau Schlötzer, die Nachbarin Ihrer Schwester, nichts erzählt.«

»Das kann sie auch nicht«, antwortete Iris Huttner mit einem bitteren Lächeln, »denn Irene hat den Kontakt zu Ida schon vor Jahren abgebrochen. Da gab es großen Ärger, ganz großen Ärger und Streit. Wobei ich immer gehofft habe, dass sich die beiden doch wieder zusammenraufen. Also dass Irene ihr irgendwann verzeihen wird.«

Nachdem sie den vollständigen Namen und die Adresse dieser Irene notiert hatte, fragte Paula nach den Eltern des Schwestern-Trios. Der Vater, erfuhr sie, sei schon vor mehr als zwanzig Jahren gestorben, und die hochgradig demente Mutter lebe seit einem Jahr im Heim. Im Seniorenzentrum Martha-Maria.

»Es ging halt nicht mehr, dass sie daheim bleibt. Und wissen Sie, Frau Steiner, wir sind alle drei berufstätig. Jetzt braucht unsere Mama aber in ihrem Zustand eine Rundumpflege. Die hätten weder Irene noch Ida leisten können. Und ich auch nicht.«

Anscheinend fühlte sich Iris Huttner verpflichtet, sich vor der Kommissarin für den Heimaufenthalt ihrer Mutter zu rechtfertigen.

»Aber wir besuchen sie natürlich regelmäßig. Jede von uns fährt einmal in der Woche zu ihr. Jeweils an einem anderen Wochentag.«

»Dann sind Sie die Verwandte von Frau Glanz, die ihr am nächsten stand, sehe ich das richtig?«

»Ja«, sagte Iris Huttner. »Beziehungsweise bin ich die einzige Verwandte überhaupt, die noch Kontakt zu Ida hatte.«

»Dann können Sie mir bestimmt auch weiterhelfen, was den Freundeskreis Ihrer Schwester anbelangt? Und damit meine ich beide Geschlechter.«

Wieder dieses bittere Lächeln, begleitet von einem energischen Kopfschütteln.

»Ida hatte keine Freundinnen. Früher ja. Aber das ist schon lange her. Es sei ihr nicht wichtig, sagte sie immer, wenn ich sie danach gefragt habe. Da konnte sie sich richtig aufregen. Sie komme auch gut ohne dieses aufgesetzte Getue unter Geschlechtsgenossinnen durchs Leben, ohne diese banalen Frauenthemen. Das bringe ihr nichts. Obwohl«, folgte die Einschränkung, »mit ihrer Nachbarin, also mit Frau Schlötzer, hat sie sich eigentlich ganz gut vertragen. Das wäre aber auch die einzige Freundin, die ich Ihnen nennen kann.«

Jetzt war es an Paula, den Kopf zu schütteln. »Ich glaube nicht, dass Frau Schlötzer damit einverstanden wäre, als Freundin Ihrer Schwester bezeichnet zu werden.«

Sie wiederholte ihre Frage nach den »Freunden oder Lebensgefährten«, mithin nach den Männern in Ida Glanz' Leben, nur um zu erfahren, dass Frau Huttner da »überhaupt nicht auf dem Laufenden« sei, dieses Thema habe die Schwester ihr gegenüber immer außen vor gelassen.

»Und mich hat es im Prinzip auch nicht groß interessiert«, erklärte sie, den tränennassen Blick wieder auf den sonnengelben Tischläufer gerichtet.

Die Kommissarin nahm ihr das nicht ab, nicht in dieser angeblichen Ausschließlichkeit, ließ es dabei aber bewenden. Sollte sich herausstellen, dass ihr niemand sonst diese wichtige Frage beantworten konnte, musste sie eben bei Frau Huttner nochmals vorstellig werden. Dann aber ohne die Samthandschuhe, mit der sie diese derzeit anfasste.

Sie nahm einen großen Schluck aus dem Glas, das noch halb voll vor ihr stand, und wollte soeben die Standardfrage aller Kommissare, der echten wie der aus Film und Fernsehen, stellen, da kam Iris Huttner ihr zuvor.

»Sie wollen doch sicher noch mein Alibi überprüfen, Frau Steiner?«

Sie antwortete mit dem schlechten Gewissen der um ein Haar Ertappten betont freundlich. »Ja, aber das hat Zeit. Das können wir auch ein anderes Mal –«

»Ich war gestern vom frühen Nachmittag bis zwanzig Uhr dreißig in unserer Kita in der Weiherhofer Straße. Das ist in Fürth. Ich bin Erzieherin, und wir hatten gestern unser alljährliches Feriensommer- und Schnupperfest. Soll ich Ihnen Zeugen dafür nennen?«

Paula winkte ab. »Nein, das ist nicht nötig.« In Gedanken setzte sie hinzu: im Moment nicht. »Aber was ich noch bräuchte, ist der Arbeitgeber Ihrer Schwester. Und als was sie tätig war.«

Ida Glanz hatte als Zahntechnikerin in einem Dentallabor am Mögeldorfer Plärrer gearbeitet. Ganztags? Natürlich. Auch diese Angaben notierte Paula in ihrem kleinen Block. Sie stand auf, bedankte sich für das Wasser und wurde von Frau Huttner an die Haustür begleitet. Dort stellte sie »meine jetzt aber allerletzte Frage«, die rein ihrer privaten Neugier geschuldet war.

»War Ihre Schwester eigentlich magersüchtig?«

Ein empörtes Nein war die Antwort. »Überhaupt nicht. Wie kommen Sie da drauf? Ida war schon immer sehr schlank und auf ihre Figur bedacht. Das sei alles nur eine Frage des Willens, sagte sie, wenn ich mal über ein paar Pfund zu viel jammerte. Sie war halt sehr, sehr diszipliniert.«

Ein Fulltime-Job mit einer Vierzig-Stunden-Woche, dann diese enorme Selbstbeherrschung beim Essen, die staubfreie Wohnung mitsamt den drei auf Hochglanz polierten Kupferpfännchen, all die Zeit, die die Tote auf Körperpflege und die kosmetischen Korrekturen aufwendete, die Radtouren am Wochenende, dieser eiserne Wille bei allem, was Ida Glanz pflichtschuldigst erledigt hatte. Paula fragte sich, woher man eigentlich die Kraft nahm für diesen Aufwand. Und auch für diese Disziplin. Sie hätte so ein Leben nicht führen können, selbst wenn sie es gewollt hätte.

Aber war Ida Glanz mit diesem Leben auch zufrieden gewesen? Lag in diesen asketischen Übungen, in der Überwindung, die so etwas kostete, lag in all den Aufmerksamkeiten, die sie vorwiegend auf das eigene Ich gerichtet zu haben schien, die Basis für das große Glück? Nein, befand Paula, solche immerwährenden Akte der Selbstdisziplinierung, denen in ihren Augen etwas Verbissenes, Freudloses anhaftete, mochten vielleicht ein kleines, vorübergehendes Glück liefern, waren jedoch kein Ersatz für das große.

Hatte diese spindeldürre Frau mit ihrem Perfektionszwang und dem Sonnenstudio-Teint auch unerfüllte Träume oder zumindest Sehnsüchte gehabt? Wenn ja, welche? Und vor allem: Was waren ihre Schwächen, ihre Empfindlichkeiten gewesen? Hatte sie überhaupt welche?

Doch, war Paula schließlich überzeugt, auch Ida Glanz kannte das Scheitern. Und diese Gewissheit bezog die rauchende Kommissarin mit dem kleinen Bauchansatz und ihren mehr als mangelhaften Hausfrauenqualitäten einzig und allein aus einem klitzekleinen Detail in der Neuweiherstraße: der freien, unbenutzten Hälfte des Doppelbettes. Diese Leerstelle hatte, davon war sie überzeugt, eine wesentlich größere Bedeutung und Symbolkraft als Frau Huttners Lammherde.

Schließlich stellte Paula Steiner das Sinnieren ein und startete den Wagen.

DREI

Für die Fahrt in den Nürnberger Osten ließ sich Paula viel Zeit. So war es bereits später Nachmittag, als sie den Rainwiesenweg, der sich parallel zur B 14 erstreckte, erreichte. Eine schmale Straße mit alten Villen, ein paar aufgemotzten Siedlungshäusern und vielen protzigen Neubauten im Toskana-Stil. Noch vor einigen Jahren waren hier überall riesige weiße Stoffschilder aufgespannt gewesen, darauf stand: »Kaninchenställe, nein danke!« oder »18 Häuser? Berger, das gibt Ärger!«

Es war windstill, sie konnte niemanden in den gepflegten Gärten sehen, auch kein Vogelgezwitscher hören, nur das unablässige Rauschen der nahen A 3.

Paula stellte den Wagen direkt vor Irene Feulners Haus ab. Diesmal hatte sie kein Glück – ihr wiederholtes Klingeln blieb ohne Erfolg. Doch das Tor der Doppelgarage stand offen. Sie beschloss, eine Viertelstunde zu warten, und zündete sich eine Zigarette an.

Sie hatte noch nicht ganz zu Ende geraucht, da kam ein bordeauxroter Kleinwagen die Straße entlanggepresscht und fuhr sehr schnittig in die Garage. So hatte sich ihr Warten doch gelohnt.

Kurz darauf stand eine nicht sehr große, korpulente Frau Anfang fünfzig mit einem teigigen, mürrischen Gesicht vor ihr, eine Kuchenschachtel auf beiden Händen balancierend. Ihren Blick, mit dem sie Paula von oben bis unten musterte und dabei vor allem deren brennende Zigarette lange mit offensichtlichem Abscheu ins Visier nahm, als Ausdruck höflicher Verachtung zu beschreiben, wäre untertrieben gewesen. Das Adjektiv »höflich« konnte man streichen.

»Lassen Sie es sich ja nicht einfallen und schmeißen Ihre Kippe vor mein Haus! Dann gibt's aber Ärger, das kann ich Ihnen sagen!«

Für einen kurzen Moment ließ sich die Adressatin dieser unterschwelligen Aggression die drei Alternativen, die ihr als angemessene Reaktion zur Verfügung standen – ignorieren, kontern oder doof tun –, durch den Kopf gehen, dann hatte sie ihre Wahl getroffen. Sie fiel auf die dritte Alternative. Das versprach am spannendsten zu werden. Und am vergnüglichsten.

»Ach, das wusste ich nicht, dass der Rainwiesenweg Ihre Privatstraße ist. Aber, komisch«, fügte sie hinzu und gab sich Mühe, so naiv wie möglich zu klingen, »ich sehe hier gar keine Absperreinrichtung oder ein entsprechendes Schild, dass dies hier Ihrem alleinigen Wegerecht unterliegt. Wenn Sie doch bitte so freundlich wären, Frau Feulner, mir dieses zu zeigen.« Dann schnippte sie die noch glimmende Zigarette in den Rinnstein vor ihr.

»Wer sind Sie denn überhaupt? Was wollen Sie von mir?«

»Sie befragen in einem Mordermittlungsverfahren.« Sie nannte ihren Dienstgrad, das Fachdezernat und den Namen, in genau dieser taktisch abgestimmten Reihenfolge.

Es zeigte Wirkung. Irene Feulner deponierte ihr Kuchenpaket auf dem Torpfosten aus Sandstein und wandte sich ihr zu, breitbeinig, die Hände in die Hüften gestemmt. »Kriminalpolizei? Zeigen Sie mir erst mal Ihren Dienstausweis! Vorher rede ich kein Wort mit Ihnen, damit das schon mal klar ist.«

»Aber gerne.«

Nachdem Irene Feulner ihren Ausweis einer längeren Inspektion unterzogen und mit spitzen Fingern zurückgegeben hatte, folgte ein ebenso griesgrämiges »Und, weiter?«.

Da wusste Paula, dass Iris Huttner ihre Schwester Irene über den Tod von Ida Glanz noch nicht informiert oder, andere Möglichkeit, sie noch nicht auf dem Handy erreicht hatte, um ihr das mitzuteilen. Und genauso sicher war sich die Kommissarin, dass dieser vollkommen charme- und rauchfreie Trampel da vor ihr, dieses Musterexemplar einer fränkisch-zänkischen Vorstadtschnepfe sie für die anstehende Befragung nie und nimmer in das Haus bitten würde. Geschweige denn ihr einen Kaffee oder gar ein Stück aus dem Kuchenpaket auf dem Torpfosten anbieten würde.

Also überbrachte sie ihr die Nachricht von dem Mord im

Stehen, auf der Straße, vor der Doppelgarage. Wie zu erwarten war, reagierte Irene Feulner zuerst ein wenig überrascht, dann aber sehr gelassen.

»Und jetzt wollen Sie ausgerechnet von mir etwas über sie wissen? Wie stellen Sie sich das vor?«

Formal zwei Fragen, aber im Tonfall eine einzige Beleidigung der intellektuellen Fähigkeiten ihrer Gesprächspartnerin.

»Ich habe sie sehr lange nicht mehr gesehen oder gesprochen. Seit vier Jahren. Um genau zu sein: seit dem ersten September 2013.«

Paula war sich nicht ganz sicher, glaubte aber, aus den beiden letzten Sätzen ein Nachlassen der pöbelnden Kampfbereitschaft herausgehört zu haben. Doch dieser Moment währte nicht lange.

»War's das dann?«

Frau Feulner hatte sich bereits von ihr abgewandt und wollte soeben nach ihrem Kuchenpaket greifen, da sagte Paula Steiner: »Nein, das war es natürlich noch nicht. Ich habe zwei Fragen an Sie. Erste Frage: Wo waren Sie gestern Abend in der Zeit von achtzehn bis neunzehn Uhr dreißig? Und: Gibt es dafür Zeugen?«

Hier, in ihrem Haus, sei sie gewesen, lautete die Antwort. Zusammen mit ihrem Sohn, der Schwiegertochter und deren beider Sohn, ihrem Enkel Lukas.

»Ich brauche die Namen und die Adresse Ihres Sohns und der Schwiegertochter.«

Nachdem Irene Feulner ihr beides widerwillig diktiert hatte, legte Paula nach.

»Ihre Schwester Iris hat zu Protokoll gegeben, dass es zwischen Ihnen und dem Mordopfer vor einiger Zeit ganz großen Ärger gab«, zitierte sie ihre Befragungskandidatin aus Höfen. »Ohne versöhnliches Ende. Worum ging es denn da?«

»Das werde ich gerade Ihnen auf die Nase binden. Das ist eine familieninterne Geschichte, die geht Sie nichts an.«

Paula wollte sie soeben darauf hinweisen, dass sie Familieninterna in einem Mordfall sehr wohl etwas angingen, doch da hatte Frau Feulner schon kehrtgemacht und war im Haus verschwunden – mitsamt ihrem verlockend überdimensionalen Kuchenpaket.

Früher hätte sie sich so etwas nicht bieten lassen, früher hätte sie mit allem legitimen und vor allem dem rechtlich oft grenzwertigen Nachdruck auf einer erschöpfenden Antwort bestanden. Dazu hatte die Kommissarin keine Lust mehr. Schon seit Wochen nicht mehr. Eine Entwicklung, die auch Heinrich aufgefallen war und die er mit den wenig schmeichelhaften Worten »Das ist das Alter, Paula – da wird man eben gelassener« kommentiert hatte.

Sie setzte sich in ihren Wagen, ließ den Motor dreimal extra lautstark aufheulen und fuhr den Rainwiesenweg zurück. Als sie nach links auf die B 14 abbiegen wollte, sah sie rechts einen Mann Ende fünfzig, der die Tuchergartenstraße heraufkam. Er schob einen Kinderwagen vor sich her und wurde von einem jungen Paar begleitet. Der Endfünfziger hatte ein zerknittertes gelbliches Gesicht, einen spärlichen Haarkranz auf der Schädelmitte und trug eine mittelbraune Stoffhose sowie ein beigefarbenes kurzärmeliges Hemd. Ein richtiger Buchhalter-Typ.

Paula schaltete den Motor aus und sah der kleinen Gruppe im Rückspiegel eine Zeit lang versonnen nach.

»Ah«, sagte sie schließlich halblaut zu sich, »so ist das also.« Und sie rechnete es sich hoch an, dabei keinerlei Schadenfreude gegenüber ihrer Kontrahentin von soeben, der nämlich mit dem Kuchenpaket, zu empfinden.

Auf dem Weg nach Nürnberg kehrte ihre gute Laune vom Vormittag zurück. Sie stoppte bei dem Wirtshaus in der Erlenstegenstraße. Außer einem mageren Frühstück daheim und dem Glas Wasser bei Frau Huttner hatte sie heute, ergaben ihre Überlegungen, noch nichts zu sich genommen. Zeit für eine Kaffeepause.

Sie setzte sich in den hübschen Biergarten hinter dem historischen Sandsteingebäude mit seinen einladenden rot-weiß gestrichenen Fensterläden und wartete auf die Bedienung. Als diese kam, disponierte sie kurzerhand um und bestellte »ein

Wiener Schnitzel, aber ohne Kartoffelsalat, dafür mit einem extragroßen Salatteller bitte, dazu eine Apfelsaftschorle«.

Während sie rauchend auf das Essen wartete, eilten ihre Gedanken zurück zu ihrem Fall, zu Ida Glanz. Eine ungewöhnliche Frau, auf eine erratische Weise sehr konservativ. Mit ihrem cremeweißen Stoffsofa, der biederen Loungemusik, der Selbstbeherrschung beim Essen, den samstäglichen Radtouren, die sie einer Pflicht gleich ohne Rücksicht auf eigene Befindlichkeiten absolvierte, dazu der Vierzig-Stunden-Job. Ein Leben ganz im Dienst eines fränkisch-protestantischen Arbeitsethos, so diszipliniert wie lustfeindlich.

Was in Paulas Augen dazu allerdings nicht recht passen wollte, waren die wechselnden Männerbekanntschaften, wovon immerhin zwei verheiratet gewesen zu sein schienen. Hatte Ida Glanz da ihre wilde Seite ausgelebt?

Nein, diese Frau, davon war Paula überzeugt, hatte keine wilden Seiten gehabt. Dagegen sprach einiges. Die fast schon bedrohliche Ordnung ihrer Wohnung, die süßlich duftenden Teelichter-Geschwader, die alle Räume mit Jasmin- und Erdbeeraromen desinfizierten; das an Klinikmobiliar erinnernde beige lackierte Sideboard und vor allem die unbenutzte keusche Hälfte in dem Doppelbett. Das Einzige, was in der Wohnung der Toten so etwas wie ungezügelte Animalität verströmte, war das Leopardenmuster der fünf Sofakissen. Und selbst die waren aus Kunststoff.

Nachdem Paula das tellergroße Schnitzel und die riesige Schüssel mit den Blattsalaten in Rekordzeit verdrückt hatte, zahlte sie und bestellte noch eine Tasse Kaffee und das Dessert des Tages – eine Crème bavaroise. Danach war sie pappsatt, zufrieden und ohne jedes Interesse an weiterer Ermittlungsarbeit.

Sie fuhr die breite, mit ihren alten Villen und modernen Bürogebäuden sehr großstädtische Erlenstegenstraße entlang, wechselte dann auf die Sulzbacher Straße, die, je näher sie dem Rathenauplatz kam, umso trister und schäbiger wurde, und stellte Charly in seine Garage. Ursprünglich hatte sie vorgehabt, gleich von da aus nach Hause zu gehen. Doch da es vom Rathenauplatz nur ein Katzensprung zum Gerichtsmedizinischen Institut in der Tetzelgasse war, entschied sie kurzerhand um. Vielleicht konnte ihr Frieder ja schon Genaueres sagen.

Noch bevor sie dem Gerichtsmediziner die erste Frage stellen konnte, fragte er sie seinerseits, ob sie ihr Versprechen ihm gegenüber auch gehalten habe.
Verwundert sah sie ihn an. »Was sollte ich dir denn versprochen haben?«
»Du hast mir auf der Russenwiese felsenfest versprochen, dass du dich unter die Dusche stellst. Wegen der Zecken!«
Ach, das. Das hatte sie vergessen.
»Dazu war leider noch keine Zeit. Aber sobald wir hier fertig sind, Frieder, gehe ich heim und mache das. Großes Indianerehrenwort.«
»Wenn es dann nicht bereits zu spät ist«, gab er zu bedenken. »Ich habe dich gewarnt. Wenn man da nicht sofort hinterher ist, kann das zu –«
»So, Frieder«, unterbrach sie ihn schnell, »jetzt mal zu etwas ganz anderem: Bist du mit der Obduktion schon durch, oder soll ich morgen wiederkommen?«
»Paula, morgen bin ich nicht mehr da. Das war heute ein eintägiger Sondereinsatz. Ich bin aber mit der Autopsie schon so gut wie fertig. Viel ist es nicht, was ich dir sagen kann. Keine Spuren von Gegenwehr, nicht die geringsten, nicht einmal irgendwelche Kontaktspuren. Keine Anzeichen von sexueller Nötigung. Und keine DNA außer der von der Toten.«
»Na, das sind doch mal gute Nachrichten«, merkte Paula ironisch an. »Da haben wir ja gar nichts in der Hand. Kannst du denn zumindest ausschließen, dass der Mörder eine Frau war? Die Kriminaltechniker meinten nämlich, der Täter müsse ein Mann gewesen sein. Sie haben Spuren gefunden, die auf eine dreiundvierziger Schuhgröße hinweisen.«
»Das kann ich dir nicht beantworten. Das heißt: Ich kann nicht ausschließen, dass es eine Frau gewesen ist.«
»Schade. Wirklich schade.« Dann hellte sich Paulas Gesicht auf. »Dann frage ich anders: War das jetzt für dich ein männ-

licher oder ein weiblicher Schlag, der sie zu Fall gebracht hat und an dem sie letztendlich auch gestorben ist?«

»Hm. Auch da kann ich weder das eine noch das andere ausschließen. Beides ist möglich.«

»Und dass sie doch mit der Fahrradpumpe erschlagen worden ist?«

»Ist ausgeschlossen. Dann nämlich wäre die Wunde nicht so tief. Aber zumindest in puncto Tatwerkzeug weiß ich jetzt Genaueres. Es muss, wie schon gesagt, ein Rohr gewesen sein, mindestens fünf Zentimeter im Durchmesser. Schon von daher kannst du die Fahrradpumpe als Mordwaffe vergessen. Ach ja, noch etwas: Ich habe in den Blutgerinnseln weiße Lackspuren gefunden. Insofern gehe ich davon aus, dass die Tatwaffe weiß lackiert war. Vielleicht ein Rohrpfosten? Oder eine Befestigungsstange für Verkehrsschilder? Davon gibt es ja etliche in diesem Waldstück.«

»Aber solche Stangen sind doch, soviel ich weiß, alle aus Aluminium oder aus Stahl. Und nicht lackiert.« Fragend sah sie zu ihm auf.

Mit einem Lächeln öffnete Müdsam die Arme in einer bedauernden Geste. »Tja, da kann *ich* dir nicht weiterhelfen, Paula.«

»Macht nichts. Vielleicht findet die KT bei ihrer Nachsuche etwas. Ha, bevor ich es vergesse, eine Frage noch, eine sehr neugierige, das gebe ich zu, und auch mehr private. Aber die kannst du mir bestimmt beantworten. War unsere Tote«, sie deutete auf den Leichnam, der vor ihr lag, »eigentlich magersüchtig?«

Müdsam schüttelte entschieden den Kopf. »Wenn du damit eine krankhafte Essstörung meinst – nein, das war sie nicht. Ich habe keine Veränderung an der Speiseröhrenschleimhaut feststellen können, was als einwandfreies Indiz für Bulimie gilt. Nur extrem untergewichtig war sie halt. Was auch kein Wunder ist bei dem, was ich in ihrem Magen gefunden habe: geringe Reste von Vollkornkeksen und sonst nur Gemüsesäfte.«

Dann hatte Dennerlein mit seinem »zierlichen Püppchen«

also doch recht. Keine krankhafte Essstörung, sondern nur ein eiserner Wille. Plus diesem abscheulichen Smoothie-Mixer als Erfüllungsgehilfen. Vielleicht sollte sie sich auch mal so einen Apparat zulegen, nur vorübergehend, quasi versuchsweise? Wobei, nein, allein schon bei der Vorstellung, sich künftig überwiegend von Gemüsesäften zu ernähren, bekam sie schlechte Laune. Dafür war sie einfach nicht der Typ. Das wäre hinausgeschmissenes Geld.

Sie verabschiedete sich von Frieder Müdsam, der sie erneut und nachdrücklich an ihr Versprechen erinnerte. »Du musst dich aber jetzt wirklich sofort unter die Dusche stellen, wenn du wieder daheim bist.«

Als sie eine Viertelstunde später die Wohnungstür aufschloss, war der Badezimmerspiegel aus seinem vorläufigen Exil in der Diele verschwunden. Er hing wieder da, wo er nicht hingehörte – im Bad, über dem Waschbecken. Das konnte nur eines bedeuten. Sie marschierte ins Wohnzimmer. Tatsächlich, Paul Zankl lag auf dem Sofa und schnarchte dezent vor sich hin.

Sie berührte ihn sanft an der Schulter, und nachdem das nicht fruchtete, nochmals ziemlich grob. »Sag mal, hast du den Spiegel wieder ins Bad gehängt?«, stellte sie die überflüssige Frage.

Schlaftrunken sah er zu ihr auf. »Klar. Warum hast du den überhaupt abgenommen? Der ist doch noch pfenniggut beieinander.«

»Das mag schon sein. Aber unter Feng-Shui-Gesichtspunkten sind Spiegel immer eine heikle Angelegenheit, habe ich vor Kurzem gelesen. Die meisten von denen verbreiten eine ziemlich miese Aura. Für das Raumklima sei das ganz übel. So etwas brauche ich nicht in meiner Wohnung. Außerdem sind laut Feng Shui Spiegel generell stark überschätzt. Also, ich brauche keinen Spiegel im Bad, ich nicht.«

»Aber ich«, protestierte der nun hellwache Paul und richtete sich kerzengerade auf. »Wovor soll ich mich denn in Zukunft rasieren? Wie stellst du dir das vor, Paula, hm?«

»Das geht genauso gut vor dem Garderobenspiegel in der

Diele, genauso gut. Außerdem ist der viel größer, da siehst du mehr«, sagte sie abschließend und ging in die Küche.

Dort zog sie die Kühlschranktür auf und nahm die einzige und fast leere Weinflasche heraus. Als sie den Rest des Gelben Muskatellers von 2014 aus dem steirischen Weingut Trement in ein Sortenweinglas goss und dann prüfend gegen das Licht hielt, stand Paul dicht hinter ihr.

»Den Schmarrn glaubst du doch selber nicht, den du hier verzapfst. Ich kenne keinen Haushalt, bei dem ein Spiegel im Bad fehlt. Keinen.«

»Na, dann wird es ja Zeit, dass du deinen Horizont entsprechend erweiterst. Jetzt kennst du endlich einen Haushalt, wo das der Fall ist, nämlich *meinen*«, betonte sie das Possessivpronomen.

Sie nahm am Küchentisch Platz und nippte an dem Wein. Schon beim ersten Schluck erinnerte er sie an Weihnachten, mit seiner Mischung aus Mandelaroma, Kardamomduft und dem feinen Bukett aus Orangenschalen.

Paul setzte sich ihr gegenüber und sah ihr stumm und belustigt zu.

»Ach, jetzt weiß ich, was dahintersteckt«, sagte er nach einer Weile mit einem grandios spöttischen Gesichtsausdruck, »Madame haben Angst. Angst vor ihrem eigenen Spiegelbild. Das ganze Gerede von Feng Shui und so ist doch nur ein windiges Ablenkungsmanöver. Aber mich täuschst du nicht, Paula. Mich nicht. Ich kenne dich mittlerweile ganz genau. Auf jeden Fall bleibt der Spiegel da, wo er ist. Falls er dich wirklich so sehr stört, dann schau halt einfach nicht hin. Ich kann ihn ja, wenn ich mit dem Rasieren fertig bin, mit einem Tuch verhängen.«

Er lachte sein tiefes Holzfäller-Lachen, das sie so an ihm mochte und das sie seit Wochen nicht mehr gehört hatte. »Dann wären wir der erste Haushalt, den ich kenne, in dem die Spiegel mit Tüchern verhängt werden. Das würde meinen Horizont doch gleich zweifach erweitern. Was meinst du, Paula? Gut fürs Feng Shui. Äh, pardon, für deine Aura und das Raumklima natürlich. Haha, hoho.«

Wider Willen musste sie auch lächeln. Es war ein schiefes Lächeln. Dennoch – in dieser Angelegenheit würde sie nicht nachgeben, das nahm sie sich in dem Moment fest vor. Morgen früh, wenn Paul aus dem Haus war, würde der Spiegel auf Nimmerwiedersehen in den Keller verbannt werden.

Paula löste ihr großes Indianerehrenwort ein und stellte sich unter die Dusche.

VIER

Auch dieser Montagmorgen startete wie jeder Tag der letzten Wochen: sonnenklar und mit diesem babyblauen Himmel. Das Unternehmen Badezimmerspiegel verschob Paula auf die Abendstunden, da Paul heute erst am Mittag in Erlangen sein musste und sich aufreizend viel Zeit für seine Körperhygiene nahm.

Punkt acht Uhr verließ sie das Haus. Eine gute halbe Stunde später stieß sie die Tür zu ihrem Büro auf. Eva Brunner und Heinrich Bartels schienen sie schon erwartet zu haben, so strahlend, wie sie zu ihr aufblickten.

»Wir wissen schon alles. Wo du gestern warst und dass du dich da aufgeführt hast wie die Axt im Wald«, lautete Heinrichs fröhliche Begrüßung.

Der Konter folgte auf dem Fuß. »Ich habe mich nicht aufgeführt wie die Axt im Wald. Ich habe lediglich einem Kollegen widersprochen, der nämlich der Meinung war, ich lasse dir zu viel durchgehen und sollte dir doch mal endlich richtig die Leviten lesen, Stichwort: mangelnder Arbeitseinsatz eines gewissen Herrn Bartels. Oder hätte ich diesem Kollegen deiner Meinung nach recht geben sollen und dich –«

»Ist ja jetzt auch wurscht«, unterbrach Heinrich sie schnell. »Wir haben also einen neuen Fall. Komm, erzähl!«

Das tat sie, mit allem Drum und Dran. Sie eröffnete ihren Bericht mit der fehlenden Fahrradpumpe, leitete dann über zu dem neugierigen Schneewittchen und kam schließlich auf den »in meinen Augen völlig übertriebenen Putzwahn dieser Ida Glanz« zu sprechen. Weiter fanden in Paulas Report Erwähnung: der Smoothie-Mixer, das Smartphone-Knie, die leere Doppelbetthälfte und die wechselnden Männerbekanntschaften. »Leider bis jetzt ohne eindeutige Zuordnung, aber dazu später mehr.«

Und natürlich die zwei Schwestern. »Die eine heißt Iris Huttner und hat ein auffälliges, ja geradezu schon abnormes

Faible für Deko-Lämmer. Das ist doch was für Sie, Frau Brunner?«

Aber die Kapazität in Sachen Seelenkunde biss nicht an. Paula hatte sogar den Eindruck, die Frage langweile sie. Was war da passiert? Denn es musste etwas passiert sein, dass Frau Brunner eine solche Steilvorlage einfach ungenutzt verstreichen ließ.

»Aber weiter. Die andere Schwester ist eine gewisse Irene Feulner, ein im Übrigen sehr unfreundlicher, völlig ungerührter Vorstadttrampel der übelsten Sorte, die es nicht einmal für nötig befunden hat, mich in ihr Haus zu bitten.«

Das Briefing endete mit ihrer Beobachtung am Ende des Rainwiesenwegs.

»Ach so, du glaubst, dieser Feulner war einer von den drei Liebhabern?«, fragte Heinrich.

»Ja, davon gehe ich aus. Aber mit Betonung auf ›war‹. Denn jetzt lebt er ja wieder bei seiner Frau, so wie es aussieht. Den knöpfen wir uns als Ersten vor. Das übernehme ich. Du und Sie, Frau Brunner, werden seine Frau zur selben Zeit befragen, die beiden Befragungen trennen wir räumlich. Damit sich die Eheleute nicht absprechen können. Gerade davon verspreche ich mir sehr viel. Ich glaube nämlich nicht, dass Herr und Frau Feulner mit weiteren Vernehmungen unsererseits in nächster Zeit rechnen und sich somit auf solche Gespräche vorbereitet haben.«

Nach einer Pause setzte sie gedankenvoll hinzu: »Wenn dieser Trampel es ihm überhaupt schon erzählt hat, dass ihre Schwester ermordet wurde. Ich kann mir gut vorstellen, dass sie ihrem Mann das verschwiegen hat. Um alte Wunden nicht aufzureißen. Die möchte bestimmt an diese Affäre ihres Mannes nie wieder erinnert werden.«

»Meinst du wirklich, Paula«, meldete Heinrich Zweifel an, »dass man so etwas auf Dauer verheimlichen kann? Affäre hin, Affäre her.«

»Ja, das meine ich wirklich. Der ist das zuzutrauen. So, dann brauchen wir die Kontobewegungen der Glanz, das machst bitte du, Heinrich. Und Sie, Frau Brunner, werden die beiden Feulners jetzt gründlich durchchecken. Wenn wir deren Daten haben, geht es los. Alles andere ist im Moment zweitrangig.«

»Ich bin schon ganz gespannt auf Frau Feulner«, sagte Heinrich mit einem verschmitzten Lächeln. »Ich kann es kaum erwarten. Wenn dir das so pressiert, muss ja was dahinterstecken.«

Bevor Paula etwas entgegnen konnte, klingelte ihr Telefon. Es war Klaus Zwo. Er müsse ihr »etwas Hochinteressantes« zeigen, was für ihren Fall von entscheidender Bedeutung sein könnte.

»Ich bin schon auf dem Weg«, sagte sie und eilte ins Erdgeschoss.

Auf Klaus' Schreibtisch lag eine schwarze Sporttasche aus wasserabweisendem Kunststoff mit einem türkisfarbenen abnehmbaren Schultergurt. Paula warf einen Blick in die Tasche. Sie war komplett leer.

Fragend sah sie zu Klaus Zwo. »Und?«

Wortlos griff er in das Regal hinter sich und legte drei prall gefüllte Plastiktüten auf den Tisch. Er reichte ihr zwei Schutzhandschuhe und machte eine auffordernde Handbewegung.

Nachdem Paula den Inhalt Stück für Stück auf dem Tisch ausgebreitet hatte, pfiff sie leise durch die Zähne. »Wo habt ihr diese Tasche gefunden? Im Schlafzimmer nicht, das wüsste ich.«

»Nein«, sagte Klaus Zwo, »im Schlafzimmer nicht.« Pause.

»Auf dem Balkon?«

»Nein, auch nicht.« Zweite Pause.

»Ja, wo denn dann?«

»Nicht in der Wohnung.« Dritte Pause.

»Mach's halt nicht so spannend. Wo?«

»Im Keller!«

»Im Keller?«, wiederholte sie erstaunt.

Vor ihr lagen ein Reisenecessaire mit Kamm, Rasierschaum, Rasierapparat, Zahnbürste und Zahnpasta, dann zwei weiße Baumwollunterhemden, zwei Unterhosen – ebenfalls weiß, Feinripp, mit seitlichem Eingriff –, eine schwarze Jeans, zwei Paar Socken, zwei T-Shirts, eine dunkelgraue Fleecejacke mit

Kapuze. Und schwarze Birkenstock-Pantoletten, auf dem Außenrist stark abgetragen. Das deutete auf eine ausgeprägte Beinachsenfehlstellung hin, vulgo: auf O-Beine.

»Warum hat sie die Tasche mit dem ganzen Zeug im Keller aufbewahrt und nicht in der Wohnung? Das ist doch unpraktisch. Da mussten sie oder ihr Freund ja jedes Mal in den Keller gehen, wenn er zu ihr …«

Sie hatte den Satz noch nicht zu Ende gesprochen, da hatte sie eine Eingebung. »Ha, ich weiß es: Die Glanz hat ihn rausgeworfen, und er ist noch nicht dazu gekommen, sich seine Sachen bei ihr abzuholen. Ja, genauso ist es. Was meinst du, Klaus?«

»Das Gleiche wie du, genau das Gleiche. Und jetzt schau mal auf die Schuhgröße, Paula.« Triumphierend hielt er ihr eine Pantolette hin und zeigte mit dem Finger auf die Sohle.

»Dreiundvierzig«, las sie. »Ach, wegen der Schuhabdrücke, die ihr auf der Russenwiese gefunden habt. Ja, du hast recht. Das könnte etwas zu bedeuten haben. Muss aber nicht.«

»Ich glaube schon, dass das etwas zu bedeuten hat. Aber es nützt uns nichts. Leider.«

»Warum? Habt ihr bei dem Zeug«, Paula wies mit der Hand auf die vor ihr liegenden Stapel, »keinen genetischen Fingerabdruck gefunden?«

»Doch, schon. Massenhaft Spuren. Aber nur die von der Toten und von einem Unbekannten. Ich habe heute den ganzen Vormittag nichts anderes gemacht, wirklich nichts anderes«, wiederholte er, »als die Datenbanken mit diesen DNA-Spuren zu füttern. Herausgekommen ist nichts, gar nichts.«

Paula hatte eine Idee. »Ich glaube, ich weiß, wem der ganze Krempel hier gehört. An dem bin ich schon dran, und zwar ganz nah dran.«

»Ach, dann habt ihr eine Spur?«, fragte Klaus Zwo erstaunt. »Mit Namen und allem Drum und Dran?«

»Natürlich. Was glaubst du denn?« Das kam sehr siegessicher, mit einer Spur Überheblichkeit. »In spätestens einer Stunde werden wir diesem Herrn einen Besuch abstatten. Und seiner widerspenstigen Ehefrau.«

»Mensch, toll, Paula. Das ging diesmal aber fix. Soll ich mitkommen? Dann kann ich doch gleich –«

»Das braucht es nicht, Klaus«, unterbrach sie ihn. »Du hast doch sicher andere Sachen, die dringlicher sind. Ich bring dir deine DNA-Probe mit, das versprech ich dir.«

Sie hatte die Türklinke schon in der Hand, da drehte sie sich nochmals zu ihm um. »Warst du das eigentlich, der Heinrich das mit der Axt … also von der Auseinandersetzung zwischen mir und Dennerlein erzählt hat, die wir gestern auf der Russenwiese hatten?«

»Nein. Natürlich nicht. Ich bin doch kein altes Klatschweib, was denkst du eigentlich von mir?« Empört sah er zu ihr auf.

»Es hätte doch sein können, das ist kein Vorwurf.«

»Kann eben nicht sein, Paula. Ich mache so etwas nicht. Und bei dir erst recht nicht. Aber ich weiß, wer geplaudert hat.«

»Wer?«

»Anscheinend hast du einen der Streifenbeamten, die mit der Zugangssicherung beauftragt waren, ein wenig hart angefasst. Der hat sich, als du dann weg warst, bei uns allen über dich bitter beschwert. Von wegen: rüpelhafter Ton unter Kollegen und so. Weißt du, wen ich meine?«

Es dauerte eine Weile, doch dann erinnerte sie sich. Der junge Blondschopf mit der stramm sitzenden Uniform auf dem Forstweg. Und dieser wichtigtuerische Bubi hatte sich über sie beschwert? Dafür hätte sie ja wohl eher Grund gehabt.

Doch hütete sie sich, Klaus Zwo gegenüber irgendwas dazu anzumerken. Denn alles, was sie jetzt vorbringen würde, hätte den üblen Beigeschmack der Rechtfertigung gehabt. Also nickte sie nur und schluckte die Anschuldigung anstandslos. Verärgert stieg sie die Treppen zu ihrem Büro hoch.

Eva Brunner hatte ihren Auftrag bereits erfüllt. »Frau Steiner, ich habe die Feulners durchgecheckt. Irene Feulner, zweiundfünfzig Jahre, und Joachim Feulner, Ehemann der selbigen, siebenundfünfzig Jahre. Beide wohnhaft in Schwaig bei Nürnberg, Rainwiesenweg. Keine Vorgänge. Beide arbeiten bei der Gothaer Versicherung am Rathenauplatz im Innendienst. Da wird es mit einer getrennten Befragung, wie Sie sich das vorgestellt hatten, schwierig werden.«

»Und warum?«, fragte Paula.

»Wenn die doch schon denselben Beruf, Versicherungskaufmann und -kauffrau im Innendienst, haben *und*«, betonte sie, »denselben Arbeitsplatz.«

»Na und? Das kann uns doch egal sein. In diesem riesigen Gebäude wird es ja wohl zwei Konferenzräume geben, die man uns zur Verfügung stellt. Das ist doch alles kein Problem. Auf jeden Fall fahren wir jetzt dahin und ziehen das genauso durch, wie ich gesagt habe.«

Eine schnörkellose Strategie, die von Eva Brunner mit einem verdutzten »Aha« kommentiert wurde und Heinrich zu der eher kritischen Einlassung veranlasste: »Wie die Axt im Walde, wirklich wahr. Da haben die Kollegen schon recht. Da wird nicht lang gefackelt. Hauptsache, es rührt sich was.«

Mit einem Kopfschütteln fügte er noch hinzu: »Man könnte vorher auch mal dort anrufen, ob die überhaupt heute an ihrem Arbeitsplatz anzutreffen sind. Vielleicht sind die im Urlaub, hm? Wäre ja jetzt im August nicht unbedingt von der Hand zu weisen, oder, Paula?«

Diese Möglichkeit hatte sie in ihrem Tatendrang ganz vergessen. *»Falls«*, betonte sie, »wir die am Rathenauplatz nicht antreffen, fahren wir eben nach Behringersdorf. Dort sind sie auf jeden Fall. Für mich sah es gestern nicht so aus, als ob die Knall auf Fall in einen längeren Urlaub starten wollten.«

Heinrich ließ nicht locker. »Gut, nehmen wir mal an, wir haben Glück und treffen die an ihrem Arbeitsplatz an. Woran ich nach wie vor große Zweifel habe. Aber was du komplett vergessen kannst, ist die Separierung. Du glaubst doch nicht ernsthaft, dass die sich auf so etwas einlassen. Das kannst du dir gleich abschminken. Vergiss es!«

Musste er immer alles klein häckseln, wenn sie mal einen unkonventionellen Plan hatte?

»Mensch, Heinrich«, die Ungeduld ließ sie lauter werden als beabsichtigt, »jetzt wart halt erst mal ab. Wir müssen doch nicht alle Möglichkeiten im Voraus abwägen. Wir sind alle so flexibel, dass wir dann, wenn es so weit ist, entsprechend reagieren können. So, gibt es jetzt noch weitere Einwände zu diesem Außentermin von deiner Seite aus?«

Nachdem ihre Frage ohne Antwort blieb, sagte sie: »Nein? Schön. Dann wollen wir mal.«

★★★

Die Suche nach einem halbwegs legalen Parkplatz zog sich länger hin, als Paula Steiner gedacht hatte. Nachdem sie den Polizeiwagen ziemlich sorglos in der Feldgasse abgestellt hatte – zu einem guten Drittel beanspruchte er eine Hofeinfahrt –, eilte sie ihren beiden Mitarbeitern zum Rathenauplatz voran, der ihr in seinem Stil-Mischmasch heute besonders abstoßend vorkam. Nürnberg, dachte sie in diesem Moment, hat auch seine schlimmen Seiten.

Im Nahkampf begegneten sich hier das Geschichtsträchtige und das Profane, Vergangenheit und Moderne. Ein unversöhnliches Miteinander. Der Laufer Torturm und die Maxtormauer wollten zu diesem verkehrsüberfluteten Platz mit seinen Autoabgasen und den kastenförmigen, meist leer stehenden Versicherungsbürogebäuden einfach nicht passen. Einzig der winzige Park zwischen Maxtorgraben und Bayreuther Straße mit seinen alten Johannisbrotbäumen, deren bizarre lange Schoten sie schon in ihrer Kindheit fasziniert hatten, verströmte so etwas wie eine menschenfreundliche Urbanität.

Vor dem Haupteingang des schmucklosen sechsgeschossigen Eckhauses blieb sie stehen und wartete auf ihre Mitarbeiter, so ungeduldig wie verständnislos. Anscheinend war sie derzeit die Einzige, die mit dem nötigen Eifer bei der Sache war. Und die zudem den entsprechenden Weitblick für solche heiklen Einsätze hatte.

Als sie endlich komplett waren, enterte sie das Foyer, den Dienstausweis trug sie erhobenen Hauptes vor sich her – wie ein Fahnenträger das Panier bei der olympischen Eröffnungsfeier. An der halbrunden weißen Theke nannte sie dem Erstbesten – einem jungen Mann mit Anzug, Binder und gescheiteltem

Haar – ihren Namen und den Dienstrang. Dann verlangte sie, umgehend den Geschäftsführer zu sprechen.

Völlig ungerührt von ihrem forschen Auftreten säuselte der Anzugträger mit dem Namensschild »Herr Illinger« auf dem Revers: »Um was geht es denn? Vielleicht kann ich Ihnen auch behilflich sein.«

»Sind Herr und Frau Feulner heute an ihrem Arbeitsplatz?«, fragte Heinrich.

Herr Illinger tippte kurz auf seine Computertastatur ein. »Ja, beide sind da. Sie möchten wohl mit ihnen sprechen?«

»Ja«, nickte Paula. »Und zwar zeitgleich, aber räumlich getrennt.«

»Dafür brauchen wir doch nicht unseren Geschäftsführer«, erwiderte Illinger mit einem verbindlichen Lächeln, »das kann ich genauso gut für Sie arrangieren. Wenn es nur das ist, dessentwegen Sie ihn sprechen wollten?«

Abermaliges Kopfnicken.

Bevor er zum Hörer greifen konnte, sagte Paula: »Uns wäre sehr daran gelegen, dass Herr und Frau Feulner vorab nichts von dieser Befragung erfahren. Verstehen Sie?«

»Natürlich, vollkommen. Wenn Sie möchten, können Sie in der Zwischenzeit dort Platz nehmen«, er deutete auf drei Sitzgruppen mit niedrigen graublauen Ledersesseln, die einladend und bequem aussahen, »während ich die entsprechenden Vorkehrungen treffe.«

Sie rechnete es ihm hoch an, dass er so viel Takt – oder war es nur mangelnde Neugier? – besaß und sich die Frage nach dem eigentlichen Grund dieser aufwendigen Inszenierung verkniff.

Es dauerte nicht einmal zehn Minuten, da ertönte von dem Empfangstresen der Ruf: »Wir wären dann so weit, Frau Steiner.« Es klang wie: Es ist alles angerichtet, bitte zu Tisch.

»Wer von Ihnen möchte nun mit Herrn und wer mit Frau Feulner sprechen?«

Nachdem sie Illinger signalisiert hatte, dass sie es war, die Herrn Feulner befragen würde, bat er sie mit einer Geste zum Aufzug. Als sich die Lifttür hinter ihnen schloss, sah sie, wie eine junge Frau, Kostüm, Nylons, weiße Bluse, zu Heinrich und Eva Brunner trat.

Paula hatte Herrn Illingers Mangel an Neugier unterschätzt, denn jetzt, auf so engem Raum und ohne Zeugen, fragte er nach: »Es ist hoffentlich nichts, äh … Größeres beziehungsweise etwas, das uns von der Gothaer Versicherung betreffen würde, Frau Steiner, weswegen Sie mit meinen Kollegen sprechen wollen?«

Nein, nein, wehrte sie sofort ab, überhaupt nicht, es seien nur ein paar Routinefragen, die sie klären müsse.

Endlich öffnete sich die Tür. Illinger ließ sie als Erste aussteigen, dann eilte er ihr einen schmalen Korridor entlang voran. An dessen Ende klopfte er kurz an eine Holztür und trat dann ein.

In dem winzigen, karg möblierten Besprechungszimmer saß Joachim Feulner, heute in heller Stoffhose und kurzärmligem weißem Hemd, auf einem Freischwinger und empfing seinen Kollegen mit einem freundlichen und erstaunlich frischen Gesicht. Als er den Blick auf die Kommissarin richtete, verdunkelte sich seine Miene.

»So, ich lasse Sie beide jetzt allein«, sagte Illinger. Dann war er auch schon verschwunden.

Paula stellte sich vor. »Sie werden sich sicher denken können, warum ich mit Ihnen reden will, Herr Feulner?«

»Nein. Weiß ich nicht. Woher auch? Sagen Sie's mir doch.« Der gleiche aggressive Ton wie gestern bei seiner Frau.

»Dann hat Ihnen Ihre Frau also noch nichts von dem Mord an Ihrer Schwägerin erzählt?«

»Doch, natürlich. Aber was hat das Ganze mit mir zu tun? Und was soll dieser Zirkus hier?«, sagte er mit einer vagen Handbewegung in den Raum und mit viel Metall in der Stimme. »Wenn Sie Fragen an uns haben, hätten Sie die ja auch bei uns daheim in Behringersdorf stellen können. Dazu brauchen Sie mich nicht eigens an meinem Arbeitsplatz zu überfallen. Es sei denn, es geht Ihnen vorrangig darum, mich vor meinen Kollegen bloßzustellen.«

»Überfallen?«, wiederholte sie. »Meinen Sie nicht, dass das

im Zusammenhang mit der Ermittlungsarbeit der Polizei der falsche Ausdruck ist? Aber lassen wir das. Sie sind immerhin der Schwager der Ermordeten, also ein nahes Familienmitglied. Von daher können Sie uns bestimmt Näheres zu dem Leben und den Gewohnheiten von Frau Glanz sagen. Das nur zu Ihrer Frage, warum ich mit Ihnen sprechen möchte.«

»Wir, also meine Frau und ich, hatten schon jahrelang keinen Kontakt mehr zu der. Aber das hat Ihnen doch gestern bereits meine Frau erklärt. Mehr kann ich Ihnen dazu auch nicht erzählen.« Er machte Anstalten, aufzustehen.

»Wenn Sie bitte so freundlich wären und sich wieder hinsetzen würden, Herr Feulner. Ich bin mit meiner Befragung noch nicht fertig. Was war denn der Grund für diese jahrelange Funkstille zwischen Ihnen und Ihrer Frau auf der einen Seite und Frau Glanz auf der anderen Seite?«

Widerstrebend nahm er wieder Platz. »Wir hatten halt unterschiedliche Vorstellungen grundsätzlicher Art, das war alles.«

»Ach, kein Ärger, kein Streit, keine Probleme? Nichts dergleichen?«

»Nein«, antwortete Feulner, nun mit einem Hüsteln und mit nicht mehr ganz so harter Stimme. »Also nichts Konkretes, eben nur unterschiedliche Vorstellungen grundsätzlicher Art. Oder besteht Ihrer Meinung nach ein Zwang, seine Verwandten ganz toll zu finden und ständig aufeinanderzuhocken?«

»Aber es gab einmal eine Zeit, da fanden zumindest Sie, Herr Feulner, Ihre Schwägerin doch ganz toll«, nutzte Paula seine letzte Speerspitze als sprachliche Vorlage. »Da hockten Sie doch, wenn ich mich auch da Ihrer Wortwahl bedienen darf, ständig aufeinander? Ich rede jetzt nur von Ihnen und von Frau Glanz, Ihre Frau blieb bei diesen Treffen ja außen vor.«

Der letzte Satz regte bei ihrem Gegenüber offensichtlich die Transpiration an, trotz der herbstlichen Grade in diesem kahlen Besprechungszimmer. So musste Feulner hilflos ertragen, wie ihm der Schweiß über die Stirn rann, in dicken, schweren Tropfen, an den Schläfen und auf dem Nasenrücken entlang. Jetzt hatte Paula die Gewissheit, dass sie mit ihrem Versuchsballon ins Schwarze getroffen hatte.

Sie hakte nach. »Warum dann dieser doch sehr ausgeprägte Sinneswandel, was Ihr Verhältnis zu Ihrer Schwägerin anbelangt?«

»Woher haben Sie das?«, stellte er die Gegenfrage. Sein Gesicht wirkte nun wieder so verbraucht wie gestern, als sie ihn mit dem Kinderwagen gesehen hatte. Und er hüstelte jetzt ziemlich oft.

Es folgte die Gegenfrage zur Gegenfrage. »Warum? Stimmt es etwa nicht? Bevor Sie antworten, ein guter Rat von mir: Überlegen Sie genau, was Sie jetzt sagen. Ansonsten wäre ich gezwungen, Sie zu einer Gegenüberstellung mit unseren Zeugen ins Präsidium vorzuladen.«

Es dauerte lange, bevor er redete, den Blick irgendwo sehr weit in die Ferne gerichtet. »Doch, es ist richtig. Ida, also ich meine Frau Glanz, und ich, wir hatten mal ein Verhältnis. Das ist aber schon Jahre her.«

»Gut, dass Sie da offen sind. Und sicher bringen Sie jetzt, nachdem das geklärt ist, auch mehr Verständnis für meine Anwesenheit auf. Und für meine Fragen. Oder muss ich deutlicher werden?«

Er schüttelte stumm den Kopf.

»Wie kam es zu dieser Affäre mit Ihrer Schwägerin? Und wie hat Ihre Frau darauf reagiert?«

»Das war im Frühjahr 2013. Meine Frau und ich, wir hatten zu dem Zeitpunkt eine Krise. Wir hatten uns geeinigt, erst mal getrennt zu leben. Sie blieb in unserem Haus, und ich mietete mir eine kleine Zwei-Zimmer-Wohnung in Nürnberg. Hier ganz in der Nähe, in der Feldgasse. Ich war damals ziemlich fertig, angeschlagen. Und Ida hat mich in dieser schweren Zeit wieder aufgerichtet. Sie hat mich zu sich eingeladen, aber wir sind auch viel zum Essen gegangen, und wir haben einiges zusammen unternommen. Anfangs auf rein freundschaftlicher Ebene, halt von Schwager zu Schwägerin. Ja, und dann nach einiger Zeit, Anfang Mai 2013, da bin ich bei ihr ganz eingezogen. Mit allem, was so dazugehört.«

Fragend sah er Paula an, die seine verklausulierte Andeutung verstand.

»Sie haben also eine Affäre mit ihr angefangen?«

»Ja. Ich habe aber Irene, also meiner Frau, sofort davon erzählt. Wir haben uns ja weiterhin gesehen, hier bei der Arbeit, das war nicht zu vermeiden. Gelegentlich haben wir uns auch im Rainwiesenweg getroffen, da ging es meist um das Haus und irgendwelche kleineren Reparaturen.« Dann schwieg er.

»Ja, und weiter?«, fragte Paula.

»Wie, und weiter?«

»Na, Sie wohnen ja jetzt wieder mit Ihrer Frau unter einem Dach. Also werden Sie bei Ihrer Schwägerin irgendwann wieder ausgezogen sein.«

»Ja, das war knapp vier Monate danach. Wir, Irene und ich, haben nämlich ziemlich schnell erkannt, dass wir trotz aller Schwierigkeiten, die sicher jeder kennt, der so lange verheiratet ist wie wir, zusammengehören.«

Bevor Paula da einhaken konnte, setzte er noch mit einem winzigen Lächeln hinzu: »Ich bin nämlich, übrigens genau wie meine Frau, der Überzeugung, dass Ehen im Himmel geschlossen werden. Dass sie, wenn man sich einmal dazu entschlossen hat, auf Erden unauflösbar sind. Dass sie ewig halten.«

»So, aha. Und wie hat Frau Glanz auf diese Ihre Überzeugung reagiert?«

»Die«, stieß er bitter hervor, »die wollte mich erst nicht gehen lassen. Die hat die ganze Zeit bloß noch rumgejammert, dass ich sie nur für ein kurzfristiges Abenteuer benutzt und dabei immer im Kopf gehabt hätte, zu Irene zurückzukehren. Dass ich ihr nur etwas vorgemacht und sie schamlos angelogen hätte.«

»Und – haben Sie sie angelogen?«

»Auf keinen Fall«, wies er diese Frage entrüstet zurück. »Ich habe Ida nie, wirklich nie versprochen, dass ich mich von Irene scheiden lasse und sie statt ihrer heirate. Dafür hat mir meine Frau immer viel zu viel bedeutet. Auch dann noch, als ich schon bei Ida wohnte.«

Feulner redete weiter. Er wolle klarstellen, gerade in diesem Zusammenhang, dass er sich wegen seiner Untreue nie wohlgefühlt habe. Aber er habe sich zu dieser Zeit »Idas forderndem

Verhalten« einfach nicht entziehen können. Er habe sich ihr »regelrecht ausgeliefert« gefühlt.

»Die hat doch nur einen Mann zum Heiraten gesucht, der sie finanziell versorgt. Nur dafür kam ich ihr gerade recht. Geliebt hat die mich nie. Das hab ich erst viel später erkannt. Gut, dass es da noch nicht zu spät war!«

»Und Ihre Frau, was hat die zu der Angelegenheit gesagt?«

»Sie hat mir verziehen. Da war sie wirklich ungemein großzügig mir gegenüber. Das hätte ja für mich auch anders ausgehen können.«

»Und seitdem, also seit September 2013, hatten Sie und Ihre Frau keinen Kontakt irgendwelcher Art mehr zu Ihrer Schwägerin?«

»Nein. Ich meine natürlich: Ja, im September haben Irene und ich den Kontakt zu ihr abgebrochen. Das musste ich damals meiner Frau versprechen. Und es ist mir sehr leichtgefallen, ihr das zu versprechen. Und mich auch daran zu halten. Es war ja durchaus in meinem Sinn. Ich wollte diese Person, die ich nicht richtig eingeschätzt hatte – das war ein großer Fehler von mir –, nie wiedersehen.«

Wieder hatte Paula keine Chance, hier nachzuhaken. Denn Joachim Feulner hörte jetzt, da er seiner Meinung nach alles offengelegt hatte, gar nicht mehr auf zu reden.

»Das ist beziehungsweise war eine ganz egozentrische Frau, die nur auf ihren Vorteil bedacht war. Aus keinem anderen Grund hat die mir schöne Augen gemacht, damit ich sie dann irgendwann auch heirate. Das war alles, was die von mir wollte. Und das ist sie nach allen Regeln der Kunst angegangen, ohne Rücksichtnahme auf meine Gefühle oder auch auf die ihrer eigenen Schwester, die sie immer gut behandelt hatte. Das muss man sich mal vorstellen!«

In den Ohren der Kommissarin klangen diese posthumen Schuldzuweisungen schäbig und eine Spur zu selbstgerecht. Die argumentatorische Schlangenlinie, die er da vor ihr aufmalte, verlief doch sehr einseitig, ausschließlich zu seinen Gunsten als passives Opfer. Sie vermisste bei der Schilderung dieses Seitensprungs seine eigene aktive Rolle, die es bestimmt gab.

Gleichzeitig war Paula aber hellsichtig genug, um sich vorzustellen, dass das Ehepaar Feulner nur mit Ida Glanz als dem alleinigen Sündenbock die Basis für ein künftiges einvernehmliches Zusammenleben gesehen hatte. Es war offensichtlich, wie der Toten von ihrem einstigen Liebhaber die ganze moralische Schuld für seine »Fehleinschätzung« aufgebürdet wurde. Seitdem Joachim Feulner wieder in den Rainwiesenweg zurückgekehrt war, hatte Ida Glanz für das Ehepaar wohl das stets verfügbare Ziel einer riesengroßen Wut abgegeben.

»Wenn das wahr ist, dass Sie Frau Glanz seit September 2013 nicht mehr getroffen haben, werden Sie ja auch nichts dagegen haben, wenn ich von Ihnen jetzt einen Mundschleimhautabstrich für einen DNA-Test nehme. Dann haben Sie ja nichts zu verbergen beziehungsweise zu befürchten. Aber diese Speichelprobe müsste freiwillig erfolgen, das heißt: Sie erklären Ihr Einverständnis. Falls Sie nicht damit einverstanden sind, würde ich mir allerdings augenblicklich eine richterliche Anweisung dafür besorgen. Was, wie Sie sich ja denken können, bei der Sachlage mit Ihnen als dem ehemaligen Liebhaber der Ermordeten ein Leichtes wäre.«

Nachdem er sich nicht dazu äußerte, fragte sie: »Also, was ist jetzt, ja oder nein?«

Es war mit Händen greifbar, wie Feulner Für und Wider dieser polizeilichen Maßnahme abwog. Schließlich sagte er: »Wenn Sie sich etwas davon versprechen, dann bitte, nur zu.«

Paula holte das Probenset aus ihrer Tasche und nahm das Wattestäbchen in die Hand. »Gut. Dann öffnen Sie bitte jetzt Ihren Mund.«

Nachdem sie das Wattestäbchen mit dem Abstrich in die Ampulle gesteckt hatte, griff sie nach ihrer Tasche und bedankte sich für seine Kooperation. »Sie können jetzt gehen. Ich habe im Augenblick keine weiteren Fragen an Sie.«

Als sie wieder aufblickte, war das Zimmer schon leer. Die Tür stand sperrangelweit offen.

Paula sah auf ihre Uhr, die fünf Minuten nach zehn anzeigte. Was, noch so früh am Tag? Da ging ihre innere Uhr ja enorm vor. Nur wer emotional auf Hochtouren laufe, hatte Eva Brunner ihr einmal lang und breit erklärt, überschätze die Dauer der Zeit. Also musste sie, wenn sie dieser Theorie Glauben schenken durfte, die vergangene Stunde ziemlich aufgewühlt gewesen sein. Warum aber? Das war doch eine ganz normale Standardbefragung gewesen, wie sie sie schon hundertfach absolviert hatte.

Sie zog die Tür hinter sich zu und ging zum Aufzug. Während sie darauf wartete, dass er kam, rief sie Heinrich an.

Ja, ja, beeilte er sich zu versichern, er und Eva seien auch gleich fertig. »In fünf Minuten unten vor der Eingangstür, ist das für dich okay?«, fragte er.

»Freilich. Also dann bis gleich.«

Sie hatte sich soeben eine Zigarette angezündet und den ersten tiefen Zug inhaliert, da traten Eva Brunner und Heinrich auf sie zu.

»Gibt es etwas Neues?«, fragte Paula.

»Viel«, sagte Heinrich, »sehr viel. Diese Befragung hat sich mal richtig rentiert.«

»Dann fahren wir jetzt zurück ins Präsidium. Zuerst muss ich die Speichelprobe von Feulner an Klaus Zwo weiterleiten. Anschließend machen wir die Besprechung. Und zwar in aller Ruhe.« Sie schnippte die Zigarettenkippe in den Randstein und setzte sich in Richtung Bayreuther Straße in Bewegung; ihre Mitarbeiter hatten Mühe, ihr zu folgen.

»Wenn wir das hinter uns haben, fahren wir nach Mögeldorf zu dem Zahnlabor, wo die Glanz gearbeitet hat. Und wenn uns dann noch Zeit bleibt, nach Erlenstegen. Die Mutter lebt im Seniorenzentrum Martha-Maria in der Stadenstraße. Sie sei zwar hochgradig dement, hat mir gestern Iris Huttner erklärt. Aber ich gehe jetzt einfach mal davon aus, dass die dabei etwas übertrieben hat, wäre ja aus ihrer Sicht als Tochter auch verständlich, und es ist doch möglich –«

»Also, ich kann da aber nicht mit«, fiel ihr Heinrich schnell ins Wort. »Ich muss mich ja um die Kontoauszüge kümmern. Das hast du selbst gesagt. In die Stadenstraße müsst ihr schon allein fahren, du und die Eva.«

Paula wandte sich Heinrich zu, der jetzt direkt neben ihr stand. »Erstens hast du die Kontoauszüge noch gar nicht. Und zweitens: Seit wann ist das Auswerten von Kontobewegungen eine tagesfüllende Arbeit? Warst du nicht der, der mir erst vor Kurzem beschieden hat, wie ratzfatz so was geht, wenn man nur etwas Übung hat? Doch, doch, das warst du. Und Übung hast du ja wirklich genug. Oder?«

Ohne seine Antwort abzuwarten, eilte sie wieder voran. Bei dem Abzweig zur Feldgasse sah sie sich erstmals um. Eva Brunner war nur wenige Schritte hinter ihr. Heinrich dagegen ließ sich provokant viel Zeit dabei, zu seinen Kolleginnen aufzuschließen.

Wie er so dahintrottete, mit gesenktem Kopf, schoss ihr eine Unterhaltung, die sie vor einem Monat mit ihm hatte, durch den Kopf. Er mache sich Sorgen um seine Großmutter, die von Tag zu Tag gebrechlicher würde. Die ihren selbst auferlegten Pflichten wie dem Kochen, dem Putzen und den Einkäufen an schlechten Tagen gar nicht, an den anderen, den guten, nur mit Mühe nachkommen könne. Ihr würde das alles zu viel, vor allem der Haushalt. Vielleicht sei die Zeit, so habe sie es am Ende eines schlechten Tages formuliert, jetzt doch reif für den Wechsel ins Altersheim? Auf jeden Fall wolle sie sich mal so ein Heim anschauen, aus der Nähe, vielleicht sei das ja gar nicht so schlimm … Und Heinrich, der liebende, fürsorgliche Enkel, war dann mit ihr zu einer unfreiwilligen Rallye durch Nürnbergs Seniorenstifte, Residenzen und Altersheime aufgebrochen.

»Paula, das ist einfach fürchterlich, fürchterlich«, hatte er ihr sein Leid geklagt, »du machst dir keine Vorstellungen, wie es da abgeht.« Danach hatte er den Entschluss gefasst, seine Oma nicht »in so etwas abzuschieben«. Das komme nicht in Frage. Und, hatte er noch betont, in so ein Heim kriegen mich keine zehn Pferde mehr!

Jetzt war Paula klar, warum er sich so sträubte, in die Stadenstraße mitzufahren. Es war dieser Abscheu vor solchen Einrichtungen, egal, ob teure Seniorenresidenz oder drittklassiges Pflegeheim.

Als er endlich zu ihnen aufgeschlossen hatte, sagte sie: »Gut, in das Altersheim musst du nicht mit, Heinrich. Das können Frau Brunner und ich wirklich allein machen. Aber zu dem Zahnlabor fahren wir zu dritt. Ist das so in Ordnung für dich?«

Fast dankbar sah er sie an. »Ja, freilich, auf jeden Fall.«

★★★

Nachdem Paula die Speichelprobe bei Klaus Zwo abgeliefert hatte, verglichen die drei Kommissare die Ergebnisse ihrer Befragungen. Für Paula ergab sich daraus wenig Neues, hatte doch auch Irene Feulner die Affäre ihres Mannes mit ihrer Schwester ziemlich schnell eingeräumt und genau wie er mehrmals betont, den Kontakt zu Ida Glanz seit September 2013 gänzlich eingestellt zu haben.

In Paulas Ohren klang das einfach und banal, zu banal. »Welchen Eindruck hat sie denn auf euch gemacht?«, fragte sie.

»Ich denke, die war ehrlich zu uns. Vor allem nachdem sie erkannt hatte, dass wir über die Untreue ihres Mannes Bescheid wissen. Da mussten wir nicht groß in die Trickkiste greifen. Die hat uns alles von sich aus erzählt«, antwortete Heinrich.

Auch das wunderte Paula. Dass jene Frau, die sie gestern noch so aggressiv angeblafft hatte, auf einmal diese heikle »familieninterne Geschichte«, die die Polizei doch nichts anging, so offen preisgab. »Komisch«, sagte sie, »gestern war sie noch ganz anders. Vollkommen unzugänglich.«

»Tja«, meinte Heinrich, »gestern hast du sie ja auch zu Hause, vor ihren eigenen vier Wänden, angetroffen. Wir, die Eva und ich, hatten da ein leichteres Spiel. Erstens haben wir sie an ihrem Arbeitsplatz kalt erwischt, und schließlich waren wir zu zweit. Das ist ein ganz anderes Standing.«

»Und dass sich die Eheleute vorher abgesprochen haben, hältst du das für möglich? Denn wenn sie einigermaßen intelligent sind, konnten sie sich ja ausrechnen, dass die Polizei sie nochmals befragt.«

»Ja, das kann sein, muss aber nicht. Es spielt auch keine Rolle für uns.« Schließlich, nach einer kurzen Gedankenpause, der

Nachtrag: »Und nein, um deine Frage zu beantworten: Ich glaube nicht an eine solche Absprache. Mir ist die Feulner, genau wie dir, nicht übermäßig sympathisch, aber das, was sie gesagt hat, nehme ich ihr ab. Und weißt du, was sie zum Schluss noch erzählt hat, quasi außerhalb des Protokolls: dass sie beide, sie und ihr Mann, fest daran glauben, dass jede Ehe im Himmel geschlossen würde. Ja, so hat sie sich ausgedrückt. Für mich heißt das: Eine Scheidung wäre für die genauso wenig in Frage gekommen wie für ihren Mann. Affäre hin, Affäre her.«

»Das hat der Feulner mir gegenüber auch behauptet, das mit dem Himmel und der Ehe. Mit genau denselben Worten. Gut. Dann machen wir jetzt Folgendes: Heinrich und ich fahren nach Mögeldorf zu dem Arbeitgeber der Glanz. Und Sie, Frau Brunner, übernehmen bitte in der Zwischenzeit die Grundauswertung von deren Handy. Wir müssen unbedingt an die Namen der anderen Männer rankommen, und ich denke, die finden Sie sicher in der Adressliste dieses Handys.«

Sie hatte den Satz kaum zu Ende gesprochen, da meldete sich Heinrich. »Fahren wir jetzt sofort nach Mögeldorf?«

»Ja. Warum?«

»Mensch, Paula. Da sind wir ja *frühestens*«, betonte er, »viertel, halb zwei wieder da. Da gibt es in der Kantine doch nur noch Reste. Können wir nicht vorher etwas essen, und anschließend fahren wir nach Mögeldorf? Oder pressiert es dir so?«

Sie überlegte. »Nein. Das passt auch noch. Aber Punkt halb eins ist Abfahrt. Ich warte unten im Hof auf dich.«

»Gehst du nicht mit in die Kantine?«

»Nein. Ich muss die nächste Zeit essenstechnisch etwas kürzertreten, sonst pass ich überhaupt nicht mehr in meine Kleidung.«

Er hatte den Mund schon geöffnet und die Lippen zu einem spöttischen Lächeln gekräuselt. Bevor er irgendetwas dazu anmerken konnte, sagte sie schnell: »Und bitte, kein Kommentar dazu. Sonst wird nämlich sofort gefahren.« Eine reine Präventivmaßnahme, die aber Wirkung zeigte – Heinrichs Mund klappte augenblicklich wieder zu.

Punkt zwölf Uhr dreißig fuhren Paula und Heinrich aus dem Innenhof des Präsidiums ab. Erst eine gute halbe Stunde später hatten sie den Mögeldorfer Plärrer erreicht. Die Parkplatzsuche beanspruchte nochmals fünfzehn Minuten, dann endlich hatten sie eine Parklücke in der Freiligrathstraße, direkt vor dem alten Mögeldorfer Bahnhof, gefunden.

Paula dauerte das alles schon viel zu lange. Sie musste doch heute noch in das Seniorenheim fahren, dann Klaus Zwo wegen der DNA-Probe fragen, im Grundbuchamt anrufen, ob Ida Glanz Wohnungseigentümerin war oder nicht, und … Abrupt blieb sie stehen und holte ihr Smartphone aus der Tasche.

»Hör mal, Klaus, kannst du mir schon was zu dem Abgleich von Feulners DNA-Probe mit dem Inhalt der Sporttasche sagen?«

»Ja, kann ich, ist negativ.«

»Ach. Schade.«

»Du hast mir doch erzählt, dass die Tote einen ganz ordentlichen Männerverschleiß hatte. Das heißt: Da werden ja demnächst noch weitere Proben anfallen. Und irgendwann ist schon der Richtige dabei.«

Als sie ihr Handy wieder in die Tasche packte, sagte Heinrich: »Hab ich das jetzt richtig verstanden, Feulner scheidet schon mal als Täter aus?«

»Als Täter? Das wäre zu viel gesagt. Aber die Tasche aus dem Keller beziehungsweise deren Inhalt ist nicht von ihm.«

»Hast du wirklich ernsthaft angenommen, dass der seine Schwägerin umgebracht hat? Der ist doch überhaupt nicht der Typ dafür.«

In Paulas Ohren klang das eine Spur zu rechthaberisch, als dass sie ihm das unwidersprochen durchgehen lassen konnte. »So, welcher Typ«, sagte sie und frankierte das Substantiv mit einer großen Ration Ironie, »kommt denn deiner Meinung nach dafür in Frage?«

Geflissentlich überhörte Heinrich ihre Bemerkung. »Du hast doch selbst gehört, dass zwischen den Feulners und der Glanz absolute Funkstille herrschte seit 2013, also seit immerhin vier

Jahren. Und dass das Ehepaar seitdem wieder einträchtig zusammenlebt, als ob es diese Affäre nie gegeben hätte. Die haben das hinter sich gelassen wie einen –«

Sie unterbrach ihn. »Ja, gehört habe ich es, aber ich muss es ja nicht unbedingt glauben, oder?«

Auf seinen skeptischen Blick fügte sie noch hinzu: »Fast alle Paare vereinbaren Exklusivität hinsichtlich körperlicher Kontakte, entweder expressis verbis oder stillschweigend. Und diese Vereinbarung gilt natürlich auch dann, wenn es mal kriselt, ja gerade dann ganz besonders. Feulner hat diese Vereinbarung gebrochen, und zwar ausgerechnet mit der Schwester seiner Frau, das kommt erschwerend hinzu. Ich kann mir einfach nicht vorstellen, dass das Ehepaar danach einfach wieder zur Tagesordnung übergegangen ist. Auch wenn sie Ida Glanz gänzlich aus ihrem Blickfeld entfernt haben.«

Paula lauschte ihren eigenen Worten nach und nickte dann zustimmend; sie fand, das, was sie da eben mehr aus dem Bauch heraus als über den Umweg via Hirn gesagt hatte, hatte Hand und Fuß.

»Da war ein über Jahrzehnte gewebtes Tischtuch mit einem Ratsch zerrissen worden. Dieser Seitensprung hat etwas hinterlassen, und zwar dauerhaft hinterlassen, wovon wir keine Ahnung haben. Wir kennen nur die Konsequenzen, die die Feulners aus dieser Affäre gezogen haben, ebendiese absolute Kontaktsperre, aber nicht die Gefühle, die sie bis zu dem Mord gegenüber ihrer Schwester beziehungsweise Schwägerin gehegt haben. Das Unbehagen über diese ganze Angelegenheit war damit, dass man sich aus dem Weg geht, nämlich nicht aus der Welt.«

Und da die Ampel zur Mögeldorfer Hauptstraße immer noch auf Rot stand, fügte sie an: »Zumindest eine riesengroße Wut auf die Glanz haben beide immer noch gehabt. Das hab ich sowohl gestern bei Frau Feulner als auch bei ihm heute deutlich gespürt. Denn so etwas kann man zwar totschweigen, aber es bleibt trotzdem und gärt und wächst und wächst. Wie ein Geschwür.«

Endlich schaltete die Ampel auf Grün. Sie überquerte die

Straße und nahm Kurs auf das moderne Bürogebäude, in dessen Erdgeschoss das Dentallabor logierte.

Die Ausbeute der Befragung am Arbeitsplatz von Ida Glanz war »richtig suboptimal«, wie Heinrich das Ergebnis korrekt zusammenfasste, als sie wieder vor ihrem Wagen in der Freiligrathstraße standen.

So sagten der Laborchef und seine drei Mitarbeiterinnen unisono aus, dass sie sich niemanden, »rein gar niemanden«, vorstellen könnten, der mit ihrer Kollegin Streit und Ärger gehabt oder ihr gar nach dem Leben getrachtet haben könnte. Nein, nein, das hielten alle für ausgeschlossen, für »absolut ausgeschlossen«. Dafür sei Frau Glanz einfach zu beliebt gewesen, sowohl bei ihren Kolleginnen als auch bei der Kundschaft. Immer freundlich, immer beherrscht, nie ein böses Wort, nie sei sie ausfällig geworden, nicht einmal dann, wenn es schnell gehen musste oder hektisch war, was durchaus vorkomme.

Auch was ihren Job anging, wurde die Ermordete den Kommissaren übereinstimmend als sehr zuverlässig geschildert, ein Profi durch und durch, erfahren und flexibel, gerade in puncto Arbeitszeiten. Man konnte sich in jeder Situation auf sie hundertprozentig verlassen, betonte Martin Steigerwald, der junge, höchstens fünfunddreißigjährige Laborleiter. Und wieder nein, privat kannte man die Ermordete kaum, leider. Das habe aber weder an ihr noch an den Kollegen gelegen.

»In ihrer Freizeit wollen meine Angestellten ihre Ruhe haben und für sich sein. Das ist doch verständlich. Freilich, wenn wir unsere Weihnachtsfeier hatten, da war Frau Glanz natürlich dabei, genau wie meine anderen Mädels. Das war jedoch die einzige gemeinsame Unternehmung. Denn wie schon gesagt, abends wollten wir alle nur noch heim.«

Paula fragte die Belegschaft nach ihren Alibis und erhielt auch da bereitwillig Antwort. Es waren allesamt Familienalibis, die auf recht wackligen Füßen standen. Sie notierte sich trotzdem pflichtschuldig die Angaben, ahnte aber schon in dem Moment, dass sie diese nicht überprüfen würde. Vorerst zumindest nicht.

Als sie Heinrich das Zeichen zum Aufbruch geben wollte, winkte er sie zu sich heran.

»Du, Paula, ich spreche gerade mit Frau Steigerwald, der Ehefrau von Herrn Steigerwald«, sagte er und deutete auf sein weibliches, sehr junges Gegenüber. »Wenn Sie bitte meiner Chefin nochmals erzählen könnten, was Ihnen an Frau Glanz in letzter Zeit aufgefallen ist.«

Und so erfuhr die Kommissarin von Frau Steigerwald, dass die Tote wohl einen Waschzwang gehabt haben musste. Ein paarmal habe sie »nämlich die Ida dabei erwischt«, wie diese sich auf der Toilette die Hände gewaschen habe. »Immer wieder mit Seife eingeschäumt, abgespült, dann nochmals eingeseift, minutenlang.«

Anfangs sei ihr das gar nicht weiter komisch vorgekommen, aber dann, als die Kollegin den Einhebelmischer der Waschbeckenarmatur nicht mit der Hand, sondern mit dem rechten Ellenbogen hinuntergedrückt habe, da habe sie sich schon gewundert.

»Das ist doch nicht normal!«, rief die junge Frau aus. »Wir arbeiten hier ja nicht im Krankenhaus. Und Ärzte sind wir auch keine, dass wir uns oder andere vor Krankenhauskeimen oder resistenten Bakterien schützen müssten.«

Im Stillen stimmte Paula ihr zu. Ja, das war nicht normal, genauso wenig normal wie die keim- und staubfreie Wohnung in der Neuweiherstraße. Ein ins Pathologische abdriftender Sauberkeitsfimmel, jawohl, das war die einzig richtige Erklärung für diese klinisch sterile Reinlichkeit der Toten. Dass sie da nicht früher draufgekommen war. Das lag doch nahe.

Sie hatte sich bei Frau Steigerwald für »diesen wertvollen Hinweis« bedankt, deren »gute Beobachtungsgabe« gelobt und dann mit einem Hochgefühl persönlicher Befriedigung zusammen mit Heinrich das Dentallabor verlassen.

Wieder eine Stunde später. Eva Brunner hatte in der Zwischenzeit ganze Arbeit geleistet.

»Also, die Namen von der Adressliste, die in dem Handy gespeichert waren, habe ich Ihnen ausgedruckt und schon hingelegt«, sagte sie und deutete auf Paula Steiners Schreibtisch, auf dem mittig ein Papierbündel lag.

»Dann hab ich die Anrufliste analysiert. Das war übrigens alles supereinfach. Die Bildschirmsperre war nämlich deaktiviert. Die eingehenden Anrufe sind auch im Auswertungsprotokoll«, erneuter Fingerzeig zum Schreibtisch, »aufgelistet. Meiner Meinung nach geben die aber wenig her. Wenn Sie mal schauen wollen?«

»Später, Frau Brunner. Noch etwas?«

»Ja. Da war eine E-Mail im Speicher, die vom vergangenen Samstag stammt. Und die ist ziemlich auffällig. Ich lese sie mal vor: ›Wir müssen miteinander reden. Selbe Stelle, selbe Welle?‹ Diese E-Mail wurde über ein Internetcafé in der Gustav-Heinemann-Straße verschickt. Leider ist der Absender dieser Nachricht nicht zu identifizieren. Ich gehe davon aus, dass die Nachricht von einem Faker stammt, mit Fake-Account und einer Wegwerf-Mailadresse.«

»Und da steht wirklich kein Name darunter oder ein Kürzel?«, fragte Paula.

»Nein, nichts dergleichen. Nur ein Emoticon ohne Mund. Was so viel bedeutet wie: Ich bin sprachlos, ich weiß nicht, was ich dazu sagen soll.«

»Also muss die Glanz diese Person sehr gut gekannt haben und vice versa. Der Absender beziehungsweise die Absenderin konnte sicher sein, dass er oder sie anhand des Emoticons einwandfrei identifiziert wird. Dafür spricht auch der Passus ›selbe Stelle, selbe Welle‹. Die haben sich regelmäßig getroffen. Dann muss es ihre Schwester Iris sein«, schloss Paula vorschnell.

Sie wog ab. »Oder eine von ihren Männerbekanntschaften. Das ist sogar wahrscheinlicher. Denn die Schwester wird sich kaum die Mühe gemacht haben und wegen einer einzigen Nachricht in das Internetcafé gefahren sein, das sich genau entgegengesetzt zu ihrem Haus in Höfen befindet. Das wäre ja Quatsch hoch drei. Außerdem hat die selbst ein Handy.«

»Das stimmt, das wäre ein ausgemachter Blödsinn«, stimmte Heinrich ihr zu. »Und weißt du was, Paula? Ich kenne niemanden, der kein Handy hat. Oder umgekehrt: Heutzutage hat doch jeder ein Smartphone oder iPhone. Also wird der Absender diese Nachricht mit Absicht von dem Internetcafé aus verschickt haben. Eben um im Nachhinein nicht über seine Handynummer identifiziert werden zu können. Das ist doch verdächtig. Extrem verdächtig. Für mich sieht das ganz danach aus, dass das der Täter gewesen ist.«

»Oder die Täterin«, ergänzte Paula automatisch.

»Und ich bleibe dabei, es war ein Mann«, widersprach Heinrich ihr. »Eine Frau drückt sich anders aus, die schreibt nicht ›selbe Stelle, selbe Welle‹. Nur hilft uns das in diesem Fall nichts. Da haben wir mal keine Möglichkeit, den Absender ausfindig zu machen. Gar keine!«

»Doch, eine Möglichkeit haben wir«, korrigierte Paula ihn. »Wir haben die Adresse dieses Internetcafés, und wir haben die genaue Uhrzeit, wann die Mail verschickt wurde. Oder, Frau Brunner?«

Diese nickte.

»Ach so, du meinst, der Betreiber kann sich an denjenigen erinnern, der …« Den Rest des Satzes ließ Heinrich unausgesprochen.

»Einen Versuch ist es wert.«

»Ja, vielleicht. Ha, da könnt ihr ja gleich vorbeischauen, wenn ihr zu dem Seniorenstift fahrt. Das liegt quasi auf eurem Weg. Das ist doch praktisch. Denn auf die lange Bank schieben sollte man so etwas nicht.«

Es war nicht einmal der Vorschlag selbst, mit diesem leichten Befehlscharakter, der Paula sauer aufstieß, sondern die Nonchalance, mit der er diesen vorbrachte. Als sei es selbstverständlich, dass sie und Frau Brunner zwei Termine nacheinander erledigten, während er hier rumsaß und wartete, dass die Kontoauszüge kamen.

»Da hast du recht, das liegt auf dem Weg. Und noch praktischer ist es, wenn wir jetzt zu dritt nach Erlenstegen fahren und dich dann in der Gustav-Heinemann-Straße absetzen. Da kannst du gleich mit der Recherche anfangen. Genau, so machen wir es. Das war ein hervorragender Gedanke von dir.«

Heinrichs Einspruch folgte auf dem Fuß. »Und wie soll ich

von da aus wieder ins Präsidium zurückkommen? Wie stellst du dir das vor?«

»Oh, da hab ich einen ganz heißen Tipp für dich: Direkt an der Kreuzung Gustav-Heinemann-/Sulzbacher Straße ist eine Straßenbahnhaltestelle der Linie acht. Da bist du in null Komma nix wieder hier. Fährt alle zehn Minuten.«

»Bei der Hitze?«

Diesmal erwiderte Paula nichts und starrte ihn nur mit hochgezogenen Augenbrauen an. Dann stand sie auf und verließ das Büro. Wortlos.

FÜNF

Auf den Straßen Richtung Osten war wenig los, sodass Paula Heinrich kurze Zeit später vor dem Internetcafé absetzen konnte. Weitere zehn Minuten später bog sie von der Eichendorffstraße in die Stadenstraße ein. Den Wagen stellte sie im Parkhaus ab, das neu aussah und schräg gegenüber dem Altersheim lag. Eva Brunner stieg sofort aus und marschierte zielstrebig auf den Haupteingang des Seniorenzentrums Martha-Maria zu. Paula fehlte diese Entschlossenheit ihrer Kollegin.

Zweifel kamen hoch, grundlegende Zweifel. Hier, auf diesem dunklen, kühlen Parkdeck, war sie überzeugt davon, dieser Einsatz würde gar nichts bringen. Der wäre genauso unnütz wie Heinrichs Recherche in der Gustav-Heinemann-Straße. Mit Sicherheit würde sich der Betreiber an den Kunden oder die Kundin vom Samstag nicht erinnern können. Und eine hochgradig demente Frau befragen zu wollen, das war der gleiche Schwachsinn. Welcher Teufel hatte sie denn da geritten? Warum nur hatte sie sich nicht stattdessen die Handy-Adressliste vorgenommen? Die schien doch wesentlich vielversprechender zu sein.

Schließlich gab sie sich einen Ruck und stapfte los Richtung Terrasse. Dort, auf den Tischen unter der riesigen Markise, standen überdimensionale Eisbecher, Kaffeetassen und Kuchenteller, darum herum ein ganzes Geschwader von Rollatoren und Rollstühlen. Die Alten verfolgten sie und jeden ihrer Schritte mit unverhohlenem Interesse, manche musterten sie von oben bis unten mit jener aufdringlich-kindlichen Neugier, die keine Scham kannte. Paula beschleunigte ihren Schritt. Wo war eigentlich Frau Brunner?

Als Paula Steiner den fast menschenleeren, großzügigen und lichten Eingangsbereich betrat, winkte ihr die Kollegin, die an der Anmeldung lehnte, lebhaft zu. Neben ihr stand eine dralle Mittvierzigerin – Kurzhaarschnitt mit blonden Strähnchen, grüner Kittel, weiße Plastikclogs – und lächelte sie an.

»Ich weiß schon, wo wir hinmüssen, Frau Steiner. Frau Glanz wohnt im gerontopsychiatrischen Bereich, da drüben«, sagte Frau Brunner und wies mit dem Finger nach links.

»Ach ja, und das ist Schwester Carina.« Sie deutete mit dem Kopf auf die Clogs-Trägerin. »Schwester Carina arbeitet nämlich dort. Und das ist meine Chefin, Kriminalhauptkommissarin Steiner.«

»Sie haben die Schwester bereits informiert, warum wir hier sind?«, fragte Paula.

Schwester Carina nickte. »Ja, ich weiß Bescheid.«

»Vorab bräuchte ich noch eine ehrliche Auskunft von Ihnen, Schwester. Macht es Ihrer Meinung nach überhaupt einen Sinn, wenn wir mit Frau Glanz über den Tod ihrer Tochter sprechen? Oder ist sie …«, sie suchte nach einem taktvollen Synonym für hochgradig dement, »ist sie zu verwirrt, als dass sie das begreifen könnte? Oder spricht gar aus medizinischer Sicht etwas dagegen? Würde sie diese Nachricht vielleicht zu sehr aufregen?«

Paula hoffte bei ihrer letzten Frage auf ein klares Ja, dann konnten sie sich diese unangenehme Begegnung sparen. Doch Schwester Carina sah darin kein Problem. Leider.

»Nein, dagegen spricht nichts. Und zu Ihrer ersten Frage: Ganz ehrlich, ich weiß es nicht, wie Frau Glanz darauf reagieren wird. Das hängt von ihrer Tagesform ab. Ihre drei Töchter erkennt sie jedenfalls noch – bei den Enkeln schaut das schon anders aus –, und sie weiß, dass an bestimmten Wochentagen immer eine andere Tochter kommt. Heute zum Beispiel wäre eigentlich der Besuchstag von ihrer Tochter Ida gewesen. Ich würde es einfach mal auf einen Versuch ankommen lassen, Frau Steiner. Schaden tut es ihr auf jeden Fall nicht. Also, ich geh schon mal voran. Denn in die Gerontopsychiatrie kommen Sie nur in Begleitung einer Pflegerin.« Sie schenkte den beiden Polizistinnen noch ein aufmunterndes Lächeln, dann marschierte sie los.

Nachdem Paula die schwere Milchglastür hinter sich gelassen hatte, ging ihr Heinrich durch den Kopf. Er und seine Angst vor solchen Altersheimen. Auch sie brachte die Ansammlung von Menschen, die so vollständig in ihrer eigenen Welt lebten, aus dem Konzept, machte sie befangen und unsicher. Auf den Fluren herrschte ein unverständliches Gebrabbel oder lautes Geschrei, keiner beachtete den anderen, das Miteinander wie auch ein Minimum an Manieren waren so komplett außer Kraft gesetzt, dass ihr bange wurde.

Da war dieser hagere, dürre Mann mit dem Strohhut und dem Rucksack vorn auf der Brust, der die Gänge auf und ab eilte. Dann eine zierliche alte Dame in Nylonstrümpfen und schwarzen Pumps, die einen Kinderwagen mit einer riesigen Stoffpuppe darin hinter sich herzog. Und an der Mauer lehnte eine dicke Frau mit einem Trolley neben sich und fragte Paula, ob sie ihr helfen könne, bitte, sie müsse unbedingt nach Frauenaurach. Jetzt, sofort.

Paula war erleichtert, als sie endlich das Zimmer von Antonia Glanz erreicht hatten. Es war ein helles, großes Zimmer im Erdgeschoss mit kargem Mobiliar. Ein Tisch, eine kleine Sitzgruppe, Schrank, Kommode, ein fahrbares Krankenhausbett mit seitlichen Gittern. Dazu ein schöner, weiter Blick auf die gepflegte Terrasse, den kurz geschorenen Rasen und einen modernen Steinbrunnen.

Vor dem Bett stand ein Rollstuhl, darin eine dünne, winzige Frau mit weißen Löckchen und hellblau-wässrigen Augen. Bis auf einen einzigen dunkelgelben Schneidezahn schien der Mund zahnlos zu sein.

Schwester Carina schob den Rollstuhl an den kleinen Tisch mit den zwei Stühlen und bat die Kommissarinnen, Platz zu nehmen.

»Frau Glanz, das sind Frau Steiner und Frau Brunner von der Polizei. Die Frau Steiner will Ihnen etwas zu Ihrer Tochter Ida sagen.«

Nein, das wollte die Frau Steiner ganz und gar nicht. Am liebsten wäre die Frau Steiner nämlich jetzt aus diesem hellen, ruhigen Zimmer gerannt, raus, nur fort hier. Und weit weg.

Es war Antonia Glanz, die die Situation rettete. Sie sah mit ihren wässrigen Augen zur Tür und sagte mit heller, mädchenhafter Stimme: »Nicht da.«

»Ja, Ida ist heute nicht da.« Schwester Carina reagierte prompt. »Aber dafür sind ja Frau Steiner da und Frau Brunner.«

Paula trat zur Stirnseite des Raumes und betrachtete die kleinformatigen Gemälde und Fotos, die über dem Kopfende des Bettes hingen. An einem Schwarz-Weiß-Foto, das eine stattliche Villa mit einem Garten voller blühender Obstbäume und einer Kinderschaukel mit einem blonden Mädchen zeigte, blieb ihr Blick hängen. »Das ist aber schön«, sagte sie halblaut, mehr zu sich selbst.

»Das ist aber schön«, ertönte der Refrain aus dem Rollstuhl. Klar, verständlich, wieder mit dieser hellen, kindlichen Stimme.

Paula nahm das Foto von der Wand und ging damit zu Frau Glanz. »Und wer ist das?«, fragte sie und deutete auf das blonde Mädchen auf der Schaukel.

»Das bin ich, das bin ich.«

»Sehr hübsch, ein wirklich schönes Mädchen in einem schönen Garten.«

Doch diesmal blieb der Refrain aus. Antonia Glanz hatte den Kopf von ihren Besuchern abgewandt und sah mit stierem Blick auf den plätschernden Brunnen. Schwester Carina hob die Achseln.

Paula hängte das Foto wieder an die Wand. »Wir können jetzt gehen.«

Vor der Tür dankte sie Schwester Carina für deren Beistand. »Das muss ich schon sagen, das ist wirklich ein sehr gepflegtes Altersheim, das Martha-Maria. So große Zimmer, und was für eine schöne Aussicht.«

»Ja, schon«, schränkte die Schwester ein. »Aber wir haben auf dieser Abteilung auch Doppelzimmer. Es gibt hier nur drei Einzelzimmer, wovon Frau Glanz sicher das mit der schönsten Aussicht hat.«

»Was kostet denn so etwas im Monat?«, fragte Paula. Vielleicht konnte sie dieser Recherche hier ja auch einen Nutzen für Heinrich und seine Großmutter abgewinnen.

»Viertausend Euro.«

»Viertausend Euro im Monat«, wiederholte sie ungläubig.

»Das ist ja der Wahnsinn. Wer hat denn so viel Geld, und im Alter noch dazu?« Der erhoffte positive Nebeneffekt für Heinrich hatte sich mit dieser Zahl von selbst diskreditiert.

»Das hört sich jetzt nach sehr viel an, Frau Steiner. Nach mehr, als es ist. Denn die Pflegekasse zahlt ja auch dazu, immerhin tausendsechshundert Euro. Aber Sie haben schon recht, es bleibt immer noch ein Eigenanteil von knapp zweitausendvierhundert Euro.«

»Jetzt muss ich doch mal neugierig fragen: Diesen Eigenanteil bringen wohl die Töchter für ihre Mutter auf beziehungsweise teilen ihn unter sich auf?«

»Nein«, antwortete die Schwester mit einem verschmitzten Lächeln. »Das zahlt Frau Glanz selbst.« Und als sie in das verblüffte Gesicht der Kommissarin sah, schob sie nach: »Frau Glanz ist immer noch Eigentümerin ihres Hauses, das sie, ich würde mal sagen, sehr, sehr lukrativ vermietet hat. Und mit ebendiesen Mieteinnahmen leistet sie sich ihren Altersruhesitz hier bei uns.«

»Kann es sein, dass Sie mit dem Haus die Villa meinen, die als Foto über ihrem Bett hängt?«

Ein knappes, aber nicht unfreundliches Ja bestätigte Paulas Vermutung. Sie war jetzt neugierig geworden, aber diesmal aus beruflichem Grund.

»Und das wissen Sie, weil Frau Glanz es Ihnen irgendwann einmal erzählt hat?«

»Nein«, lachte Schwester Carina hell auf, »das weiß ich aus einer anderen Quelle. Aus einer, wie soll ich sagen«, sie zögerte einen kurzen Moment, und es war ein rein taktisches Innehalten, »eher privaten Quelle.«

»Ach, das ist ja interessant. Sehr sogar. Dazu hätte ich gleich noch eine Frage: Dann erben ihre Töchter samt Anhang das Haus respektive die Villa erst dann …?«

»Ja«, bestätigte die Schwester Paulas Vermutung, »erst dann, wenn Frau Glanz die Radieschen von unten anschaut. Keinen Augenblick früher. Da hat sie selbst noch Gott sei Dank rechtzeitig die entsprechende Vorsorge getroffen. Also zu einem Zeitpunkt, als sie geistig noch fit war und von anderen nicht für komplett gaga gehalten wurde.« Aufschlussreiche Sätze und Sätze, in denen Feinsinn und Grobheit kein Widerspruch waren.

»Das war klug von Frau Glanz«, resümierte Paula, »sehr klug. Und vielleicht hat sie diese Vorsorge auch getroffen, um sicherzustellen, dass ihre Töchter ihrer Besuchspflicht in schöner Regelmäßigkeit nachkommen. So könnte es doch sein, oder täusche ich mich da?«

»Nein, Sie täuschen sich nicht, überhaupt nicht, genauso ist es«, antwortete Schwester Carina, wieder mit diesem verschmitzt-verschwörerischen Lächeln. Sie schien nur darauf gewartet zu haben, dass die Kommissarin genau diese Überlegungen anstellen würde, um sie dann prompt bestätigen zu können.

»Ich kenne diese Villa, irgendwoher kenne ich die. Die muss hier ganz in der Nähe sein.«

Heftiges Kopfnicken seitens der Kittelträgerin. »Stimmt. Wackenroderstraße, Erlenstegen.« Dann schien sie es eilig zu haben, sie hob die Hand zum Gruß und war schon in der nächsten Sekunde um die Ecke verschwunden.

Im Nachhinein hatte Paula das Gefühl, dass nicht sie diese Befragung mit Schwester Carina, sondern umgekehrt die Schwester mit ihr geführt hatte. Und dass sie dabei taktisch ungemein clever vorgegangen war, um der Polizei gegenüber alles loszuwerden, was sie loswerden wollte.

Im Parkhaus überließ Paula der Kollegin den Fahrersitz. Als sie an dem Abzweig der Stadenstraße zur Eichendorffstraße standen, kam ihr eine Idee.

»Frau Brunner, Sie fahren jetzt links und bei der dritten Querstraße wieder links. Die Villa von Frau Glanz schauen wir uns an.«

Schließlich hatten sie das noble Erlenstegen erreicht, den Stadtteil, wo es in Nürnberg am teuersten und ruhigsten war. Wo die Chefärzte, das Top-Management, die Kanzleivorstände und bis vor einigen Jahren auch ein internationaler Waffenproduzent von Weltruf zu Hause waren. Wo es so vornehm zuging, dass an den meisten Klingelschildern nicht einmal der Name stand.

Als sie die kurze Tieckstraße entlangfuhren – schmaler Fußweg, alter Baumbestand, blickdichte Hecken wie mit der Nagelschere getrimmt –, meldete sich bei Paula die Erinnerung wieder.

»Jawohl, hier ist es. Halten Sie hier gleich rechts, die paar Meter«, sie deutete nach vorn, »gehen wir zu Fuß.«

»Woher kennen Sie dieses Haus eigentlich?«, wollte Eva Brunner wissen, nachdem sie ausgestiegen war und den Wagen abgeschlossen hatte.

»Villa«, korrigierte Paula Steiner, »kein Haus. Ach, aus meiner Jugendzeit.« Das war ein wenig gelogen. Aber sie hatte keine Lust auf weitreichende Erklärungen, die, wie sie befürchtete, von ihrer Kollegin sicher hinterfragt werden und dann zumindest auf Unverständnis, wenn nicht auf Tadel treffen würden.

In dem Moment, als sie das Gartentor von Antonia Glanz' Besitztum erreicht hatten – nur hier konnte man einen Blick auf das immer noch imposante Gebäude und einen Ausschnitt des Gartens erhaschen –, trat auf der anderen Straßenseite eine Frau Anfang fünfzig, blondiertes Haar, cremefarbenes Seidentop, cremefarbene Slippers, mit ihrem Irish Setter auf den Fußweg. Sie blieb abrupt stehen, als sie die beiden Polizistinnen sah, und beäugte sie argwöhnisch. Der Hund schien es ihr gleichzutun.

Das hier war keine Gegend, in der man freundlich grüßte. Fremde schon gar nicht. Hier war man auf der Hut und rief im Zweifel die Polizei. Diese Erfahrung hatte Paula schon damals vor gut dreißig Jahren machen müssen. Und dieser Erfahrung hatte es die Hundebesitzerin zu verdanken, dass sich die Hauptkommissarin ihr nun mit voller Breitseite zuwandte und sie ihrerseits anstarrte, den Irish Setter inklusive.

»Ist was? Was gibt es denn hier zu gaffen?«, sagte sie, und sie gab sich dabei alle erdenkliche Mühe, ihre Fragen hörbar genervt und arrogant klingen zu lassen.

Da endlich drehten das cremefarbene Frauchen wie auch das mahagonifarbene Hundchen ab, beide wortlos und mit einer Spur von Empörung.

Ach, wie gut das tat, dieser klitzekleine Racheakt nach so vielen Jahren. Und so lächelte Paula sehr zufrieden, als sie sich wieder dem Anwesen widmete.

Allein schon die geschwungene Eingangstreppe, eine Meisterleistung an eleganter Einschüchterung. Doch darum herum hatte sich seit dem Foto einiges getan. Die Schaukel wie auch die alten Obstbäume waren verschwunden und hatten meterhohen Eiben und kugelförmigen Buchsbäumen Platz machen müssen. Dazwischen weiße Rosen, cremefarbene Glyzinen und allerlei exotisches und ebenfalls ausschließlich weiß blühendes Gewächs, das Paula nicht kannte. Eine Symphonie in Grün und Weiß. Sehr chic, sehr en vogue und sehr langweilig.

»Frau Steiner, schauen Sie mal auf das Klingelschild. Das kann doch kein Zufall sein.« Eva Brunner klang fassungslos, während sie mit dem Zeigefinger auf das linke untere von insgesamt vier Klingelschildern am Gartentor deutete.

Tatsächlich, ihre Kollegin hatte recht. Unten links stand »C. + J. Feulner«, rechts daneben ein Messingschild mit der Gravur »A. Glanz«.

Wobei … »Vielleicht ist es doch nur ein Zufall, so selten ist der Name Feulner hier in Franken ja nicht. Und selbst wenn es der Sohn der Feulners wäre«, fuhr Paula fort, »muss das nichts heißen. Die zahlen bestimmt die reguläre Miete, anders kann ich mir das nicht vorstellen.«

»Ich schon, ich schon«, sagte Eva Brunner laut in die fast andächtige Stille dieses Nobelstadtviertels. »Ich kann mir das sehr gut vorstellen, dass die zwei Versicherungsangestellten hier ihr eigen Fleisch und Blut eingeschleust haben.« Dann wiederholte sie nochmals mit grimmigem Blick: »Sehr gut kann ich mir das vorstellen. Und zwar für einen lächerlichen Mietzins. Wenn sie überhaupt einen Cent Miete zahlen.«

Daran glaubte Paula nicht. Sie war überzeugt, dass diese Immobilie ganz regulär über einen Notar oder alternativ über den gesetzlich bestimmten Betreuer von Frau Glanz vermietet wurde. Da vertraute sie Schwester Carina, die, falls sich das anders verhalten würde, sie sicher mit ihrer indirekten Art auf diese Besonderheit aufmerksam gemacht hätte.

»Auf jeden Fall haben wir hier ein prima Mordmotiv vor uns«, sagte Paula abschließend. »Das auf jeden Fall. Denn wie viel ist so etwas heutzutage wert?«

»Mit all dem Grund sicher mindestens drei Millionen. Und bei der Summe macht es schon einen Unterschied, ob ich mein Erbe durch zwei oder durch drei teilen muss. Ja, da wäre ich Ihnen dankbar, wenn Sie in der Richtung mal recherchieren würden. Und wenn Sie nicht weiterwissen, Schwester Carina kann Ihnen bestimmt helfen.«

Als sie zu ihrem Auto zurückgingen, fragte Eva Brunner nochmals: »Und hier in dieser feinen Gegend sind Sie früher ein und aus gegangen?«

»Nein«, antwortete Paula, diesmal wahrheitsgemäß, »so kann man das nicht sagen. Ein und aus gegangen bin ich hier nicht, ganz und gar nicht. Auf und ab gegangen, ja, das trifft es eher. Und auch das nur sehr kurze Zeit.«

In der Zwischenzeit hatte jemand direkt vor ihrem Polizeiwagen einen riesigen Hanomag AL 28 mit H-Kennzeichen eingeparkt. Und der Fahrer hatte sich nicht wie Frau Brunner die Mühe gemacht, den Fußweg frei zu halten – der Oldtimer stand in direktem Schulterschluss an der weiß gekalkten Grundstücksmauer. Diese Rücksichtslosigkeit wunderte Paula nicht, aber sie verstärkte ihre Abneigung gegen dieses Viertel, in dem man sie Anfang der achtziger Jahre öffentlich so bloßgestellt hatte.

★★★

Im Büro schien Heinrich nur auf sie gewartet zu haben.

»Ha«, verkündete er freudestrahlend, »mein Außentermin hat überhaupt nichts ergeben. Null, nada. Der Chef von diesem Internetcafé konnte sich an niemanden erinnern, der zu diesem Zeitpunkt dort war. Er habe schon Schwierigkeiten, sagte er, sich noch an die zu erinnern, die heute Vormittag in seinem Laden waren. Und wie war es bei euch? Hat sich das wenigstens gelohnt?«

»Oh ja«, antwortete Paula. »Sehr sogar. Gell, Frau Brunner?«

Sie berichtete ihm von ihrer Visite im Seniorenzentrum. Nur das Nötigste. Nämlich dass Antonia Glanz bis heute Eigentümerin einer Villa in der Wackenroderstraße, also im feinsten Teil von Erlenstegen sei, dass demzufolge nur ihr die Mieteinnahmen daraus zustünden, mit denen sie sich ihren Altersruhesitz im Martha-Maria leistete, und dass die Töchter erst dann erbten, wenn sie –

»Und wie sieht es da aus? Kann sich da ein alter Mensch wohlfühlen, was meinst du?«

»Ja, das kann er, falls er das noch mitbekommt. Das ist ein sehr schönes Zimmer, das Frau Glanz da bewohnt«, sagte Paula, um sofort die Einschränkung anzuhängen: »Wenn man in einem Altersheim überhaupt von schön sprechen kann. Auf jeden Fall ist es groß, hat eine tolle Aussicht, die Pflegerinnen sind aufmerksam und so weiter und so fort.«

»Das wäre dann also auch etwas für meine Oma?«

»Ich fürchte, nein, Heinrich. Frau Glanz zahlt im Monat viertausend Euro dafür, wovon ihr aber die Pflegeversicherung –«

»Viertausend Euro?«, unterbrach Heinrich sie fassungslos. »Die haben doch den Arsch offen! Wer kann sich denn so etwas leisten! Der Durchschnittsbürger mit Sicherheit schon mal nicht. Und meine Oma erst recht nicht. Also steht ein einigermaßen angenehmer Lebensabend wieder einmal nur einer ganz bestimmten Klientel zu. Das ist doch typisch. Kriegt in dieser Gesellschaft überhaupt noch jemand mit, dass es mittlerweile hier nur noch zwei Klassen gibt, die Armen und die ganz Reichen. Und wer da nicht dazugehört, hat –«

»Ja«, fiel sie ihm schnell ins Wort, »du hast vollkommen recht. Aber neu, Heinrich, neu ist diese Erkenntnis mit der Zwei-Klassen-Gesellschaft nicht. Oder?«

»Das ist eine Scheiße von vorn bis hinten«, war alles, was er dazu sagte.

»Auf jeden Fall«, fuhr Paula fort, »erben die Töchter die Villa erst dann, wenn Frau Glanz nicht mehr lebt. Und die Schwester in dem Heim deutete auch an, dass gerade dieser Umstand doch sehr dazu beitragen würde, dass sie ihre Mutter regelmäßig besuchen beziehungsweise im Fall von Ida Glanz besucht haben. Es könnte also durchaus sein, dass Antonia Glanz für diese Regelmäßigkeit testamentarisch vorgesorgt hat. Darum, also um dieses Testament, wird sich Frau Brunner als Nächstes kümmern.«

»Heinrich, das ist wirklich eine ganz hochherrschaftliche Villa. In Nürnberg hab ich so etwas noch nicht gesehen. Du könntest glatt meinen, du bist in München-Bogenhausen. So etwas ist heutzutage auf dem Immobilienmarkt mindestens seine drei Millionen wert. Wir, also die Frau Steiner und ich, halten es für nicht ausgeschlossen, eigentlich für naheliegend, für sehr naheliegend«, wiederholte Eva Brunner, »dass das ein hervorragendes Mordmotiv abgeben könnte.«

Nach einer kurzen Verschnaufpause fügte sie noch hinzu: »Du, Frau Steiner kannte dieses Haus. Die hat in diesen Kreisen früher verkehrt.«

»Frau Brunner, ich habe Ihnen das vorhin schon einmal gesagt: Ich habe in diesen Kreisen *nicht*«, betonte Paula, »verkehrt. Überhaupt nicht. Wenn Sie sich das jetzt bitte mal merken könnten.« Dabei gewann ihre Stimme an Schärfe, was sie nicht beabsichtigt hatte, was Heinrich aber aus seiner Trance riss.

»Wackenroderstraße, hast du gesagt. Wackenroderstraße? Da war doch der alte –«

Bevor er fortfahren konnte, gab Paula ihm mit einem fast unmerklichen Kopfschütteln und hochgezogenen Augenbrauen zu verstehen, dass er jetzt besser schweigen solle. Heinrich kam dieser nonverbalen Aufforderung auch nach – und hielt den Mund.

»So, Heinrich, du kümmerst dich um die Kontobewegungen. Morgen Vormittag bist du damit durch, oder?«

Er nickte. »Du hast morgen alles dazu auf deinem Schreibtisch.«

»Und Sie, Frau Brunner, werden, wie schon besprochen, in Sachen Testament von Antonia Glanz nachforschen.«

Paula überlegte.

»Ich gehe davon aus, dass sie die Villa mit in die Ehe gebracht hat. Auf dem Foto mit der Schaukel war ja sie abgebildet, als

Kleinkind. In dem Zusammenhang wäre es auch mal interessant zu erfahren, was ihr Vater so beruflich gemacht hat. Beziehungsweise welchen gesellschaftlichen Stand die Eltern –«

Bevor sie weiterreden konnte, sagte Heinrich: »So, und ich mache jetzt Feierabend.« Er schaltete den Computer aus und griff nach seinem Smartphone.

»Was, jetzt schon?«, fragte Paula. »Das wird ja jeden Tag früher.«

»Hallo, es ist kurz vor sechs«, er deutete auf die Wanduhr, »und ich bin schon seit acht Uhr hier. Das sind summa summarum gute neun Stunden.«

»Ja, ist schon recht. Ich hab mich halt ein wenig in der Zeit verschätzt. Entschuldige.«

»Du verschätzt dich in letzter Zeit recht häufig ein wenig in der Zeit, vor allem was meine Person anbelangt«, merkte er noch etwas spitz an, bevor er das Zimmer verließ.

Nachdem er verschwunden war, sagte Eva Brunner: »Frau Steiner, ich würde jetzt auch gern gehen. Ist das in Ordnung für Sie?«

»Natürlich. Ich mache auch gleich Schluss. Ich habe wirklich nicht auf die Uhr gesehen. Das war kein böser Wille von mir.«

Dann hatte sie das Büro für sich. Sie griff zum Telefonhörer. »Klaus, einer von euch hat doch sicher schon den richterlichen Beschluss für das Bewegungsprofil von dem Handy der Glanz eingeholt. Oder nicht?«

»Aber wirklich nicht«, lautete Dennerleins entrüstete Antwort. Wie sie sich das vorstelle, Klaus Zwo und er seien seit gestern Vormittag ununterbrochen mit der Spurensicherung beschäftigt gewesen, erst auf der Russenwiese, dann in der Neuweiherstraße, schließlich hätten sie ja noch etwas anderes zu tun als –

»Bitte reg dich doch nicht gleich so auf«, unterbrach sie ihn, »das war nur eine Frage. Eine harmlose Frage ohne jeden Hintergedanken oder gar Vorwurf. Noch eine Frage, genauso harmlos wie die erste: Was ist mit den Spuren auf dem Handy?«

»Haben wir schon ausgewertet. Sind aber nur welche von der Glanz drauf. Hab ich auch nicht anders erwartet.«

»Dritte Frage, genauso harmlos wie die ersten beiden: Wie schaut es mit Fingerabdrücken auf dem Fahrrad aus?«

»Wie bei ihrem Handy. Da waren ebenfalls nur ihre Spuren drauf.«

»Das kann doch nicht sein! Das lag doch auf der Wiese, also muss der Täter es ja erst mal dahin getragen und dabei angefasst haben.«

»Ach, Paula«, sagte Dennerlein mit einer Mischung aus viel Geduld und noch mehr Nachsicht, »der wird sich halt die Finger vorher mit Sprühpflaster versiegelt haben. So wie das jetzt fast alle machen.«

Sie wollte gerade den Hörer aufhängen, da hörte sie ihn noch nuscheln: »Aber wir haben auf dem Lenker vom Fahrrad Gewebereste gefunden, die definitiv nicht von der Kleidung der Toten stammen. Mit Speichelspuren daran. Willst du es dir mal ansehen?«

Selbstverständlich wollte sie das. Was für eine dämliche Frage! Sie verkniff sich eine entsprechende Bemerkung dazu und sagte lediglich: »Ja, gern.«

Zwei Minuten später stand sie hinter Dennerleins Schreibtisch und starrte auf den Bildschirm seines Laptops. Darauf sah sie zwei schwarze längliche Fäden, die an den Enden ausgefranst waren, sonst nichts.

»Vielleicht stammen diese Baumwollfasern ja auch von der Glanz, und dann hat das hier gar nichts zu bedeuten. Aber ich habe in deren Wohnung kein einziges schwarzes Kleidungsstück gefunden. Nicht einmal eins aus Wolle oder Kunststoff.«

»Und wenn du die Kleidung aus der Sporttasche mal damit abgleichst?«

»Das hab ich doch schon längst gemacht, Paula. Kein Treffer, auch nicht beim DNA-Abgleich.«

»Also eine tote Spur.«

»So wie es derzeit ausschaut, ja.«

Als sie die Treppe zu ihrem Büro wieder hochstieg, spielte Paula kurz mit dem Gedanken, für heute die Arbeit Arbeit sein zu lassen. Doch als sie auf ihrem Schreibtisch das Auswertungsprotokoll von Eva Brunner sah, setzte sie sich und begann mit der Nachlese.

Die Kollegin hatte recht: Ergiebig war das alles nicht. Die elektronische Post, die die Tote erhalten und verschickt hatte, hielt sich doch in sehr engen Grenzen. Hier mal eine Glückwunsch-SMS zu ihrem Geburtstag, da eine Erinnerung an ein Treffen mit ihrer Schwester Iris oder die Anfrage des Dentallabors, ob sie eventuell am folgenden Tag eine Stunde früher zur Arbeit kommen könne – das war alles.

Anschließend nahm sie sich die Adressdatei vor. Die erste Suche darin war ausschließlich ihrer Neugier geschuldet. Und nein, der von der Nachbarin beschriebene Buchhalter-Typ stand nicht mehr auf der Liste. Also schien sich Ida Glanz mit dem Ende der Beziehung zu Joachim Feulner arrangiert zu haben. Paula suchte weiter. Und wurde schnell fündig. Sie war sich sicher, die beiden anderen Männer, von denen Ute Schlötzer gesprochen hatte, ausfindig gemacht zu haben.

Da war zunächst ein gewisser Dieter Lieberth aus Nürnberg, wohnhaft in der Welserstraße. Das musste der sein, den die Nachbarin Schlötzer als »ein ganz anderes Kaliber« beschrieben hatte. Denn das Foto im Smartphone zeigte einen sportlichen Mann mit vollem Haar und blauen Augen. Und auch bei Nummer drei, Michael Eichinger, war sie sich hundertprozentig sicher, dass das derjenige mit dem »komischen Dialekt« sein musste. Zumindest war er der einzige Schwabe in der Datei: wohnhaft in Ulm. Und er hatte dieses Durchschnittsgesicht, das Ute Schlötzer so treffend beschrieben hatte. Doch, doch, das musste er sein.

Paula sah auf die Uhr – es ging bereits auf halb acht zu. Zu spät, um Dieter Lieberth heute noch einen Besuch abzustatten. Jetzt wollte sie nur noch heim. Was Leichtes essen und was Leichtes trinken. Vielleicht den Rest des Graubugunders von gestern Abend? Und dazu? Was passte dazu am besten? Ja, Maccheroni al limone mit viel Öl, etwas Butter und einem Becher Sahne. Was Leichtes eben.

Als Paula auf den Jakobsplatz trat, schlug ihr eine unerträglich warme Luft entgegen. Und das, obwohl es nach neunzehn Uhr war und die Sonne hinter der St. Jakobskirche schon schwächer wurde. Kühle Luft im Hochsommer war also doch ein Privileg der Reichen, genau wie diese wohltuende Ruhe in dem Nobelviertel.

Vor dem großen Kaufhaus an der Königstraße legte sie einen Stopp ein, lief zielstrebig in die Feinkostabteilung im Souterrain und kaufte Sahne, Biozitronen, einen extrem teuren Parmesan sowie frische Petersilie. Alles Übrige hatte sie ja daheim.

Frohgemut und mit leichtem Gepäck spazierte sie wenige Minuten später über den Hauptmarkt mit seinem schönen Kopfsteinpflaster. All die vielen Menschen, die hier zu so später Stunde flanierten oder träge in den Cafés saßen, und das zur Hauptferienzeit! In ihrer Jugend war das stramm lutherische Nürnberg im August fast menschenleer und frei von jeglichem Müßiggang gewesen. In den letzten Jahren aber hatte sich das Leben auch im Hochsommer nach draußen verlagert, und die Stadt wirkte fast ein wenig südländisch. Auf jeden Fall heiter und entspannt. Heute gefiel ihr das.

Daheim angekommen, stellte sie sich als Erstes ausgiebig unter die Dusche. Während das Olivenöl und die Zitronenzesten in der Pfanne brutzelten und das Nudelwasser kochte, nippte sie hin und wieder an ihrem Wein. Küchen- und Schlafzimmerfenster standen sperrangelweit offen, sodass die Hitze in ihrer Wohnung gut zu ertragen war.

Zum Dessert gab es eine Zigarette sowie einen langen Blick zur Kaiserburg. Und während sie so satt und zufrieden auf die erleuchteten Fenster der Jugendherberge schaute, ging ihr Ida Glanz durch den Kopf. Die Tote, die ihr bislang ausgesprochen unsympathisch gewesen war, vielleicht weil sie sie auch ein wenig um ihre Disziplin und das Streben nach Perfektion beneidet hatte. Jetzt aber empfand sie, ja, nicht unbedingt Sympathie, aber doch einen Funken Mitgefühl für Ida Glanz, die so schwer und angestrengt durchs Leben gegangen war. Die alles doch nur richtig machen wollte. Und die dabei zumindest in ihren eigenen Augen scheitern musste. Weil sie es nicht schaffte, Traum und Realität miteinander zu verbinden. Trotz aller Anstrengungen.

Darunter hatte Ida Glanz gelitten. Ihr Alleinsein musste sie als Makel empfunden haben, als drückende Last einer grenzenlosen und ungerechten Einsamkeit. Allein die Radtouren, die sie jeden Samstag ohne Rücksicht auf sich selbst absolviert hatte – die sprachen doch Bände. Wer meinte, sein Wochenende mit solch freudlosem Aktionismus auffüllen zu müssen, der konnte nicht an Sport interessiert sein oder sich gern im Freien aufhalten, nein, der war in den Augen von Paula Steiner nur eine bedauernswerte einsame Seele.

Zudem hatte Ida Glanz keinen Freundeskreis gehabt, der sie weich bettete, wenn es ihr einmal schlecht ging. Keine Verwandten, die sie auffingen. Nur ihre Schwester Iris – eine der wenigen, wenn nicht die Einzige, die ihr verblieben war.

Kein Mann an ihrer Seite, lediglich zwei verheiratete Ehemänner, mit denen sie sich gelegentlich getroffen hatte – mit diesem Schwaben, diesem Michael Eichinger, musste Paula unbedingt reden, das hatte morgen Vormittag Vorrang.

Warum nur hatte sich Ida Glanz auf solche höchst unpassenden Kandidaten eingelassen? Sie, der nur das eine, die Heirat, ja so wichtig zu sein schien – wenn man Joachim Feulner Glauben schenken konnte, der mehrfach behauptet hatte, seine Ex-Geliebte habe nur »einen Mann zum Heiraten gesucht«.

Warum schien Ida Glanz der Ehestand überhaupt so wichtig gewesen zu sein? Dafür fehlte Paula das Verständnis. Das war doch in der heutigen Gesellschaft nicht mehr zwingend nötig; man wurde doch auch als alleinstehende Frau akzeptiert. Die Zeiten waren endgültig vorbei, als es für Frauen ab vierzig noch als Makel galt, ledig zu sein.

Ging es Ida Glanz darum, finanziell versorgt zu sein? Nein, dagegen sprach allein die Tatsache, dass sie bestimmt ein gutes Auskommen als Zahntechnikerin hatte. Gerade durch die von ihr eingeforderte Ehe mit Joachim Feulner hätte sie sich zumindest materiell nicht besser gestellt. Und wenn man dann noch die Aussicht auf ein dermaßen üppiges Erbe, mit dem sie beim gesundheitlichen Zustand ihrer Mutter ja in naher Zukunft rechnen konnte, hinzuaddierte … Nein, ums Geld ging es dabei nicht.

Wenn es aber nicht das Geld, die Stellung, das Versorgtsein waren, was dann? Was hatte sich Ida Glanz von einer Ehe erhofft? Was hätte sich dann in ihrem Leben geändert, grundlegend geändert? Nichts, gar nichts, war Paula überzeugt.

Irgendwie fehlte ihr die Vorstellungskraft, sich in die Ermordete einzufühlen. In diese Frau, die ihr mit der übermenschlichen Disziplin und diesem ausgeprägten Putzwahn so fremd war. Und auch mit ihrer Sehnsucht nach einem Ehemann, die schon etwas Tragikomisches hatte. Denn warum sonst hatte sie die Hälfte ihres Doppelbetts frei gehalten – für einen Aspiranten, den es nie gab? Doch nur aus der Hoffnung heraus, dass er dereinst in ihr Leben treten würde. Wie der strahlende Prinz auf einem weißen Pferd, der mit nichts als dem Ehering, dem Zeichen ewiger Liebe, zu winken brauchte. Nicht mit Geld, nicht mit Weltläufigkeit, Charme, Witz oder gutem Aussehen.

Paula füllte ihr Weinglas nach und ging ins Wohnzimmer. Im Fernsehen lief die soundsovielte Wiederholung von »Ein Mann für gewisse Stunden« mit Richard Gere. Von da zu »Pretty Woman« war es nur ein kurzer Gedankensprung, sogar für Paula in ihrer gehobenen Weinseligkeit. Auch da ging es um eine Frau, die nichts so begehrte wie einen Ehemann, der sich zu ihr bekannte. Einen Ritter in Weiß, der vorerst natürlich keine Neigung zum dauerhaften, zum gesellschaftlich legitimierten Bunde zeigte, sie aber letztendlich doch erlöste. Dieses Happy End war Ida Glanz versagt gewesen. Das unterschied den Film von der Realität.

Es ist schwer, seinen Wunschpartner zu finden. Das wusste Paula aus eigener Erfahrung. Aber diese Reduktion auf einen Ehegatten, das fand sie befremdlich. Sie schaltete den Fernseher aus, richtete sich kerzengerade auf dem Sofa auf, stellte das Weinglas auf dem Sofatisch ab und stierte gedankenvoll auf den schwarzen Bildschirm.

Erst kurz vor Mitternacht wurde sie fündig. Das Motiv für diese ehrgeizige Gattensuche der Ida Glanz musste die scheinbare Normalität gewesen sein. An erster Stelle die ihrer Schwestern, vielleicht auch die der Eltern, mit Sicherheit sogar.

Diese braven Menschen hatte sie sich – bewusst oder unbewusst – zum Vorbild genommen. Wahrscheinlich nur, weil sie ein Leben führten, das ihr verwehrt war. Die beiden Schwestern inklusive Ehemänner und Kinder waren ihre Referenzgrößen, der Motor, mit dem sie unerbittlich und rücksichtslos den Traum von ihrem Privatparadies als Ehefrau verfolgte, auch gegen sich selbst. Selbst hochnotpeinliche Misserfolge wie der mit ihrem Schwager konnten sie nicht stoppen.

Mit Vernunft oder Logik hatte das nichts mehr zu tun. Derart emotional bestimmte Vorstellungen wie die der Toten entfalteten beträchtliche Kräfte. Man musste den Weg nur mit Leidenschaft und Engagement verfolgen, dann fiel einem doch irgendwann das Paradies in den Schoß. Und eben dabei, kam Paula zu dem Schluss, hatte sich Ida Glanz Feinde gemacht. Feinde – oder waren es gar Feindinnen? –, die nicht davor zurückschreckten, diese Leidenschaft, dieses Engagement ein für alle Mal zu unterbinden. Bei diesem ihrem Abschlussresümee kam sich die Hauptkommissarin sehr hellsichtig und weise vor.

Sie stand auf, schaltete das Licht aus, stellte das leere Weinglas auf den Tisch in der Küche und ging ins Bett. Keine Minute später fiel sie in einen tiefen und traumlosen Schlaf.

SECHS

Dieser Dienstagmorgen versprach eine Wende nach dem langen Hochsommer. Als Paula aus dem Haus trat, flogen über ihr weiße Wolkenfetzen hinweg gen Osten, so dünn und faserig wie gut durchgekochte Kompottzwetschgen. Ein skeptischer Blick zum Himmel, dann kehrte sie um. Tauschte die Lederhandtasche gegen ihren geräumigen City-Shopper, verstaute den kleinen Knirps darin und machte sich erneut auf den Weg.

Als sie eine halbe Stunde später ihr Büro enterte, wurde sie von Eva Brunner mit dem fröhlichen, ja fast schon übermütigen Ausruf empfangen: »Hallo, Frau Steiner. Heute sind wir zwei allein. Heinrich hat sich vor zehn Minuten krankgemeldet.«

»Und, was hat er diesmal?«, wollte Paula wissen.

»Keine Ahnung. Ich hab nicht mit ihm gesprochen. Er hat uns, also Ihnen und mir, eine Mail geschickt.«

Da war die Kommissionsleiterin baff, einfach sprachlos. Dennerleins Worte von der Russenwiese fielen ihr ein. Ja, es stimmte: Sie ließ Heinrich wirklich zu viel durchgehen. Und das einen Tag, nachdem sie für ihn seinen Wochenenddienst übernommen hatte! Freiwillig.

Dennerleins Rat mit dem »endlich mal richtig Bescheid stoßen« erschien ihr in diesem Moment in einem ganz anderen Licht als noch am Sonntag, nämlich als gut gemeinte Empfehlung und nicht mehr als vorwitzige Einmischung. Wenn der Krankfeierer wieder da war, würde sie das nachholen, das mit dem Zur-Brust-Nehmen, und zwar in aller Deutlichkeit. Diesmal würde sie ihm auch die Konsequenzen aufzeigen, die so ein Verhalten haben könnte, und zwar genauso –

»Wer übernimmt jetzt die Prüfung der Kontoauszüge, Frau Steiner?«, riss Eva Brunner sie aus ihren Gedanken. »Die sind nämlich schon da. Soll ich das machen, oder wollen Sie selbst?«

»Weder noch. Das wird Heinrich machen, wenn er wieder da ist. So wie wir das vereinbart hatten.«

»Aber das kann sich ziehen. Vielleicht kommt er erst nächste Woche wieder. Sie kennen ihn doch. Was dann?«

»Der kommt nicht nächste Woche wieder, der ist morgen wieder an seinem Arbeitsplatz. Wenn nicht sogar heute schon. Und dann wird er Überstunden machen, bis er sein gesamtes Pensum erledigt hat«, lautete Paulas grimmige Antwort. »Und noch mehr. Denn jetzt ist Schluss.«

»Frau Steiner, es ist wirklich so, wie ich gestern vermutet hatte: In der Villa in der Wackenroderstraße wohnt tatsächlich ihr Enkel Christian samt Ehefrau Julia und deren Sohn Lukas. Darum hab ich mich nämlich heute in der Früh als Erstes gekümmert. Also hatte ich recht«, frohlockte Eva Brunner.

Bevor Paula irgendetwas dazu anmerken konnte, folgte der nächste Triumph. »Und ich hab auch schon den Namen von dem Notar, der Frau Glanz' Testament aufgesetzt hat. Soll ich jetzt das —«

»Liebe Frau Brunner, ich bin gleich für Sie da. Sofort. Aber erst muss ich noch schnell was anderes erledigen. Das duldet keinen Aufschub.«

Da Paula wusste, dass Heinrich, wenn er »krank« war, weder ans Telefon ging noch jemanden in die Wohnung ließ, dass er aber regelmäßig seine SMS abrief, holte sie ihr Handy aus der Tasche und hackte auf die Tastatur ein. Es war ein schneller, tougher codierter Text, der wie von selbst in die Tasten floss. Sie musste keine Sekunde überlegen.

»Falls du weiterhin in der K 4 arbeiten willst, bist du morgen Punkt 8 hier. Besser wäre heute. Ansonsten wechselst du ab Do zu K 1. P.«

Diese Botschaft war doch klar und eindeutig genug, oder?

Nein, nicht ganz. Da fehlte noch etwas. So fügte sie als Postskriptum noch hinzu: »Dies gilt auch, wenn die SMS von dir nicht gelesen wird«, und schickte die Nachricht ab.

»So, und jetzt habe ich Zeit für Sie, Frau Brunner. Was ist mit dem Notar? Und wie haben Sie den so schnell gefunden?«

»Schwester Carina hat mir den Tipp gegeben. Aber macht das überhaupt einen Sinn, den zu befragen? Die unterliegen doch einer strengen Verschwiegenheitspflicht, strenger noch als die bei Anwälten. Und die nehmen das auch sehr genau. Gerade wenn es um ein Testament geht.«

»Das ist schon richtig. Aber es besteht ja die Chance, dass Frau Glanz als Erblasserin ihre ausdrückliche Zustimmung erteilt hat, dass der Testamentsinhalt weitergegeben werden darf. Wovon ich ausgehe. Denn sonst würden ihre Töchter sicher nicht so zuverlässig ihrer allwöchentlichen Besuchspflicht nachkommen. Das heißt: Die kennen den Inhalt des Testaments. Das Einhalten ihrer Besuche ist mit Sicherheit irgendwie an ihr Erbe gekoppelt. Das hat Schwester Carina uns gegenüber ja schon angedeutet. Nein, nein, die wissen Bescheid, die sollen sogar Bescheid wissen. Und insofern wird dieser Notar auch uns gegenüber um das Testament kein großes Geheimnis machen.«

»Stimmt«, nickte Eva Brunner. »Okay. Dann mache ich mich jetzt auf den Weg. Wir wollen also wissen, wer erbberechtigt ist und in welchem finanziellen Umfang. Noch etwas?«

»Der Umfang ist mir eigentlich mehr oder weniger egal. Mich interessiert vor allem, was jetzt für den Fall vorgesehen ist, nachdem Ida Glanz nicht mehr lebt. Ob ihr Erbe dann automatisch zu gleichen Teilen auf die beiden Schwestern übergeht. Und wer noch signifikant als Erbberechtigter vorgesehen ist. Die Enkel vielleicht. Versuchen Sie halt, möglichst viel aus diesem Notar herauszukriegen.«

Frau Brunner sah sie skeptisch an. »Ich fürchte, sehr ergiebig wird das nicht werden. Die Notare, die ich kenne, sind doch alle zugeknöpft bis obenhin. Die geben freiwillig nix preis.«

»Dann lassen Sie halt Ihren Charme spielen. Und machen Sie diesem Notar von Anfang an ganz deutlich, dass es hier um ein Kapitalverbrechen geht. Und zwar um einen Mord, der ursächlich mit diesem Testament in einen Zusammenhang gebracht werden kann. Was heißt ›kann‹? Muss.«

Da der Blick ihrer Mitarbeiterin in deutlichem Zweifel versunken blieb, setzte Paula noch hinzu: »Sie, wenn der sich irgendwie spreizen sollte oder Zicken macht, gehe ich selbst zu dem hin. Ich bin heute in der richtigen Laune für so etwas.«

Als Paula das Büro für sich allein hatte, begab sie sich auf die Suche und wurde schnell fündig. Dieter Lieberth war dreiundvierzig und damit vier Jahre jünger als Ida Glanz, er wohnte in der Welserstraße und arbeitete als städtischer Beamter im Einwohnermeldeamt in der Äußeren Laufer Gasse. Sie überlegte einen kurzen Moment, dann war ihre Entscheidung gefallen. Sie würde Herrn Lieberth nicht zu sich ins Präsidium bitten, sondern ihn jetzt sofort an seinem Arbeitsplatz aufsuchen. Ein Telefonat gab ihr die Gewissheit, dass ihr Befragungskandidat heute auch vor Ort war.

Es war Viertel nach zehn, als sie das alte, lang gestreckte Sandsteingebäude betrat. Vor und hinter ihr drängelten die Menschen zu den Automaten, um ihre Wartemarke zu ziehen. Paula stieg die ausgetretenen Steintreppen zu der riesigen Schalterhalle empor. Dort informierte sie die digitale Anzeige darüber, dass die mittlere Wartezeit derzeit hundertsiebenundzwanzig Minuten betrug. Und das mitten in der Hauptferienzeit! Von den achtundzwanzig Schaltern, ergab ihr Schnellrundgang, waren lediglich siebzehn geöffnet. Und um halb eins würden auch die geschlossen.

Also wieder zurück ins Erdgeschoss. Am Express-Schalter ließ sie sich Namen und Zimmer des Dienststellenleiters sagen. Nein, antwortete sie auf dessen Frage, die anstehende Befragung von Herrn Lieberth könne eben nicht warten bis zu seinem Dienstende. Schließlich ermittle sie in einem Mordfall, da könne sie nicht auf die Öffnungszeiten der städtischen Ämter Rücksicht nehmen. Wie er sich das überhaupt vorstelle?

»Wissen Sie, wir sind derzeit sehr schwach besetzt. Und heute in der Früh habe ich noch drei Krankmeldungen zusätzlich hereinbekommen. Aber wenn es scheinbar nicht anders geht. Oder?«

»Es geht nicht anders«, bestätigte sie seine halbherzige Vermutung. Und fügte sogar noch ein ernst gemeintes »Leider« hinzu.

Es dauerte eine gute Viertelstunde, dann hatte Paula mit Dieter Lieberth eine leer stehende Amtsstube für sich allein – auch das ein Umstand, den sie den Krankmeldungen des Tages zu verdanken hatte.

Nach dem Foto des Mannes auf dem Handy von Ida Glanz und der von Frau Schlötzer ausgedrückten Bewunderung hatte sie sich auf einiges gefasst gemacht, aber nicht auf das, was ihr da jetzt gegenüberstand. Eine kanariengelbe knielange Hose, dazu weiße Füßlinge in türkisfarbigen Baumwollsneakers und ein farblich darauf abgestimmtes kurzärmliges Polohemd. Drahtige sonnengebräunte Arme und Beine, tolle Haltung, geschmeidige Bewegungen. Markant-eckige Gesichtszüge inklusive Spaltkinn und der von Frau Schlötzer beschriebenen stahlblauen Augen.

Allerdings wurde diese männliche Ausstrahlung vom Hals aufwärts durch einen extrem affigen Undercut – die untere Kopfhälfte kurz rasiert, das Deckhaar so lang, dass es in gegelten Strähnen bis über die Augenbrauen fiel – komplett konterkariert.

»Ah, da geht einem doch die Sonne auf«, sagte Lieberth mit theatralischer Stimme und einem neckischen Lächeln, so affektiert wie sein Haarschnitt, als er das Zimmer betrat. »Ich wusste gar nicht, dass es bei der Nürnberger Kriminalpolizei so hübsche Frauen gibt. Ja, wenn ich das früher gewusst hätte …«

Das war ein Flirt um des Flirtens willen. Denn dass er mehr von ihr wollte, konnte sie nicht nur wegen des Altersunterschiedes getrost ausschließen. Lieberth war einer dieser in Nürnberg selten gewordenen Spezies, die jede Frau anbaggerten, egal, wie alt sie war. Ein zwanghafter Verbalerotiker, kein Grapscher.

Ungerührt von seiner gespielten Charmeoffensive informierte sie Lieberth in kurzen amtlichen Sätzen über den Tod von Ida Glanz. Dabei beobachtete sie ihn ganz genau. Das Lächeln erstarb. Er schien aufrichtig erschrocken, fassungslos zu sein.

»Ja, aber vor Kurzem hab ich sie doch erst gesehen. Da war sie doch noch … Ich kann mir das gar nicht vorstellen, dass … Es gibt doch keinen Grund … Die Ida war so hilfsbereit und freundlich und –«

»Wann war das denn genau«, unterbrach sie sein Gestammel, »wann haben Sie Frau Glanz zum letzten Mal gesehen?«

»Da muss ich jetzt nachdenken. Hm. Na ja, das liegt jetzt doch schon wieder länger zurück. Ich glaube, Anfang Juli. Ja, doch, jetzt weiß ich es wieder ganz genau. Das war am ersten Juliwochenende. Am Samstag sind wir nachmittags zusammen zum Freibad Langsee geradelt. Abends haben wir dann unterwegs, in Zabo, eine Kleinigkeit gegessen. Und am Sonntagmittag bin ich wieder heimgefahren, mit dem Rad. Allein. Ohne meine Bekannte.«

»Das liegt ja jetzt schon sechs Wochen zurück. War das bei Ihnen üblich, diese relativ seltenen Zusammenkünfte?«

Erstaunt sah Lieberth sie an. »Ich finde das nicht selten, Frau Steiner, wenn ich Ihnen da mal widersprechen darf. Unter der Woche hatte die Arbeit Vorrang, da ging es schon mal überhaupt nicht. Weder bei ihr und erst recht nicht bei mir. Ja, und am Wochenende hatten wir halt sehr oft unterschiedliche private Verpflichtungen. Da ging es sich eben oft nicht aus, dass wir uns sahen.«

Die »privaten Verpflichtungen« des Herrn Lieberth konnte Paula sich lebhaft vorstellen, die von Ida Glanz nicht.

»War die Ehe je ein Thema zwischen Ihnen und Ihrer Bekannten? Also das Thema Heirat?«

»Ach ja«, seufzte der Mann mit den Füßlingen, »Ida hat das ein paarmal vorgeschlagen. Aber ich finde, das braucht es doch nicht. Gerade in unserem Alter. Wenn man mal die vierzig überschritten hat, wie bei Ida und mir, hat sich das doch erledigt. Und Nachwuchs wollten wir beide nicht. Also, wozu dann?«

Gerne hätte sie ihn jetzt gefragt, wo sich die beiden Paradiesvögel kennengelernt hatten, ließ es dann aber bleiben. Was sie sich im Nachhinein als Kontrolle über ihre Neugier hoch anrechnete. So stellte sie ihm die viel näherliegende Frage nach dem Alibi.

»Am Samstag, sagten Sie? Zwischen achtzehn und zwanzig Uhr? Ah ja, da war ich mit meiner Clique unterwegs. Wir sind zu sechst. Und gerade an den Samstagabenden sind wir oft alle zusammen in den einschlägigen Lokalen unterwegs. Da haben wir so richtig schön einen draufgemacht. Es gibt da nämlich eine neue Kneipe am Burgberg, die hat erst vor Kurzem –«

Paula stoppte sein verbales Ausweichmanöver ziemlich abrupt. »Wo genau? Und die Namen dazu brauche ich auch.«

Diese konkreten Fragen beantwortete Lieberth mit einem einzigen – natürlich weiblichen – Eigennamen plus der dazugehörigen Privatadresse.

»Wissen Sie, wenn ich es recht bedenke, hatte sich unsere Clique zu diesem Zeitpunkt schon aufgelöst. Da waren wir schon alle mehr oder weniger getrennt unterwegs. Nur wir, also meine Bekannte und ich, haben noch den Abend zusammen verbracht.«

Sie zog den Notizblock aus ihrer Tasche, da fiel ihr Blick auf das Speichelprobenset, das sie vorsichtshalber mitgenommen hatte. Sollte sie das gleich mit erledigen? Sie entschied sich dagegen. Nein, dieser Füßlinge-Träger war mit dem Inhalt der schwarzen Kunststofftasche aus Ida Glanz' Keller in keinster Weise kompatibel. Erstens trug er keine weißen Unterhosen aus Feinripp mit seitlichem Eingriff, da war sie sich hundertprozentig sicher, und O-Beine hatte er auch nicht. Im Gegenteil!

Nachdem sie seine Angaben notiert hatte, fragte sie: »Seit wann kannten Sie sich denn, Sie und Frau Glanz?«

»Ach«, antwortete er mit einer wegwerfenden Handbewegung, »schon irrsinnig lang.« Er rechnete nach. »Seit 2011.«

»Das ist in der Tat irrsinnig lange.« Eine ironische Randbemerkung, die in dieser Amtsstube ohne Resonanz blieb. »Haben Sie irgendwann auch andere Freunde von Frau Glanz kennengelernt? Oder hat sie einmal von Männern erzählt, mit denen sie neben Ihnen Kontakt pflegte?«

»Andere Männer, Freunde? Welche Freunde denn?«, fragte er irritiert und eine Spur beleidigt nach.

»Na, vielleicht hatte sie ja vor Ihnen einen anderen Freund oder nahestehenden Bekannten. Das könnte doch sein.«

»Ida hat mir nie was dergleichen erzählt. Und ich ihr auch nicht. Das ist doch alles Schnee von gestern. Mit so etwas muss man sich ja nicht unnötig belasten.«

Paula glaubte ihm und hakte nicht weiter nach.

»So, Herr Lieberth, dann hätte ich nur mehr eine Frage: Können Sie sich irgendjemanden aus der Familie von Frau Glanz oder auch von ihrem Arbeitsplatz vorstellen, der ihr feindlich gesinnt war? Mit dem sie Ärger hatte, richtigen Ärger?

Vielleicht hat sie in dieser Richtung mal einen Namen fallen lassen.«

Kurzes Nachdenken, langes energisches Kopfschütteln.

»Nein. Davon hat sie mir gegenüber nie etwas erwähnt. Ida war auch kein Mensch, mit dem man Ärger haben konnte. Ich denke, wenn es so weit gekommen wäre, dass sie sich mit jemandem auseinandersetzen musste, dann wäre sie dem sicher aus dem Weg gegangen. Ida war eine ganz, ganz liebe Person. Mit der konnte man sich einfach nicht streiten. Falls jemand dazu etwas wissen sollte, kommt nur ihre Schwester Iris in Frage. Iris Huttner. Haben Sie mit der schon gesprochen?«

Paula ignorierte seine Frage und sagte: »Na gut. Das wäre dann alles im Augenblick.«

Als beide sich auf dem Flur bereits verabschiedet hatten, drehte sich Lieberth nochmals zu ihr um.

»Wenn Sie in Ihrer Mittagspause nichts anderes vorhaben, könnten wir uns ja auf einen Kaffee treffen. Ganz zwanglos. Es plaudert sich mit Ihnen so angenehm. Das könnten wir doch fortsetzen, also rein privat, meine ich. Es ist nicht mehr lang hin bis zu meinem Dienstende. Nicht einmal eine Stunde.« Als Dreingabe schenkte er ihr einen intensiven Blick und ein Lächeln, das in seinen Augen bestimmt unwiderstehlich war.

Da musste Paula Steiner laut auflachen, sie konnte gar nicht anders. Bei der Vorstellung, dass sie als gestandene Fünfundfünfzigjährige mit diesem zwölf Jahre jüngeren Mann in seinem türkis-kanariengelben Outfit plus Füßlingen und gegeltem Undercut in einem Café saß und sie sich dabei tief in die Augen sahen … Nein, das war wirklich lustig.

»Danke für Ihre Einladung, das ist nett von Ihnen, aber danke nein.«

Während Paula einen etwas ratlosen und zweifelnden Dieter Lieberth zurückließ, war sie von seinen Avancen noch im Nachhinein so amüsiert, dass sie auf ihrem Weg ins Präsidium ein paarmal stehen bleiben und lauthals auflachen musste. Ihre Lachattacken wurden von den Passanten zunächst mit Befremden, schließlich aber mit belustigten Mienen quittiert.

Schluss mit lustig war dann abrupt, als sie in ihr Büro zurückkehrte. Das Telefon blinkte in Alarmstufe. Ja, sie hatte wieder einmal vergessen, es auf die Zentrale umzustellen. Drei der Anrufe in Abwesenheit waren von Heinrich. Ah, immerhin, er hatte ihre SMS gelesen. Sie beschloss, seine Versuche, mit ihr in Kontakt zu treten, zu ignorieren. Schließlich war ihre Botschaft eindeutig gewesen: Er sollte kommen, und zwar schleunigst, von Telefonieren war nicht die Rede gewesen.

Auch Frau Brunner hatte in der Zwischenzeit zweimal versucht, sie zu erreichen. Paula wählte ihre Nummer.

»Frau Steiner, ich wollte Ihnen bloß sagen, dass es bei mir länger dauern wird. Freilich könnte ich mir einen Termin für morgen geben lassen – dann hätte der Notar mehr Zeit. Aber jetzt hab ich schon die ganze Zeit mit Warten vertrödelt, jetzt ziehe ich das durch. Das ist doch auch in Ihrem Sinn, oder? Denn in der nächsten halben Stunde, so hat man mir versprochen, kann ich endlich mit ihm reden.«

»Genauso machen Sie es. Nehmen Sie sich all die Zeit, die Sie dafür brauchen.«

Jetzt noch Klaus Dennerlein, dann würde sie sich Michael Eichinger, den Schwaben, vornehmen.

»Du hast angerufen, Klaus. Was gibt es denn?«

»Es gibt, dass mich Heinrich angerufen hat. Du sollst ihn doch bitte schnellstmöglich zurückrufen. Er hat es mehrere Male bei dir versucht.«

Sie schluckte kaum hörbar. »Danke fürs Ausrichten. Und sonst noch was?«

»Nein. Ach, du fragst wegen der Tatwaffe, Paula. Nein, die haben wir nicht gefunden. Und wir haben wirklich gründlich gesucht. Unser neuer Azubi hat gestern den ganzen Tag nichts anderes gemacht, als die Russenwiese daraufhin zu durchkämmen. Wir haben die Suche jetzt eingestellt. Das bringt ja nix. Ich glaube, der Mörder hat die wieder mitgenommen. Da können wir uns dumm und dämlich suchen, die finden wir *dort*«, betonte er, »nicht. Nicht mehr.«

»Ich fürchte, da hast du recht.«

»Sag einmal, du wolltest mir doch noch DNA-Proben von

den anderen Bekannten der Glanz mitbringen. Hat sich da schon etwas getan?«

»Nein«, beschied sie knapp und beendete das Gespräch.

In den letzten zwei, drei Sekunden war die Stimmung im Büro der Kommission 4 gekippt. Die Kommissarin, die sich noch vor Kurzem in aller Öffentlichkeit so ausgeschüttet hatte vor Lachen, war jetzt ausgesprochen schlechter Laune. Sie hatte eine Riesenwut. Auf fast alle. Und für die, die jetzt noch davon ausgenommen waren, würde sich mit Leichtigkeit ein Grund zum Ärgern finden.

Da war zunächst die Wut auf Heinrich, natürlich. Eine Unverschämtheit sondergleichen war das von ihm, den Kontakt zu ihr über einen Dritten, und zwar über einen ahnungslosen Dritten, zu suchen. Das war ja wieder typisch. Konnte er nicht akzeptieren, was sie ihm geschrieben hatte, und sich danach richten? Nein, der feine Herr musste ja wieder im Gespräch ausloten, wie weit er gehen konnte. Aber diesmal blieb sie hart.

Wenn er morgen nicht kommen sollte, würde sie noch am selben Tag zu Fleischmann marschieren. Auch wenn der ihr keinen Ersatz für Heinrich bewilligen würde. Besser eine geschrumpfte Zweier-Kommission als eine mit diesem Unwägbarkeitsfaktor. Nach dem sich alle anderen, vor allem sie, sie vor allem!, richten mussten und der in den letzten Wochen immer dreister geworden war. Wenn sie da nur an die Sache mit der Krankmeldung per Mail, per Mail!, von heute Morgen dachte …

Sie sann nach. Ha, Paul war auch so ein Kandidat in ihrem Leben, der meinte, sich gegen sie immer und zu jeder Zeit durchsetzen zu können. Allein schon die Sache mit dem Spiegel. Es war ja ihre Wohnung, und in der machte sie, was sie wollte. Daheim bei sich konnte er ja alle Zimmer ausstaffieren, bis es dort aussah wie im Spiegelsaal von Versailles. Das musste ihr auch egal sein. Da konnte man doch erwarten, dass das umgekehrt von ihm genauso akzeptiert wurde.

Dann Klaus. Auch wenn er am Sonntagvormittag ausnahmsweise einmal recht gehabt hatte mit Heinrichs Auf-der-Nase-Herumtanzen, es ging ihn ja nichts an. Nicht das Geringste.

Hatte sie sich etwa schon ein einziges Mal eingemischt, wie er seine Mitarbeiter führte? Nein, hatte sie eben nicht. Weil sie nämlich wusste, was sich gehörte und was nicht. Und weil sie Rücksicht übte gegenüber den Kollegen. Und zwar auch jenen gegenüber, die ihr unsympathisch waren. Man musste sich auch mal am Riemen reißen und nicht alles ungefiltert herauslassen, was einem gerade so vom Arsch in den Kopf stieg. Disziplin und Selbstbeherrschung nannte man so etwas. Aber davon schienen ja die meisten ihrer Kollegen noch nie etwas gehört zu haben. Ihr fiel das mitunter auch schwer, trotzdem begegnete sie den anderen immer mit Respekt. Sie schon, denn sie verfügte ja über ein gerüttelt Maß an Manieren und Anstand. Ganz im Gegensatz zu allen anderen hier im Präsidium.

Ach ja, da war ja noch dieser Kanarienvogel vom Einwohnermeldeamt. Den hätte sie fast vergessen. Ein selbstgefälliges Arschloch, der war doch tatsächlich der Überzeugung, dass sie sich mit dieser Peinlichkeit von einem Mann freiwillig in ein Café setzen würde. Was glaubte der eigentlich, wer er war?

So vergingen auch die nächsten zwanzig Minuten. Anklagend, verbittert, auf der Suche nach neuen Widersachern. Es wurde immer schlimmer. Als sie mit der Liste ihrer beruflichen und privaten Gegenspieler im Geiste durch war und ihr keine neuen einfielen, fing sie wieder von vorn an, bei Heinrich.

Irgendwann spürte sie, dass ihr das nicht guttat, und zwang sich, an etwas anderes zu denken. An etwas Positives, an etwas, das ihr Freude machen konnte. Sie musste lange suchen, doch dann kam ihr eine Idee …

Jawohl, so würde sie es machen. So und nicht anders. Eine Spritztour mit Charly in das sicher schöne Ulm, wo sie ja noch nie gewesen war. Und bei der Gelegenheit würde sie sich den dritten Mann im Leben der Ida Glanz vorknöpfen. Einschließlich DNA-Test. Eine sehr elegante Lösung, fand sie. Frau Brunner musste dann eben morgen allein hier die Stellung halten. Mit Heinrichs Anwesenheit rechnete Paula nicht mehr, nicht nach diesen mehrmaligen, für seine Verhältnisse geradezu verzweifelten Versuchen, sie anzurufen.

Sie schaltete den Computer ein. Schnell hatte sie die Kontaktdaten des Michael Eichinger gefunden und wählte seine Telefonnummer. Sie ließ es sieben Mal klingeln, dann endlich meldete sich ein weibliches Wesen mit einem lang gezogenen »Hallo«. Wahrscheinlich seine Ehefrau.

Paula nannte ihren Namen, den Dienstrang und das Fachkommissariat und fragte, ob Herr Eichinger zu sprechen sei.

»Um was geht es denn?«, lautete die prompte Gegenfrage.

»Das werde ich mit Herrn Eichinger bereden, nicht mit Ihnen. Datenschutz, Sie verstehen?«

»Mein Mann hat sich nämlich gerade hingelegt. Da störe ich ihn ungern. Wenn Sie es also nochmals in einer Stunde probieren könnten, bitte?«

»Ich muss ihn jetzt sprechen, nicht in einer Stunde.«

Sie hörte, wie der Hörer abgelegt wurde, und dann lange Zeit nichts mehr. Schließlich meldete sich ein Mann, wieder mit diesem lang gezogenen »Hallo«. Das schien in Ulm wohl Usus zu sein. Er hatte eine warme, schlaftrunkene Stimme.

Paula wiederholte ihren Namen und den Dienstrang. Dann informierte sie ihn über den Grund ihres Anrufs. Eine halbe Minute verging in vollkommener Stille.

»Herr Eichinger, sind Sie noch dran? Haben Sie verstanden, was ich soeben gesagt habe?«

»Ja. Es kommt halt sehr überraschend für mich, das Ganze. Ich muss das erst mal verdauen.«

Wieder Schweigen. Wahrscheinlich war seine Frau im Zimmer und hörte zu.

»Gut. Dann haben Sie ja sicher Verständnis dafür, dass ich mit Ihnen reden muss. Ich bin morgen zur Mittagszeit in Ulm. Wo sollen wir uns treffen?«

»Ich glaube, das können Sie sich sparen. Ich kann Ihnen da auch nicht weiterhelfen, Frau Steiner. In keinster Weise. Ich kannte diesen Seminarteilnehmer ja kaum. Ja, eigentlich gar nicht. Nur eben von diesem dreitägigen Kurs. Was soll ich Ihnen dazu schon sagen können?«

Nach diesem souveränen Überbrückungsplappern war sich Paula ganz sicher, dass seine Frau neben ihm stand und lauschte.

»Ach, Herr Eichinger, wissen Sie, das höre ich oft, dass viele meiner Befragungskandidaten glauben, sie könnten nichts Wesentliches aussagen. Und dann, nach der Zeugenvernehmung, sind etliche selbst überrascht, wie viel sie doch über das Opfer wissen. Und damit auch zur Aufklärung des Falles beitragen können.«

Anscheinend zog es Eichinger vor, sich wieder in Schweigen zu hüllen, denn sie hörte vom anderen Ende der Leitung nur schweres Atmen. Darum legte sie nach.

»Und in dem einen Punkt muss ich Sie korrigieren: Sie kannten Frau Glanz eben nicht nur von diesem Seminar. Von welchem Seminar überhaupt? Aber dazu später. Ihre Nachbarn haben angegeben, Sie des Öfteren bei Frau Glanz ein und aus gehen gesehen zu haben. Und dabei haben diese Nachbarn auch Ihr Autokennzeichen notiert. Wie sonst, denken Sie denn, bin ich so schnell auf Sie gestoßen? Noch ein kleiner Tipp von mir: Uneidliche Falschaussagen gegenüber der Polizei, auch solche am Telefon, sind übrigens strafbar.«

Noch immer Stille.

»Oder ist es Ihnen lieber, ich bitte die Ulmer Kollegen um einen DNA-Test? Und zwar heute noch. Sie haben doch nichts zu verbergen, oder täusche ich mich da?«

Sie hörte im Hintergrund ein mehrmaliges Klingeln – wahrscheinlich an der Haustür –, dann schnelle Schritte, die immer leiser wurden.

»Nein, natürlich nicht. Ich habe nichts«, er dämpfte seine Stimme, sodass sie Mühe hatte, ihn zu verstehen, »zu verbergen. Morgen gegen elf Uhr am Haupteingang des Alten Friedhofs in der Frauenstraße. Ich trage die Südwestpresse Ulm unter dem linken Arm.«

»Um elf, so früh?«, sagte sie. »Zwölf Uhr wäre mir lieber. Ich hab ja eine entsprechend lange Anfahrt vor mir.« Doch da hatte er schon aufgelegt.

Sie überlegte, ob sie ihn nochmals anrufen sollte, ließ es dann aber bleiben. Denn im Grunde war sie froh über diesen Außentermin. Endlich einmal weg und fort. Weg vom Präsidium, weg von Nürnberg. Und vor allem weg von Heinrich und all den anderen, die nur Ärger machten. Raus aus dem Alltagsmief.

Wenn sie morgen um elf Uhr in Ulm sein wollte, und das wollte sie ja unbedingt, dann musste sie spätestens um acht losfahren. Über die Käffer wollte sie nicht fahren, also blieb nur die Route über zwei sehr stauanfällige Autobahnen. Um acht Uhr! Das hieß: halb sieben aufstehen, halb acht aus dem Haus. Und zwar ohne den Umweg ins Präsidium. Frau Brunner musste dann eben morgen Vormittag allein zurechtkommen. Ohne sie.

Seminar, hatte Eichinger gesagt. Seminar? Aus privaten Gründen oder aus beruflichen? Welche Art Fortbildung war das, wo sich ein Ulmer und eine Nürnbergerin kennenlernten? Wahrscheinlich, kam Paula zu dem Schluss, hatten Glanz und Eichinger denselben Beruf, sie waren beide Zahntechniker. Aber dazu passte sein Besuchsmodus nicht. Nein, Zahntechniker war der Schwabe nicht. Denn dann hätte er nicht »immer nur unter der Woche« Zeit gehabt – wie Frau Schlötzer behauptet hatte –, Ida Glanz zu besuchen und vor allem über Nacht bei ihr zu bleiben.
  Sie begab sich auf die Suche. Fünf Minuten später wusste sie, was der Missing Link zwischen der Ermordeten und Michael Eichinger war. Der Schwabe arbeitete als Coach für eine private Ulmer Fachakademie, die firmeninterne »maßgeschneiderte Seminare, Workshops und Einzeltrainings« offerierte. Aber welche Art Fortbildung bot sich für eine Zahntechnikerin an? Ida Glanz war ja keine Führungskraft gewesen und hatte zudem wenig Kundenkontakt, oder? Auch das würde sie Eichinger fragen.
  Paula Steiner registrierte, wie ihr in den letzten Stunden jegliches professionelles Interesse an ihrem Fall abhandengekommen war. Es war ihr schlicht egal, wer als Mörder von Ida Glanz in Frage kam. Ob nun ein ängstlicher oder rasender Liebhaber, ein aktueller oder ehemaliger oder irgendjemand aus ihrer Verwandtschaft. Oder sonst wer. Bei der mehr als dürftigen Ermittlungslage sah die Kommissarin keinen Hoffnungsschimmer auf eine schnelle Klärung am Horizont. Alle hatten ein Alibi, niemand hatte ein richtiges Motiv. Wo sollte sie da ansetzen?

Heute fehlte ihr auch jegliches Mitgefühl für ihr Opfer. Es war ihr im Augenblick vollkommen egal, wer diesen krankhaft putzsüchtigen Hungerhaken auf dem Gewissen hatte. Und zwar waren ihr die Ermittlungen dermaßen egal, das erkannte Paula durchaus, dass das Ganze Gefahr lief, hausintern bekannt zu werden. Wenigstens in diesem Punkt musste sie gegensteuern. Unlustig machte sie sich auf den Weg in die Presseabteilung.

Eine gute Stunde später. Schon morgen, hatte die Kollegin aus der Chefetage ihr versprochen, würde die Pressemitteilung in allen regionalen Medien, Print, Fernsehen und Funk, erscheinen:

Polizei bittet um Mithilfe
Am Samstag, den …, wurde in der Nähe der Russenwiese (Lorenzer Reichswald, südöstlich von Zerzabelshof) eine 47-jährige Frau, 1,70 m groß, schulterlanges aschblondes Haar, bekleidet mit einem weiß-hellbraunen Tupfenkleid, zwischen 18.00 und 19.30 Uhr mit einem weiß lackierten Rohr erschlagen. Die Kriminalpolizei hat die Ermittlungen aufgenommen und bittet die Bevölkerung um Mithilfe. Wer hat die Frau gesehen oder kann Angaben zu der Tatwaffe machen? Sachdienliche Hinweise nimmt die Polizei unter der Telefonnummer 0911… oder in jeder Polizeidienststelle entgegen.

Natürlich würde das nichts bringen, war Paula überzeugt, als sie die Treppen zu ihrem Büro hinunterstieg. Außer vielleicht einigen Anrufen von ein paar Spinnern und den polizeibekannten Wichtigtuern. Aber sie hatte ihre Pflicht getan. Und konnte morgen unbeschwert nach Ulm fahren. Nur darum ging es schließlich bei dieser Pressemitteilung.

★★★

Eva Brunner empfing sie stumm und mit ausgeprägt missmutiger Miene. Die Einunddreißigjährige hatte die Arme vor der Brust verschränkt und starrte sie feindselig an. Beides außergewöhnlich und – verdächtig.

Ursprünglich hatte Paula sogar kurz mit dem Gedanken geliebäugelt, ihre Kollegin entgegen ihrem Plan auf die Fahrt nach Baden-Württemberg mitzunehmen, doch diese Überlegung ließ sie schlagartig wieder fallen. Mit so einem Gesichtsausdruck wollte sie nicht stundenlang konfrontiert sein.

»Schön, dass Sie wieder da sind, Frau Brunner. Dann erzählen Sie doch mal, was Sie diesem Notar alles aus der Nase gezogen haben«, sagte Paula eine Spur zu jovial. Sie war irritiert von der Stille ihres sonst so geschwätzigen Gegenübers.

»Gar nichts. Gar nichts hab ich dem aus der Nase ziehen können«, antwortete ihre Mitarbeiterin mit einem Hauch von Ironie.

»So, das ist aber schade. Und warum nicht?«

»Weil sich dieser Herr Doktor«, spuckte Eva Brunner aus, »natürlich die ganze Zeit auf seine notarielle Verschwiegenheitspflicht berufen hat.«

Sie sah in den Block, der vor ihr lag. »Und eine Befreiung von ebendieser Verschwiegenheitspflicht kann ihm nur, das hat dieser Besserwisser ein paarmal betont, die Erblasserin selbst erteilen. Dazu müsste die allerdings voll geschäftsfähig sein. Ist sie aber in ihrem dementen Zustand nicht.«

»Ja, aber Sie haben ihm doch von dem Mord erzählt. Und dass es da eventuell einen Zusammenhang mit dem Testament gibt, der für die Polizei von Interesse sein könnte. Oder nicht?«

»Natürlich hab ich das. Was denken Sie denn, warum ich dort war und die ganze Zeit sinnlos rumgehockt und gewartet habe!«, fuhr Frau Brunner sie an.

Paula gab sich Mühe, den pampigen Ton ihrer Mitarbeiterin zu überhören. Es gelang ihr auch ganz gut. »Und was hat er dazu konkret gesagt?«, fragte sie mit sanfter Stimme.

»Dass der Testamentsinhalt in keinem Zusammenhang mit dem Mord steht«, las Eva Brunner aus ihrem Block vor, »zumindest nicht für ihn als Notar.«

»Und das war alles zum Thema Testament?«

»Nicht ganz. Es gibt zwei Abschriften davon. Das Original hat natürlich das Amtsgericht Nürnberg, eine Abschrift hat er, der Notar, und die zweite Abschrift die Erblasserin.«

»Ah ja. Stimmt. Fragt sich bloß, wo? Entweder im Heim, also im Martha-Maria, nein, das glaube ich weniger, oder, und das ist doch viel naheliegender, in ihrer Wohnung in Erlenstegen. Freilich. Da müsste es sein. Wenn sich das nicht die Töchter zwischenzeitlich unter den Nagel gerissen haben. Letzteres ist nicht einmal unwahrscheinlich. Zumal ja der Enkel in der Villa wohnt und von daher leicht Zugang zu der Wohnung seiner Großmutter hat.«

»Aber was hätten sie davon?«, fragte Eva Brunner, die jetzt anscheinend wieder auf Betriebstemperatur lief. »Außerdem ist das Testament bestimmt in einem Safe oder Tresor deponiert, sodass man da gar nicht so leicht rankommt. Und drittens: Das wäre ja Diebstahl beziehungsweise Urkundenunterschlagung und damit eine strafbare Handlung.«

»Was sie davon hätten?«, wiederholte Paula die rhetorische Frage ihrer Kollegin. »Sie wüssten Bescheid. Und das ist bei dem Umfang des Erbes, den die Töchter dereinst mal kriegen werden, doch ganz interessant zu erfahren. Ja, da kann man sich schon mal – wie sagten Sie? – zu einer strafbaren Handlung hinreißen lassen.«

Paula wollte ihr keine Gelegenheit zum Widerspruch geben, darum hängte sie umgehend die Frage an: »So, und das ist jetzt alles, was Sie erfahren haben?«

»Im Großen und Ganzen, ja. Wobei … Also das, was Sie und ich vermutet hatten, dass Frau Glanz die regelmäßige Einhaltung der Besuchspflichten testamentarisch an das volle Ausbezahlen des jeweiligen Erbteils gekoppelt hat, das geht nicht. Warten Sie bitte einen Moment, das hab ich mir aufgeschrieben. Ah, das ist es: Denn das wäre eindeutig sittenwidrig, hat der Notar gesagt. Für solcherart Manipulationen oder Sanktionen in die Zukunft, egal, ob positiv oder negativ, gibt es Grenzen. Und die wären in diesem Fall – volles Erbe nur bei vorangegangenen regelmäßigen Besuchen – überschritten. So etwas würde einem kein Notar der Welt beurkunden, hat er gesagt.«

»Aber Schwester Carina war sich doch so sicher, dass Frau Glanz da entsprechend vorgesorgt hat.«

»Die wird halt auch nicht alles wissen. Denn in diesem Punkt,

Frau Steiner, da glaube ich schon eher einem hauptberuflichen Notar als einer einfachen Altenpflegerin.«

Bevor Paula diesen Standesdünkel ihrer Mitarbeiterin zurechtrücken konnte, klingelte das Telefon. Sie sah auf das Display. Es zeigte Heinrichs private Nummer an. Sie zögerte für den Bruchteil einer Sekunde, dann nahm sie ab.

Paula hatte sich auf dieses Gespräch nur aus einem einzigen Grund eingelassen – um die leidige Sache endlich hinter sich zu bringen. Sie war auf alles gefasst, was da auf sie zukommen würde. Sie kannte Heinrich ja schon lange genug, und damit auch sein Herumlavieren bei solchen Auseinandersetzungen, seine Ausreden, die Entschuldigungen oder auch sein ahnungsloses Getue. Das hatten sie beide schon oft in allen Varianten durchgespielt.

»Ich kann verstehen, dass du sauer auf mich bist, Paula«, eröffnete Heinrich das Duell mit seltsam brüchiger Stimme. »Ich wäre es vielleicht auch im umgekehrten Fall.«

Diese Eröffnung war neu und überraschend. Sie sagte nichts. Und wartete.

»Also, ich komme natürlich morgen, um das nur vorwegzunehmen. Du kannst dich auf mich verlassen.«

Sie sagte immer noch nichts.

Heinrich tat es ihr gleich. So vergingen lange Sekunden gegenseitigen Anschweigens.

Schließlich fragte sie: »Das war es dann? Oder kommt noch was von deiner Seite?«

»Ja. Ich würde dir gern noch erklären, warum ich heute nicht kommen konnte. Und warum ich dich auch gebeten hatte, den Bereitschaftsdienst am Wochenende für mich zu übernehmen. Hast du überhaupt noch so viel Zeit?«

»Dann erklär mal«, sagte sie. »Ich bin schon ganz gespannt, was es diesmal ist.«

Er räusperte sich, einmal, zweimal, dreimal, dann endlich redete er.

»Ich habe dir gegenüber doch schon ein paarmal angedeutet, dass es meiner Oma derzeit nicht so gut geht. Was heißt: nicht so gut? Das ist der falsche Ausdruck. Es ging ihr die letzten Wochen richtig schlecht. In der Früh ist ihr immer dermaßen schwindlig, dass ich mich gar nicht aus dem Haus zu gehen traue. Ich habe immer Angst, die fliegt mir irgendwann hin und liegt dann stundenlang in der Wohnung, ohne dass ihr jemand aufhelfen kann. Dieser Schwindel gibt sich im Laufe des Tages zwar, aber jetzt haben die Ärzte auch noch drei Thrombosen bei ihr festgestellt. Das heißt: Sie muss diese engen Stützstrümpfe tragen und neue Medikamente nehmen. Und zwar ganz regelmäßig, zu festen Zeiten. Das hat ihr Hausarzt mehrmals betont. Das sei immens wichtig. Sonst … Ach ja.«

Paula schwieg noch immer, doch diesmal nicht aus taktischen Gründen, sondern weil sie gerührt war und diese Neuigkeiten erst mal verdauen musste.

»Und meine Oma ist da halt sehr nachlässig. Die nimmt das nicht so wichtig, wie sie es eigentlich nehmen sollte. Das heißt wiederum: Ich kümmere mich darum, dass sie ihre Tabletten rechtzeitig nimmt. Und auch die Stützstrümpfe muss ich ihr an- *und*«, betonte er, »ausziehen. Allein kann sie das nicht. Mal davon abgesehen, dass sie den Sinn davon, wie gesagt, nicht einsieht.«

»Aber Heinrich, in diesem Fall steht deiner Oma, da bin ich mir hundertprozentig sicher, doch eine Unterstützung zu, in Form einer Altenpflegerin, die ein- oder zweimal am Tag nach ihr sieht. Das würde euch beide entlasten. Und du hättest auch die Gewissheit, dass, wenn du nicht da bist, jemand nach ihr schaut.«

»Natürlich, Paula, dafür haben wir, also der Hausarzt und ich, auch schon alles in die Wege geleitet. Aber das dauert ziemlich lang, bis es so weit ist. Zumindest haben wir jetzt schon mal einen Termin, dass jemand kommt und das von Amts wegen prüft, ob sie überhaupt pflegebedürftig ist und in welche Pflegestufe sie dann eingruppiert wird. Wann das allerdings in trockenen Tüchern ist, das kann ich dir konkret nicht sagen. Unser Hausarzt meint: frühestens in drei Monaten, kann aber auch länger dauern.«

»Das ist doch kein Problem, Heinrich. So viel Zeit muss sein.

Und bis dahin kümmerst du dich halt um deine Großmutter. So wie du das für richtig beziehungsweise notwendig hältst.«

Kaum hatte sie den letzten Satz – so vorschnell wie unbedacht – ausgesprochen, bereute sie ihn auch schon. In seinen Augen musste das ja ein Freifahrtschein für seine Krankfeierei sein. Nach dieser Steilvorlage würde er in Zukunft sicher noch mehr durch Abwesenheit glänzen als bislang schon. Und diese Fehlzeiten würden dann Frau Brunner und sie ausgleichen müssen. Augenblicklich ruderte sie zurück.

»Aber ich an deiner Stelle, ich würde das anders machen. Nimm dir doch bis dahin, also bis deiner Oma die Pflege bewilligt wird, unbezahlten Urlaub. Dafür wird jeder hier im Haus Verständnis haben. Ich mache mich da auch für dich stark. Das geht ganz schnell. Wenn du willst, gehe ich heute noch zu Fleischmann und –«

»Unbezahlten Urlaub?«, wiederholte Heinrich skeptisch. »Das wären drei Monate. Mindestens. Wenn nicht ein halbes Jahr. Also, ich weiß nicht. Da krieg ich ja in der Zeit kein Geld. Das will ich eigentlich nicht.«

Und ich will eigentlich nicht, dachte sie voller Ingrimm, dass wir dauernd deine Fehlzeiten ausbügeln, sagte aber möglichst sanft und mit viel Überzeugungskraft: »Und wenn du bis dahin aus eigener Tasche eine Pflegekraft bezahlst, eben so lange, bis das Ganze amtlich ist und ihr diese Pflegerin habt, die zweimal am Tag nach ihr sieht? Das würde doch für die erste Zeit genügen. Hm, was hältst du davon?«

»Ehrlich gesagt, Paula, nicht viel. Solche Pflegekräfte sind nicht eben billig. Weißt du, was so etwas kostet, wenn du das selbst zahlen musst?«

»Billiger als dein volles Gehalt ist es allemal, das weiß ich. Und es wäre ja nur vorübergehend. Ein Ende ist doch absehbar.«

»Tja, also mir wäre es lieber, wenn wir das so handhaben könnten wie bislang.«

»Aber mir nicht, Heinrich. Mir nicht! So geht es nicht weiter. So nicht!«

Nachdem sie von ihm nichts hörte, fügte sie noch hinzu:

»Überleg es dir halt mal. Ich hab morgen sowieso einen Außendienst, da hast du viel Zeit zum Nachdenken. Und am Donnerstag sagst du mir in der Früh, wofür du dich entschieden hast.«

»Du bist morgen gar nicht da?« In dieser Frage schwang eine Mischung aus Verwunderung und Tadel mit. »Und was soll ich da den ganzen Tag machen im Detail? Mit den Kontoauszügen bin ich ja schnell durch.«

»Hast du Papier und einen Stift zur Hand? … Gut. Dann schreib mal mit, was deine Aufgaben im Detail«, wiederholte sie seine Formulierung mit spitzer Zunge, »für morgen sind. Erstens Kontoabgleich. Zweitens brauchen wir immer noch den richterlichen Beschluss für das Bewegungsprofil von dem Handy der Glanz. Ich weiß nicht, ob Klaus den mittlerweile beantragt hat, wenn nicht, musst du das halt möglichst zügig erledigen.«

»Aber das erledigt doch sonst immer die KT. Warum sollte ich das diesmal —«

Paula ignorierte seinen Einwurf. Ihr war – Gott sei Dank – noch etwas eingefallen. »Drittens Alibis überprüfen. Von den Feulners, von Iris Huttner, der anderen Schwester, von sämtlichen Arbeitskollegen der Toten und von Dieter Lieberth, einem Geliebten von ihr. Die Kontaktdaten dazu lege ich alle auf deinen Schreibtisch.«

»Das schaffe ich doch morgen gar nicht alles. Da könnte doch die Eva zumindest die Überprüfung der Alibis übernehmen.«

»Frau Brunner kann morgen gar nichts übernehmen, weil Frau Brunner nämlich mit mir nach Ulm fährt. Ach ja, noch etwas: Ich habe heute eine Pressemitteilung in Auftrag gegeben. Wer hat die Frau beobachtet? Aber auch: Wer kann Angaben zu der Tatwaffe machen? Die fehlt uns nämlich nach wie vor. Klaus hat sogar seinen Azubi darauf angesetzt, leider ohne Ergebnis. Diese Pressemitteilung wird morgen veröffentlicht. Print, Funk und Fernsehen. Es könnte also sein, dass sich der eine oder andere bei dir meldet. Und insofern ist es sehr wichtig, dass du den ganzen Tag erreichbar bist. Du und nicht die Zentrale!«, ergänzte sie mit einem drohenden Unterton.

Umgehend tat ihr das leid, und sie versuchte es mit einem milderen Ton. »Bitte alles notieren. Wir arbeiten dann die Liste gemeinsam ab, ab Donnerstag, das musst nicht du allein machen.« Ein ungemein versöhnliches Angebot zum Schluss, wie sie fand.

Doch Heinrich Bartels schien das anders zu sehen. »Ja, wenn ich das auch noch allein machen müsste, dann … dann …«, stotterte er. »Dafür will ich aber am Wochenende freihaben.«

»Ich fürchte, Heinrich, du unterliegst im Augenblick einer grandiosen Fehleinschätzung«, antwortete Paula. »Deinen letzten Bereitschaftsdienst habe ich übernommen und den vorletzten Frau Brunner, wie ich mich doch richtig erinnere?«

Sie sah zu ihrer Kollegin, die ihre Unterhaltung bis hierher aufmerksam verfolgt hatte und nun mehrmals heftig mit dem Kopf nickte. »Jetzt bist du dran. Und zwar für zwei Wochenenden in Folge. Und ohne Widerrede.«

Da legte er auf. So abrupt wie grußlos.

Richtig zufrieden war Paula mit dem Gesprächsverlauf nicht. Vielleicht hätte sie Heinrich in seiner verzwickten Lage doch mehr entgegenkommen sollen? Es ging ja immerhin um seine Großmutter, an der er, wie sie wusste, sehr hing. Auf der anderen Seite konnte sie – und auch Frau Brunner – dann jedes zweite Wochenende komplett vergessen. Von den übrigen Fehltagen, die sich mit Sicherheit in stattlicher Zahl hinzuaddiert hätten, ganz abgesehen. Nein, nein, das war vollkommen richtig von ihr gewesen. Irgendwann musste man auch Grenzen setzen. Wenn sie das schon hörte: »Das will ich eigentlich nicht.« Eigentlich. Pff.

Was sie jedoch im Nachhinein aufrichtig bereute, war, dass sie sich im Eifer des Gefechts zu der völlig unnötigen Bemerkung hatte hinreißen lassen, sie würde morgen mit Frau Brunner nach Ulm fahren. Saudumm. Damit hatte sie sich um ein Vergnügen gebracht. Aber zurück konnte sie ja jetzt nicht mehr. Es sei denn, ihrer Mitarbeiterin war diese leichtfertige Äußerung von ihr entgangen. Bestimmt war das so.

»Frau Steiner«, riss Eva Brunner sie aus ihren Grübeleien,

»wann ist denn morgen Abfahrt? Nur damit ich schon mal Bescheid weiß und mich darauf einstellen kann.«

Oh, du trügerische Hoffnung.

»Um acht Uhr spätestens. Um elf haben wir den Termin. Aber Sie müssten sich dann in der Maxtormauer einfinden. Denn wir fahren mit meinem Privatwagen.«

»Freilich«, antwortete Eva Brunner. »Ich bin pünktlich da. Kein Problem.«

Paula rechnete es ihr hoch an, dass sie, die sonst zum redseligen bis geschwätzigen Kommentieren von allem und jedem neigte, kein weiteres Wort über dieses Telefonat verlor. Vielleicht würde er doch ganz nett, dieser Außentermin, trotz …

Da klingelte ihr Telefon. Es war ihr Chef, Kriminaloberrat Fleischmann.

»Ich muss Sie sprechen, Frau Steiner. Seien Sie so gut und kommen Sie zu mir.«

»Jetzt gleich?«

»Ja.«

»Telefonisch geht das wohl nicht?«

»Nein.«

Was wollte Fleischmann von ihr? Sicher würde er den bis jetzt fehlenden Bericht anmahnen, oder? Nein, dazu würde er sie nicht bei sich einbestellen. Das hatte er bisher immer per Mail oder telefonisch erledigt. Aber was dann?

Sie hatte ein mulmiges Gefühl, als sie sein Büro betrat und vor seinem Schreibtisch stehen blieb.

»Bitte, setzen Sie sich doch. Unsere Unterhaltung wird länger dauern.«

Nachdem sie Platz genommen hatte, fing er an zu reden.

»Mir ist zu Ohren gekommen, dass Herr Bartels seinen Bereitschaftsdienst am vergangenen Wochenende nicht wahrgenommen hat und dass Sie für ihn eingesprungen sind. Wieder einmal. Daraufhin habe ich mir mal seine Akte kommen lassen und seine Fehltage in diesem Jahr studiert. Da kommt ja einiges zusammen. Heute ist er, das nur am Rande, im Übrigen erneut krankgemeldet. Aber das wissen Sie ja selbst. Gibt es denn eine

Erklärung für diese präsidiumsintern doch einmalige Fehlzeitenquote? Ich meine damit eine Erklärung jenseits solcher Begrifflichkeiten wie Arbeitsunlust oder Faulenzerei auf Kosten der Steuerzahler. Eine medizinisch abgesicherte Erklärung.«

Fleischmann trug seine Fragen nüchtern und kühl vor, doch sie hörte nur einen unterschwelligen Vorwurf heraus. Einen Vorwurf ihr gegenüber. Das brachte sie dermaßen in Rage, dass sie, ohne groß zu überlegen, antwortete.

»Wie Sie vielleicht wissen, Herr Kriminaloberrat, habe ich kein abgeschlossenes Medizinstudium und kann Ihnen von daher auch keine medizinisch abgesicherte Erklärung«, wiederholte sie seine Worte in beißendem Tonfall, »dafür liefern. Und die Diagnose des Arztes unterliegt ja nach wie vor dem Datenschutz. Aber korrigieren Sie mich bitte, wenn ich in diesem Punkt nicht mehr auf dem Laufenden sein sollte.«

»Was schlagen Sie vor? Was sind Ihre Gegenmaßnahmen gegen diesen doch ungewöhnlich hohen Krankheitsstand?«

»Meine Gegenmaßnahmen?«, lautete die höhnische Gegenfrage. »Ich fürchte, viel steht mir da nicht zur Verfügung. Man könnte Herrn Bartels versetzen. Vielleicht in die Kommission des Kollegen Trommen. Oder auch in die Presseabteilung. Oder wohin immer Sie wollen.«

Erstaunt blickte Fleischmann sie an. Das war in der Tat höchst ungewöhnlich. Dass seine Hauptkommissarin ihren Lieblingsmitarbeiter nicht sofort unter ihre schützenden Fittiche nahm und solcherart Kritik widerstandslos zu akzeptieren schien.

»Sie haben auch keine Lust mehr, Herrn Bartels aus der Patsche zu helfen, in die er sich in letzter Zeit immer öfter selbst hineinmanövriert, oder, Frau Steiner?«

»Nein«, antwortete sie wahrheitsgemäß, »habe ich nicht. Fast so wenig Lust, wie mir in dieser Angelegenheit von irgendwelchen Kolleginnen, Kollegen oder Vorgesetzten«, ergänzte sie mit vorgeschobenem Kinn in Richtung der gegenüberliegenden Schreibtischseite, »Vorhaltungen machen zu lassen. Denn es sind nicht die Kollegen oder Vorgesetzten, die damit klarkommen müssen, sondern ich. Beziehungsweise Frau Brunner und ich.«

»Ja, da haben Sie sicher recht, zu einem gewissen Teil.«

»Sind wir fertig mit unserer Unterhaltung? Kann ich jetzt gehen?«

Fleischmann gab ihr mit einer Geste zu verstehen, dass das Gespräch beendet war.

Sie hatte die Türklinke bereits in der Hand, da drehte sie sich noch einmal zu ihm um.

»Ich hatte heute eine weitere Unterhaltung, außer der mit Ihnen, und zwar eine mit Herrn Bartels. Er sagte mir, dass seine Großmutter in einem schlechten gesundheitlichen Zustand sei und baldmöglichst professionelle Pflege brauche. Er überlegt sich, ob er bis dahin, bis also diese Pflege bewilligt ist, unbezahlten Urlaub nimmt. Wäre das vielleicht eine Ge-gen-maß-nah-me«, akzentuierte sie jede Silbe, »in Ihrem Sinn?«

Ohne seine Antwort abzuwarten, verließ sie das Zimmer. Lief die Stufen hinunter bis zum Erdgeschoss. Trat auf den Jakobsplatz, setzte sich zwischen zwei alterslosen Obdachlosen mit ihrem Plastiktütengeschwader und der Bierflaschenbrigade auf eine der Holzbänke unter die Schatten spendenden Bäume und zündete sich eine Zigarette an. Endlich mal ein Ort, wo sie vor Vorhaltungen und den Klugscheißern des Präsidiums sicher sein konnte. So verstrichen friedliche Minuten der inneren Einkehr in Harmonie und vollkommener Stille.

Diese Zeit des Müßiggangs tat ihr gut. Und: Sie verhalf ihrer Polizisten-Natur wieder zu ihrem Recht. Ihr natürlicher Jagdinstinkt, der sie bei all ihren Ermittlungen antrieb, hatte sich ihrer wieder bemächtigt. Und damit auch die Manie, allem und jedem auf den Grund zu gehen. Jetzt gab es kein Zögern, keine inneren Widerstände mehr.

SIEBEN

Die Glocken der nahen St. Jakobskirche schlugen sechzehn Uhr dreißig, als Paula in ihr Büro zurückkehrte. Eva Brunner blickte nicht einmal kurz auf, so vertieft war sie in ihr Telefonat. Paula hörte ihr eine Weile zu, dann stand für sie fest, dass ihre Mitarbeiterin, dieses Musterexemplar an Fleiß und Diensteifer, soeben Heinrichs Arbeitspensum von morgen erledigte. Sie überprüfte die Alibis, im Augenblick das, wie es schien, von Iris Huttner.

Nachdem Frau Brunner den Hörer aufgelegt hatte, gab Paula ihr zu verstehen, dass sie damit aufhören sollte.

»Es sind bloß noch ein paar, ganz wenige, dann bin ich damit durch«, sagte die Oberkommissarin. »Es dauert nicht mehr lange, Frau Steiner.«

»Sie wissen schon, dass das eigentlich Heinrichs Arbeit ist«, erwiderte Paula. »Lassen Sie ihm doch auch noch was zu tun übrig.«

»Ach, ich mag halt nichts halb fertig liegen lassen.«

»Das müssen Sie aber, weil wir beide heute etwas Wichtigeres zu erledigen haben. Wir haben noch zwei Außentermine.«

Da endlich legte Eva Brunner den Papierstapel erst auf die Seite, dann, nach einem missbilligenden Blick von ihrer Chefin, mitten auf Heinrichs Schreibtisch und sah sie aufmerksam an. »Und was?«

»Sie fahren zu Iris Huttner und befragen sie noch einmal. Denn ich glaube, die hat mir damals nicht die ganze Wahrheit erzählt.«

»Also, deren Alibi hab ich schon überprüft. Die war zur Tatzeit wirklich auf diesem Kita-Sommerfest in Fürth.«

»Darum geht es auch nicht. Ich nehme ihr halt nicht ab, dass sie über die Männerbekanntschaften ihrer Schwester so gar nichts wusste, wie sie behauptet hat. Zumal sie ja, auch nach eigenem Bekunden, die Einzige war, die noch privaten Kontakt zu ihr hatte. Außer den diversen Männern natürlich. Da müssten Sie mal nachhaken, Frau Brunner. Ach ja, diese Iris

Huttner ist übrigens die Frau mit der Lämmersammlung in der Wohnung. Das hab ich Ihnen doch schon erzählt, oder?«

»Ja. Aber so etwas bringt doch keinen psychotherapeutisch abgesicherten Erkenntniswert, Frau Steiner. Solche Stofftiersammlungen sind in ihrem Aussagewert überhaupt nicht signifikant, dermaßen in alle Richtungen deutungsoffen, geradezu banal, dass sich wirklich nur die Laien daran versuchen.«

Die Laien? Und was war Frau Brunner? Eine Psychotherapeutin mit abgeschlossenem Hochschulstudium und kassenärztlicher Zulassung?

»Aha. Ja, und wenn Sie schon mal dort sind, fragen Sie auch gleich nach dem Testament ihrer Mutter. Vielleicht ist sie in diesem Punkt ja auskunftsfreudiger als bei den Geliebten ihrer Schwester. Aber wenn sie sich stur stellt, nicht weiter nachhaken. Diese Information muss freiwillig erfolgen.«

»Und der zweite Termin, von dem Sie sprachen?«

»Den mache ich. Ich nehme mir mal den Neffen der Glanz vor, Sie wissen schon, der in Erlenstegen im Haus seiner Großmutter wohnt. Ich glaube zwar nicht, dass der mir mehr über die Hintergründe und Folgen dieser heiklen Familienkonstellation sagen kann beziehungsweise *will*«, betonte Paula, »aber einen Versuch ist es wert. Und bei der Gelegenheit spreche ich auch das Testament an. Vielleicht ist er ja in dieses Thema involviert. Ich denke schon, denn immerhin ist er ja der Enkel. Also ist er zumindest, davon gehe ich aus, mit einem Legat bedacht. Wenn nicht mit mehr.«

Das Einzige, was Eva Brunner jetzt noch wissen wollte, war: »Jetzt gleich?«

»Ja, jetzt. Und zwar machen wir es so: Sie fahren mich nach Erlenstegen, setzen mich dort ab und fahren von dort aus nach Höfen. Nach der Befragung nehmen Sie den Dienstwagen mit nach Haus und kommen morgen früh damit zur Maxtormauer und lassen ihn dort in meiner Garage stehen. Wenn wir wieder aus Ulm zurück sind, fahren Sie von dort aus nach Hause. Denn ich glaube, es macht wenig Sinn, dann nochmals ins Präsidium zu fahren. Aber das sehen wir morgen, wie wir das zeitlich schaffen. Alles klar?«

Eva Brunner nickte, sprang auf, packte ratzfatz ihre Siebensachen – und strahlte übers ganze Gesicht. Da, bei diesem vor Diensteifer und Arbeitsfreude inneren Leuchten, dachte Paula: Was für ein Unterschied! Heinrich, die lebende Antithese jeglichen beruflichen Ehrgeizes, hätte ihr bei einem solchen Abendtermin mit nicht absehbarem Ende die kalte Schulter gezeigt und auf seiner gesetzlichen Vierzig-Stunden-Woche beharrt. Und das hatte sie sich all die Jahre bieten lassen … Sie verstand sich selbst nicht, jetzt im Nachhinein.

***

Noch immer lag diese kühle Luft über Erlenstegen. Doch zumindest einer von der Feulner'schen Kleinfamilie musste daheim sein, denn im Erdgeschoss war das Küchenfenster sperrangelweit geöffnet. Paula hörte das typische Gebrabbel und wonnevolle Juchzen eines Kleinkindes.

Sie drückte auf die Klingel. Es dauerte nur ein paar Sekunden, dann sah eine junge, höchstens dreißigjährige Frau aus dem Fenster. Sie erkannte sie sofort – das war die Schwiegertochter von Joachim Feulner, die sie am Sonntagnachmittag zusammen mit ihm die Tuchergartenstraße heraufkommen gesehen hatte. Sie trug ein einfaches T-Shirt, war ungeschminkt und hatte die brünetten Haare zu einem sorglosen Pferdeschwanz zusammengebunden.

»Ja, bitte?«, fragte sie.

Paula stellte sich vor. »Frau Feulner, kann ich Sie oder Ihren Mann mal kurz sprechen?«

»Freilich. Mich schon, aber auf meinen Mann müssen Sie verzichten, der ist noch in der Arbeit. Warten Sie, ich mach Ihnen gleich auf.«

Julia Feulner, mit dem Baby auf dem linken Arm, fing Paula an der Wohnungstür ab und führte sie in ein kleines Wohnzimmer, das umso kleiner wirkte, als allerlei Spielzeug großzügig auf dem Boden, dem Tisch und dem Sofa verteilt war.

Paulas Gastgeberin deponierte ihr Kind in einer Babyschale,

wie sie als Rückhalteeinrichtung fürs Auto vorgeschrieben ist, schaufelte dann mit geübten Handbewegungen das dunkelblaue Sofa frei und forderte sie auf, sich zu setzen. Noch im Stehen fragte sie: »Möchten Sie ein Glas Wasser?«

»Gerne.«

»Ich bin gleich wieder da.« Noch ein prüfender liebevoller Blick in den Kindersitz. »Lukas ist jetzt erst mal ruhig. Der schläft gleich ein.«

Julia Feulner ging in die Küche und machte sich dort zu schaffen. Paula überlegte, wie sie das Gespräch auf das einzige Thema, das sie interessierte – das Testament –, so richten konnte, dass Julia Feulner gar nichts anderes übrig blieb, als zu antworten, da kehrte diese auch schon mit einem Tablett zurück. Darauf standen zwei Gläser, eine Wasserflasche und eine Schale mit in Stanniolpapier verpackten Süßigkeiten.

»Sie kommen bestimmt wegen Ida, oder?«

»Ja. Sie kannten sie?«

»Freilich. Gut sogar. Als ich Christian, meinen Mann, kennenlernte, war in der Familie Feulner die Welt noch in Ordnung. Erst vor vier Jahren, also 2013, kam es zu diesem endgültigen Bruch zwischen meinen Schwiegereltern und Ida.«

»Und danach?«

»War Schluss. Aus, vorbei. Von heute auf morgen.«

»Das heißt: Auch Sie und Ihr Mann haben seine Tante seitdem nicht mehr gesehen?«

»Doch. Am Anfang schon. Ich hab nicht eingesehen, warum ich mich mit ihr nicht treffen sollte. Bloß weil mein Schwiegervater mal ein Verhältnis mit ihr hatte. Es war immer angenehm mit ihr. Sie war einfach eine nette Frau. Rücksichtsvoll, lustig. Intelligent.«

»Hat Ihr Mann das auch so gesehen?«

»Genauso. Wir haben uns oft bei ihr getroffen, oder sie ist zu uns gekommen. Manchmal haben wir auch eine Radtour zusammen gemacht. Aber nach Idas Fahrradunfall haben wir das sein lassen.«

»Ach, Frau Glanz hatte einen Unfall? Und trotzdem ist sie

weiter Rad gefahren. Wie ich hörte, ganz regelmäßig. Und bei jedem Wetter und zu jeder Jahreszeit. Das ist ja beachtlich. War das ein schwerer Unfall?«, fragte Paula.

Julia Feulner ignorierte ihre Frage. »Auf jeden Fall haben wir drei immer viel Spaß zusammen gehabt.«

»Sie sagten vorhin: ›Am Anfang schon‹, da hätten Sie, Ihr Mann und Frau Glanz sich noch getroffen. Dann wohl nicht mehr?«

»Nein. Meiner Schwiegermutter ist das nämlich gar nicht recht gewesen. Wir haben auch nie ein Hehl daraus gemacht, also aus unseren gegenseitigen Besuchen. Sie kennen ja Irene, meine Schwiegermama, schon«, lächelte die junge Frau etwas süffisant, »die kann sehr fordernd und bestimmend sein. Es ist dann deswegen ein paarmal zum Streit zwischen meinem Mann und ihr gekommen. Wir sollten uns jetzt entscheiden, für sie oder für Ida. Das wollten wir nicht. Und auf der anderen Seite hat Ida immer wieder, bei jedem Treffen, von uns verlangt, wir sollten doch endlich mal ein gutes Wort für sie bei meinen Schwiegereltern einlegen. Das wollten wir auch nicht. Wir fanden, das war eine Sache zwischen den dreien. Wir wollten uns da heraushalten.«

»Und schließlich haben Sie den Kontakt zu Frau Glanz ganz eingestellt?«

»Ja. Das Rumgezerre und Gejammer von beiden Seiten ist uns dann irgendwann einfach zu blöd geworden. Und letztendlich«, sagte Julia Feulner mit einer bedauernden Handbewegung, und in ihrer Stimme klang die Bitte um Verständnis nach, »stehen uns die Eltern meines Mannes halt doch näher als seine Tante.«

Nach einer kurzen Pause folgte ein Zusatz, der sich für die Kommissarin wie eine Entschuldigung für dieses Nützlichkeitsdenken anhörte.

»Denn Irene ist, was man ihr als Fremder vielleicht nicht unbedingt auf den ersten Blick ansieht«, da war es wieder, dieses amüsierte Lächeln, »eigentlich ein ganz lieber Mensch. Wenn man ihre Hilfe braucht oder es einem schlecht geht, setzt sie Himmel und Hölle in Bewegung. Sie kann sich für andere regelrecht aufopfern. Wenn sie will. Auch wenn sie diese Freundlichkeit mitunter gut verbergen kann.«

Paula verkniff sich eine entsprechende Bemerkung dazu und sagte: »Ich hätte da noch eine Frage an Sie. Tja, wie soll ich das jetzt ausdrücken? Vielleicht kommt Ihnen diese Frage ja auch etwas … äh … aufdringlich vor. Oder neugierig. Das hat aber andere Hintergründe, die Sie vielleicht … Also, uns liegen Hinweise vor, die … äh …«

Ihr Satzgefüge hatte sich gründlich verheddert und war nicht mehr zu entzerren. Sie wusste nicht, wie sie die simple Frage vor dieser fröhlichen, dauerlächelnden jungen Frau formulieren sollte.

»Fragen Sie doch einfach«, ermunterte die etwa Dreißigjährige sie und wirkte dabei im Gegensatz zu ihr völlig entspannt.

»Wir haben in Erfahrung gebracht, dass es ein Testament gibt von Antonia Glanz, also von der Großmutter Ihres Mannes. Wissen Sie darüber etwas?«

»Ja. Klar.«

Bevor Paula nachhaken konnte, kam ihr Julia Feulner auch schon zuvor.

»Es sind in diesem Testament drei Erben beziehungsweise Erbinnen aufgeführt. Und das sind ihre drei Töchter. Jetzt sind es ja nur noch zwei. Die kriegen einmal zu gleichen Teilen die Villa, als sogenanntes Gesamthandseigentum. Sonst ist ja fast nichts mehr übrig. Auch kein Geld. Denn das hat die Oma meines Mannes, das weiß ich zufällig, vorher schon, also bevor sie so krank wurde und nicht mehr zurechnungsfähig war, an ihre drei Kinder großzügig verteilt. Sonst hätten sich zum Beispiel meine Schwiegereltern ihr Haus im Rainwiesenweg nicht so locker leisten können. Und Ida auch nicht ihre Wohnung in Zabo.«

»Das heißt: Die Enkel kommen in dem Testament gar nicht vor? Sprich: Ihr Mann und die Kinder von Iris Huttner. Als separate Vermächtnisnehmer zum Beispiel?«

»Nein. Das wollte die Glanz-Oma nicht. Meine Schwiegermutter schon. Die war ziemlich scharf darauf, dass ihr Sohn ein eigenes Legat bekommt. Sie war der Meinung, das stünde allen

Enkeln zu. Deswegen gab es familienintern auch eine kleine Auseinandersetzung zwischen ihr und Ida. Iris, die ja auch zwei Kinder hat, war das nicht so wichtig. Aber dieser Streit, ah, Streit ist jetzt zu viel gesagt, diese Meinungsverschiedenheit zwischen Ida und meiner Schwiegermutter, die hat sich auch schnell wieder gelegt. Davon ist dann nie wieder die Rede gewesen.«

Paula zermarterte sich das Hirn, was sie diese junge Frau noch fragen könnte. So einer offenen und – wie ihr schien – aufrichtigen Vernehmungskandidatin war sie bei diesem Fall noch nicht begegnet. Diese Chance musste man nutzen.

»Wenn Sie sich, zumindest eine Zeit lang, doch recht häufig mit Frau Glanz getroffen haben, vielleicht können Sie mir auch etwas über ihre Freunde oder Lebensgefährten zu jener Zeit sagen, hm?«

»Nein.« Da war es wieder, dieses halb verborgene, in sich gekehrte Lächeln. »Leider nicht. Wir haben oft gesagt: ›Bring doch mal deinen Freund mit, damit wir den auch mal kennenlernen.‹ Wir dachten halt, es sei auch in ihrem Interesse. Doch da war Ida ganz stur. Ihren Freund wollte sie nicht mit uns teilen«, antwortete Julia Feulner, und dabei glänzten ihre Augen vergnügt. »Genauso hat sie es formuliert. Den würde sie eh so selten sehen. Und die wenige Zeit, die wollte sie ihn eben nur für sich haben. Wenn er da war, ließ sie niemanden in die Wohnung und ging nicht ans Telefon. Da konnte man sie nicht erreichen.«

Jetzt machte sich die Besatzung des Autokindersitzes lautstark bemerkbar. Und es war kein fröhliches Gebrabbel und freudiges Juchzen mehr, eher ein Alarmsignal mit an- und abschwellendem Heulton. Julia Feulner stand auf und nahm ihr Kind auf den Arm. Wiegte es hin und her. Sprach beruhigend auf es ein. Es half nichts. Das Gebrüll nahm sirenenhafte Ausmaße an.

Paula schnellte empor und verabschiedete sich hastig. »Jetzt habe ich Sie lange genug in Beschlag genommen. Danke für das Wasser.«

»Aber das ist doch nicht der Rede wert.« Julia Feulner brachte sie noch zur Tür.

»Schön haben Sie es hier. Wirklich. Alles so grün und kühl. Und die gute Luft.«

»Nicht mehr lange, Frau Steiner. In drei Monaten ziehen wir um.«

»Sie wollen diese Idylle verlassen?« Paula war verwundert. »Ja, warum denn das?«

»Es ist eine kleine Wohnung. Sie haben sie ja gesehen. Nur ein Wohnzimmer und ein Schlafzimmer. Unser Sohn braucht jetzt endlich ein eigenes Kinderzimmer.«

Als Paula die Schlegelstraße entlanglief, verfolgte sie Lukas' durchdringendes Sirenengeheul. Es wurde zwar mit jedem Schritt etwas entschärft, war aber immer noch laut genug, um dem exklusiven Erlenstegen einen Hauch von geerdeter Normalität zu verleihen. Schade eigentlich, dass damit bald Schluss sein würde.

An der Endhaltestelle Erlenstegen musste sie zehn Minuten auf die Straßenbahn warten. Die Zeit überbrückte sie, indem sie sich eine Zigarette anzündete und über das Gespräch mit Julia Feulner nachdachte. Doch, doch, dieser Außentermin hatte sich gelohnt. Sie wusste jetzt über das Testament genau Bescheid, wenn sie der offenherzigen Pferdeschwanzträgerin vertrauen konnte. Was sie tat.

Mit dem Tod von Ida Glanz hatte sich das Erbe der anderen zwei Töchter auf einen Schlag ganz erheblich aufgestockt. Rund eine halbe Million für jede von ihnen extra, das gab doch ein prima Mordmotiv ab.

Und en passant hatte sie noch einiges über die Ermordete selbst erfahren. Zwar nur privaten Kleinkram, aber manchmal konnten auch solche Nebensächlichkeiten für die Ermittlungen von Nutzen sein. Sie rundeten das Bild ab wie das letzte Mosaiksteinchen bei einem Tausend-Teile-Puzzle, machten es vollständig.

Da war zum einen Ida Glanz' angestrengter Versuch, wieder in den Schoß der Familie aufgenommen zu werden. Der ging schon mal schief. Dann der Unfall – mit dem Fahrrad. Und die strikte Weigerung der Ermordeten, ihre Männerbekanntschaften den Verwandten, auch jenen, die ihr wohlgesinnt waren, vorzustellen.

Kurz vor sieben Uhr stieg Paula Steiner die Treppe zu ihrer Wohnung hinauf. In der linken Hand hielt sie Pauls Geschenk zu ihrem letzten Geburtstag – eine Flasche Viognier von dem spanischen Weingut Pago de Vallegarcía aus dem Jahr 2013. Sie hatte ein Loch im Magen und einen schlechten, klebrigen Geschmack im Mund. Das kam von den stanniolverpackten Zuckerbomben, die sie bei Frau Feulner wahllos in sich hineingestopft hatte. Und auch davon, dass das Mittagessen ausgefallen war. Sie hatte es einfach vergessen.

Ausnahmsweise war ihr, die einen großen Vorrat an Fertigpizzas, tiefgefrorenen Fischfilets, vakuumverpackten Maultaschen und Tortellini in ihrem Kühlschrank hatte, heute nicht nach Fast Food zumute. Sie stellte sich in die Küche, schnitt Zwiebeln und Schinkenwürfel klein, rieb den Rest Emmentaler, den sie noch aus dem Kühlschrank gezaubert hatte, ließ Wasser in den großen Topf laufen und gab schließlich eine gute Portion Hörnchennudeln hinein. Währenddessen brutzelten Zwiebeln und Schinken in der Pfanne vor sich hin.

Zwischendurch testete sie den Viognier und war begeistert. Trocken, säuremild, sanft, ein perfekter Sommerwein. Und ein ausgezeichneter Begleiter für die deftigen Schinkennudeln.

Nach dem üppigen Mahl und einer meditativen Verdauungszigarette marschierte sie mit dem Weinglas ins Wohnzimmer und setzte sich aufs Sofa. Kerzengerade. Das Licht ließ sie ausgeschaltet. So kroch die Dämmerung schleichend und von ihr unbemerkt ins Zimmer.

Warum hatte sich Ida Glanz so dagegen gesträubt, dass andere ihre Freunde kennenlernten, und sei es nur bei einem kurzen belanglosen Treffen? Hatte sie Angst, sich mit ihren Männern vor anderen zu blamieren? Diese Sorge drängte sich ja zum Beispiel bei dem Kanarienvogel vom Einwohnermeldamt geradezu auf. Traute sie ihrer eigenen Liebenswürdigkeit, ihrer Attraktivität nicht und befürchtete, dass ihr jemand den Freund abspenstig machen könnte? Wusste einer dieser Männer etwas von ihr, das er bei dieser Gelegenheit öffentlich machen und sie damit in Misskredit bringen konnte? Oder verhielt es sich wirklich so, wie sie behauptet hatte: dass sie die Zweisamkeit einfach ungestört auskosten wollte, ohne Störfaktoren von außen?

Paula blieb noch ein wenig sitzen und versuchte, der Dunkelheit die richtigen Antworten auf ihre Fragen zu entlocken. Und plötzlich kristallisierte sich in ihrem Kopf ein Gedanke heraus.

Ihr Mordopfer war eine Frau, die alles, was ihr wichtig war, fest im Griff gehabt hatte. Allem voran ihr Aussehen und ihre Püppchenfigur, dann die Wohnung, ihren Beruf, die samstäglichen Radtouren. Nur eines nicht – sie hatte keinen Ehemann vorzuweisen. Das war in ihren Augen das einzige Manko gewesen, das ihr zum großen Glück noch fehlte. Und darum hatte sie sich eine Strategie zurechtgelegt, die nur in der Zweisamkeit funktionierte: Ohne Ablenkung strahlten ihr Charme, ihr gepflegtes Äußeres, ihre Individualität besonders hell und einzigartig. Das war wie bei einem nächtlichen Himmel voller Sterne: Je mehr leuchteten, desto weniger Aufmerksamkeit bekam der einzelne davon ab. Und umgekehrt. Ein einzelner Stern am Firmament musste die Bewunderung nicht mit anderen teilen. Er strahlte umso schöner und einzigartiger, je weniger Konkurrenz er hatte.

Aber half ihr, Paula, dieser sicher richtige Gedanke bei der Suche nach dem Täter irgendwie weiter?

»Nein«, sagte sie halblaut in die nächtliche Stille hinein. »Das bringt nichts. Gar nichts!« Sie stellte das leere Weinglas auf den Couchtisch und ging zu Bett.

✳✳✳

Um fünf Uhr am nächsten Morgen wachte sie von selbst auf. Und war sofort hellwach. Wie immer in den letzten Monaten, wenn sie einen Termin hatte, der außerhalb Nürnbergs lag. Egal, ob morgens oder am Abend, immer wachte sie zur Unzeit auf und konnte dann nicht mehr einschlafen, nicht einmal mehr dösen. So als würde sie dem Erledigen dieser Aufgabe geradezu entgegenfiebern. Es ging dann nur mehr ums rasche Abhaken. Von Genießen konnte keine Rede mehr sein.

Sie sprang aus dem Bett und setzte eine Kanne Kaffee auf. Während sie ungeduldig zusah, wie der Kaffee vor sich hin in den Becher tröpfelte, bedauerte sie, gestern so voreilig und vollkommen überflüssigerweise dieses Treffen mit Eichinger ausgemacht zu haben. Andere Kollegen erledigten so etwas telefonisch oder baten das zuständige Polizeirevier um Amtshilfe. Und sie? Sie fuhr mit ihrem orangefarbenen Schmuckstück in das gut zweihundert Kilometer entfernte Ulm, und das noch über eine staurekordverdächtige Strecke. In Begleitung von Frau Brunner, die sie sicher die ganze Zeit über vollquasseln würde. Sie würde Dinge zu hören kriegen, die sie nicht im Geringsten interessierten. Und das alles zu einem Zeitpunkt, den ihr der zu Vernehmende aufs Auge gedrückt hatte. Sie musste doch gestern nicht zurechnungsfähig gewesen sein!

Nach dem ersten heißen Schluck aus dem Kaffeebecher sah die Welt schon ein wenig anders aus. Nicht rosig, das nicht, aber erfreulicher als noch vor wenigen Sekunden. Paula gefiel die Vorstellung, dass ihr heute der Gang ins Präsidium erspart blieb. Dass sie einmal nicht die Kollegen sehen und sich deren Vorhaltungen anhören musste. Die dummen Sprüche, die Kritik, die hingerotzten Unterstellungen. Das fing bei Heinrich an, ging weiter über den Kommissionsleiter Trommen und endete bei ihrem Chef, Kriminaloberrat Fleischmann. So steigerte sie sich gedanklich in eine Art Vorfreude. Kurz vor halb acht verließ sie die Wohnung.

Eva Brunner erwartete sie bereits in der Maxtormauer. Bestens gelaunt, sehr entspannt und – sehr sportlich gekleidet. Sie trug sogar ein weiß-orange gepunktetes Seidenkopftuch, lässig unter dem Kinn gekreuzt und im Nacken verknotet. Dieses Accessoire im Trümmerfrauenlook deutete Paula als eine Reverenz an Charly. Dabei verfügte der 911er gar nicht über ein Schiebedach.

Sie hatten Glück. Zügig verließen sie die Stadt. Und auch

auf der A6 kein einziger Stau. Doch beim Wechsel auf die A7 endete dieses Glück jäh. Und der Verkehrsdienst meldete auf der verbleibenden Strecke drei weitere Staus, zwei mittlere und einen richtig heftigen. Paula versuchte es mit dem Umweg auf der Bundesstraße. Damit geriet sie vom Regen in die Traufe. Anscheinend war sie nicht die Einzige gewesen, die dieser Empfehlung der fröhlich säuselnden weiblichen Rundfunkstimme gefolgt war.

So war es elf Uhr zwölf, als sie endlich den Haupteingang des Alten Friedhofs in Ulm erreichten. Und so intensiv Paula auch den Platz mit den Augen abscannte, einen Mann mittleren Alters mit einer Zeitung unter welchem Arm auch immer konnte sie nicht entdecken. Sie stieg aus und zündete sich eine HB an.

»Vielleicht wartet er drinnen, also hinter dem Eingang«, sagte Eva Brunner. »Ich schau mal nach. Bin gleich wieder da.«

Nach fünf Minuten dann der Rapport: »Drin ist er auch nicht. Da ist so wenig los auf diesem Friedhof, den hätte ich mit Sicherheit gesehen.« Sie kramte einen Schokoriegel und eine Dose Cola aus ihrer Tasche und setzte sich damit auf die nächste Bank.

»Machen Sie eigentlich immer noch Ihre fünfzig Sit-ups jeden Tag, Frau Brunner?«

»Schon lange nicht mehr. Das soll ja so ungesund sein, hab ich in einem Fitness-Heft gelesen. Vor allem für die Wirbelsäule. Damit macht man mehr kaputt als gut. Und abnehmen tut man damit auch nicht. Kein Gramm. Das hab ich jetzt eingestellt. Komplett.«

Nach einem Seitenblick auf ihre Kollegin mit den, wie sie fand, weiblich-gefälligen Rundungen an den entsprechenden Stellen verkniff sich Paula die Frage nach einem Alternativprogramm für die diskreditierten Rumpfbeugen. Eva Brunner schien sich mit ihrer Figur, so wie sie war, abgefunden zu haben. Auch sie eine, die den Kampf aufgegeben hatte. Und die wusste: Es gibt keinen Weg zurück.

Paula zog ihr Smartphone aus der Tasche und wählte Eichingers private Festnetznummer. Sie ließ es extralange klingeln, doch niemand ging ans Telefon. Schließlich noch der Versuch über seine Handynummer. Auch diesem Versuch blieb der Erfolg verwehrt.

Dann wählte sie eine weitere Nummer. Und zwar ihre eigene bei der Arbeit. Es war belegt. Ein gutes Zeichen. Also war Heinrich an seinem Arbeitsplatz. Sonst wäre sie binnen Kurzem mit der Zentrale verbunden worden.

»So, ich rauche jetzt noch eine. Und wenn er bis dahin nicht erschienen ist, unser Herr Eichinger, dann fahren wir zu seiner Privatadresse. Die paar Minuten hätte er nämlich auch auf uns warten können. Das war ja nicht einmal eine Viertelstunde, die wir zu spät gekommen sind«, sagte Paula und setzte sich neben ihre verdächtig stillvergnügte Kollegin auf die Bank. »Er war es ja, der diesen blöden frühen Termin vorgeschlagen hat.«

Schließlich, als sie aufgestanden war und die Kippe auf dem Boden austrat, ergänzte sie: »Und wenn wir das hier alles hinter uns haben, gehen wir irgendwo schön essen. Ich kriege jetzt nämlich auch langsam Hunger. Vielleicht ein paar Maultaschen. Das soll ja eine regionale Spezialität sein. Oder einen Zwiebelrostbraten.«

Als sie den Wagen startete, wunderte sie sich noch, dass sie bei alldem so gelassen blieb. Die Staus und die Tatsache, dass Eichinger sie versetzt hatte, wie auch, dass er partout nicht zu erreichen war – es war ihr einfach egal. Der Wut, die sie gestern noch angetrieben und durch den Tag getragen hatte, war jegliche Kraft abhandengekommen.

Wahrscheinlich hatte sie sich von Frau Brunners Fröhlichkeit infizieren lassen, eine andere Erklärung für diese grundlos heitere Gemütsverfassung wollte ihr nicht einfallen.

★★★

Eine halbe Stunde später standen sie in einer ruhigen Seitenstraße vor Eichingers Haus. Es war ein schmuckloses modernes weißes Reihenmittelhaus mit schmalen bodentiefen Fenstern wie Schießscharten. Paula klingelte.

Sie musste eine Weile warten. Schließlich öffnete ein Mittvierziger. Mittelgroß, nicht dick, nicht dünn, ein Nullachtfünfzehn-Gesicht, genau wie es Ute Schlötzer beschrieben hatte. Er trug eine Markenjeans und ein mittelblaues Hemd mit scharfen Bügelfalten an den Ärmeln. Paula stellte sich vor und zeigte ihm ihren Dienstausweis.

»Sie sind ja hartnäckig«, war alles, was Eichinger zunächst sagte. »Da sind Sie extra hierhergefahren, nur um mit mir zu reden.«

»Ja, natürlich. Mir wäre es auch lieber gewesen, Sie hätten sich an unsere ursprüngliche Vereinbarung gehalten. Dann nämlich hätten wir das Gespräch schon hinter uns. Dürfen wir hereinkommen?«

»Nein«, wehrte Eichinger sofort und entschieden ab. »Das hier«, er deutete nach hinten ins Haus, »ist meine Privatsphäre. Das sollte man wohl respektieren, auch wenn man von der Polizei ist.«

»Was schlagen Sie dann vor?«

Er überlegte. »Hier in der Nähe gibt es einen ganz hübschen Biergarten. Im Glacis-Park. Die Adresse finden Sie bestimmt im Navi. Sie können ja schon mal vorfahren, ich komme dann, sobald es geht, nach.«

»Nein«, schlug Paula zurück, »so werden wir es mit Sicherheit nicht machen. Wir fahren gemeinsam. Und zwar jetzt.«

Eichinger zögerte mit der Antwort. Für ihren Geschmack und ihren Hunger, der von Mal zu Mal drängender wurde, einen Moment zu lang.

Sie legte nach. »Ansonsten werde ich mich umgehend an meine Kollegen hier in Ulm wenden. Das geht ganz schnell. Aber ich denke, das sagte ich Ihnen bereits bei unserem ersten Telefonat. Also, was ist jetzt?«

Schließlich gab Eichinger nach. Er müsse nur noch den Autoschlüssel und die Papiere holen, dann könne man fahren.

Der »ganz hübsche Biergarten« erwies sich als eine gedrängte Ansammlung von Holztischen und Holzbänken unter riesigen Sonnenschirmen. Keine Bäume, dafür die Donau in Sichtnähe.

Paula bestellte einen Kaffee, der schauderhaft schmeckte. Da verschob sie das mit dem Schön-essen-Gehen.

Schnell hakte sie die Standardfragen ab. Als abendfüllendes Alibi für den betreffenden Zeitpunkt am vergangenen Samstag nannte Eichinger »einen gemütlichen Fernsehabend« mit seiner Frau. Anfangs waren auch seine beiden Töchter dabei. Nein, später, als die Töchter ins Bett gegangen waren, waren sie nur zu zweit, Gäste hatten sie an diesem Abend nicht.

Auf Paulas Frage, was genau er an diesem Abend denn da im Fernsehen angesehen hätte, antwortete er: »So genau weiß ich das nicht mehr. Wir haben uns von einem Programm zum nächsten so durchgezappt.«

»Sie wissen schon, dass wir dieses Alibi Ihrer Frau überprüfen müssen?«

»Das können Sie jederzeit machen. Sie brauchen dazu ja nicht ins Detail gehen.«

»Wie, nicht ins Detail gehen?«

»Na ja, Sie müssen ja dabei nicht erwähnen, in welchem Mordfall Sie konkret recherchieren. Ihnen geht es doch nur um mein Alibi. Und da habe ich eins. Das sollte Ihnen doch genügen. In welchem Zusammenhang Sie Ihre Ermittlungen anstellen, ist für meine Frau ja nicht von Belang.«

Eva Brunner, die bis jetzt geschwiegen hatte, stand auf und entfernte sich wortlos.

Auf Paulas Frage, wann er Ida Glanz das letzte Mal gesehen habe, gab er an, das sei schon Monate her.

»Und wann genau?«

»Vor einem Jahr. Ja, doch, das war im August letzten Jahres. Seitdem nicht mehr.«

»Wo und wann haben Sie Frau Glanz eigentlich kennengelernt?«

»Ich hatte vor vier Jahren ein fünftägiges Seminar in Nürnberg. Das war im Sommer, daran erinnere ich mich genau, bei einem mittelständischen Unternehmen. Und da die Teilnehmer, vor allem bei einem Ganztageskurs, in der Regel froh sind, wenn sie dann heimkönnen, also den Abend nicht auch noch in der Gruppe verbringen müssen, war ich abends auf mich allein gestellt. Meist esse ich bei solchen Auswärtsveranstaltungen noch eine Kleinigkeit irgendwo in der Nähe des Hotels, bereite mich auf den nächsten Tag vor und gehe früh zu Bett. Und bei der Gelegenheit habe ich Ida kennengelernt.«

»Aha«, sagte Paula. Und dann lange nichts. Schließlich die Frage: »Aber bei diesem einen Mal ist es nicht geblieben?«

»Nein.« Als nonverbale Dreingabe schenkte er ihr ein feines Lächeln, das seine Lippen versiegelte.

»Wie, nein?« Ihr Hunger war so vorherrschend, das ließ die Frage ein wenig ungeduldig klingen.

»Immer wenn ich in Nordbayern beruflich zu tun hatte, haben wir uns eben getroffen. Ganz zwanglos.« Dann fügte er noch hinzu: »Aber oft war das nicht der Fall.«

»Getroffen.« Sie ließ sich das Verb auf der Zunge zergehen. »Und was heißt das konkret?«

»Wollen Sie das wirklich so genau wissen?«

»Natürlich. Wir ermitteln hier schließlich in einem Mordfall, Herr Eichinger. Und Sie standen dem Opfer sehr nahe. Davon gehe ich jetzt mal aus, oder?«

»Nahe nun nicht gerade«, wiegelte er ab. »Wir waren Bekannte, mehr nicht. Ja, und gelegentlich hatten wir auch Sex miteinander. Das wollten Sie doch hören.«

»Was haben Sie denn Ihrer Frau gesagt, wo Sie sind, wenn Sie bei Frau Glanz übernachtet haben?«

»Nichts natürlich. Ich wollte ja meine Ehe nicht gefährden.«

Ehe, das war ihr Stichwort. »Und Frau Glanz genügten diese ›ganz zwanglosen‹ Treffen«, zitierte sie ihn mit einer gewissen Genugtuung, »mit Ihnen? Hat sie denn nicht mehr gesehen in Ihnen? Eventuell einen Heiratskandidaten? War davon manchmal die Rede zwischen Ihnen und Frau Glanz?«

»Ja«, seufzte Eichinger. »Anfangs nicht. Aber dann … Mit der Zeit wurde sie immer fordernder, gerade in dieser Hinsicht. Dabei hatte ich ihr gleich zu Beginn in aller Offenheit deutlich gemacht, dass ich mich nie von meiner Frau und von meiner Familie trennen werde. Wir haben schulpflichtige Kinder. Die lasse ich nicht allein, wie so viele andere aus meinem Bekanntenkreis. Ich finde nämlich, dass man sich da nicht einfach so aus der Verantwortung stehlen sollte.«

»Und Frau Glanz hat das widerspruchslos akzeptiert?«

»Das musste sie. Das habe ich ihr auch bei unserer letzten Begegnung, eben bei dieser vor einem Jahr im August, gesagt. Damals hatte ich darauf bestanden, dass wir uns auf neutralem Boden treffen. Nicht wie sonst bei ihr daheim.«

»Und wie hat Frau Glanz darauf reagiert? Was hat sie dazu gesagt?«

»Was sollte sie dazu sagen?«, stellte Eichinger die Gegenfrage. »Gar nichts hat sie dazu gesagt. Sie hat meine familiäre Situation verstanden. Es blieb ihr ja auch nichts anderes übrig.«

»Also keine Drohung, Ihrer Frau von Ihrer Affäre zu erzählen? Kein Wort darüber, dass Sie sich in ihren Augen recht schäbig benommen haben?« Und dabei deutete Paulas ausgestreckter Zeigefinger ganz von allein auf ihr Gegenüber, ohne dass ihr Gehirn einen Befehl dazu erteilt hätte. »Nichts dergleichen?«

»Na ja«, gab Eichinger schließlich zu, »ein wenig rumgejammert hat sie schon. Dass ich sie nur benützt hätte für ein kurzes, flüchtiges Abenteuer. Dass ich sie angelogen, ihr die große Liebe vorgespielt hätte. So etwas halt.«

»Na, das klingt doch schon ganz anders als noch am Anfang Ihrer Aussage«, konstatierte Paula grimmig. »Und wissen Sie, wie das für mich klingt? Für mich klingt das nach einem möglichen Motiv.«

Eichinger schwieg, wieder mit diesem feinen Lächeln, das seine Lippen versiegelte.

Mittlerweile war auch Eva Brunner zurückgekehrt. Sie setzte sich genauso wortlos, wie sie sich vor wenigen Minuten entfernt hatte, neben ihre Chefin. Jetzt waren es schon zwei um sie herum, die den Mund nicht aufkriegten. Dazu der immer drängender werdende Hunger … Da brachte sich die Hauptkommissarin als breitbeiniges Investigativ-Organ in Stellung.

»Insofern werde ich jetzt von Ihnen eine DNA-Probe nehmen. Falls Sie nicht damit einverstanden sind, sagen Sie es mir sofort. Dann werde ich meine Ulmer Kollegen heute noch, jetzt gleich im Anschluss an diese Vernehmung, darum bitten, das für uns zu erledigen. Das wird dann aber bei Ihnen daheim vonstattengehen. Und die werden sich nicht, auch das sag ich Ihnen gleich, von der Anwesenheit Ihrer Frau daran hindern lassen.«

Paula zog das Speichelprobenset aus ihrer Tasche und begann, die Verpackung aufzureißen.

Eichinger blickte sie erschrocken an. »Aber doch nicht hier in der Öffentlichkeit! Wo alle zuschauen können. Das ist nicht der passende Ort dafür.«

»Was schlagen Sie dann vor?«

»Das können wir genauso gut später auf dem Parkplatz machen. Haben Sie denn noch weitere Fragen an mich?«

»Nein, im Augenblick nicht. Ach doch, halt, eine hätte ich noch. Frau Glanz hatte wohl vor zwei, drei Jahren einen Fahrradunfall. Wissen Sie darüber etwas?«

Nein, da wisse er nichts. Das sei nie ein Thema zwischen ihnen gewesen. Er winkte nach der Bedienung.

Nachdem er bezahlt hatte, stand er auf und marschierte zügig zu seinem Auto, einem silbergrauen Audi A5. Paula Steiner und Eva Brunner folgten ihm. Er nahm auf dem Beifahrersitz Platz und machte, mit weit geöffnetem Mund, eine auffordernde Handbewegung.

Als Paula das Wattestäbchen mit dem Mundschleimhaut-Abstrich wieder in der Verpackung verstaut hatte, war Eichinger schon auf den Fahrersitz nebenan gerutscht, hatte den Audi Sportback gestartet und war davongebraust. Grußlos und mit Karacho.

Paula sah ihm kopfschüttelnd hinterher. »So ein ungehobelter Flegel. Zumindest bedanken hätte er sich ja können, dass wir ihm entgegengekommen sind und den Abstrich hier und nicht im Biergarten gemacht haben.«

»Aber«, sagte Eva Brunner, »sein Alibi ist wasserdicht. Ich hab nämlich vorhin seine Frau angerufen. Und die hat das alles bestätigt. Das mit dem Fernsehabend und dass anfangs die Töchter mit zugeschaut haben. Und auch das mit dem Durchzappen stimmt wohl.«

»Insofern ein Familienalibi halt wasserdicht sein kann. Das hat gar nichts zu heißen«, war alles, was Paula dazu anmerkte.

Nach einer Weile setzte sie noch hinzu: »So, und jetzt, liebe Frau Brunner, beginnt der gemütliche Teil des Tages. Jetzt suchen wir uns ein nettes Wirtshaus und essen etwas. Und dann wird in aller Ruhe heimgefahren. Ich betone: in aller Ruhe! Ich fahre heute nämlich nicht mehr ins Präsidium. Und Sie auch nicht!«

Knappe drei Stunden später verließen die beiden Kommissarinnen Ulm wieder – satt, zufrieden und in heiterer, ja, in geradezu aufgekratzter Stimmung. Und diesmal hatten sie Glück: kein Stau, weder auf der A 7 noch auf der A 6.

Paula hätte diese Fahrt gern in einträchtigem Schweigen verbracht. Nur das Motorengeräusch hören, die Landschaft an sich vorbeiziehen lassen und vor allem: ohne in irgendeiner Form an diesen unergiebigen, überflüssigen Außentermin erinnert zu werden. Ein Wunsch, den ihr Eva Brunner anscheinend nicht erfüllen mochte. Kurz hinter der Abfahrt Giengen ging es schon los.

»Frau Steiner, ich glaube nicht, dass dieser Eichinger unser Täter ist.« Schneller Seitenblick zur Fahrerseite.

Paula fragte also wie von ihr erwartet: »Und warum nicht? Wegen seines Alibis?«

»Ach, deswegen doch nicht«, antwortete ihre Mitarbeiterin verächtlich. »Nein, nein, aber wegen seiner interaktionalen Mikrobewegungen. Das sagt Ihnen doch was, oder?«

»Ja, freilich«, bestätigte Paula. »Sie meinen seine Mikroausdrücke?«

»Ja, das sagen die Laien dazu. Das ist aber der landläufige Begriff dafür. Der korrekte wissenschaftliche Ausdruck lautet: interaktionale Mikrobewegungen«, wurde sie von Eva Brunner belehrt. »Ich habe den Eichinger während Ihrer Vernehmung genau beobachtet und dabei in seinem Gesicht nicht einmal Angst oder Überraschung entdecken können. Aber manchmal, natürlich nur für Sekundenbruchteile, Ärger oder Ungeduld, da bin ich mir jetzt nicht so sicher, ob das eine oder das andere. Und vor allem Verachtung. Und zwar Verachtung Ihnen gegenüber. In diesen Mikroexpressionen war er wahrhaftig. Wahrhaftig im Sinne der Wahrheits-Wizards. Sie wissen, wovon ich spreche?«

»Bitte, Frau Brunner, ich arbeite auch schon einige Zeit bei der Polizei. Und ja, um Ihre Frage zu beantworten: Ich weiß, wovon Sie sprechen.«

»Na ja, es hätte ja sein können, dass Sie das nicht mehr so aktuell auf dem Schirm haben. Das sollte jetzt kein Vorwurf Ihnen gegenüber sein. Auf jeden Fall hat der uns nicht getäuscht. Oder angelogen mit dem, was er gesagt hat. Keine Sekunde lang«, brachte Eva Brunner ihre Kurzzeitstudie auf den Punkt.

»Also, ich würde mir so eine eindeutige Bewertung lediglich aufgrund der Mikromimik eines Befragungskandidaten nicht zutrauen«, warf Paula ein.

»Vielleicht fehlt Ihnen da ja die Übung. Dafür braucht man schon die entsprechende Praxis, das kann man nicht so von heute auf morgen aus dem Ärmel schütteln«, platzte Eva Brunner erstaunlich selbstbewusst heraus.

»Und Sie haben diese Praxis?« In dieser Frage schwang keine Verärgerung mit, nur ein Höchstmaß an Belustigung.

»Freilich. Ich mache ja seit Wochen nichts anderes, als mein Umfeld daraufhin zu analysieren. Das private, aber vor allem auch das berufliche.«

»Ach, das habe ich gar nicht mitbekommen. Da müssen Sie aber sehr raffiniert vorgegangen sein. Würden Sie mir freundlicherweise ein paar Kostproben aus dieser Ihrer akademischen Testreihe geben?« Und diesmal war ihrer Frage neben dem Amüsement auch eine gute Portion Ironie beigemischt. Eine Ironie, die bei der Mikromimik-Spezialistin allerdings verpuffte.

»Gerne, Frau Steiner. Sie erinnern sich doch noch, wie Sie gestern mit Heinrich telefoniert haben. Da waren Sie ganz authentisch in Ihrem Ärger, ja, man kann schon sagen: in Ihrer Wut. Ganz wahrhaftig. Ich habe in Ihrem Gesicht keine Zuckungen entdecken können, nicht einmal minimale.«

Dafür braucht man kein wochenlanges Studium, meine Verärgerung war ja nicht zu überhören, dachte Paula, sagte aber: »Und außerhalb unserer Kommission, ist Ihnen da auch etwas in dieser Richtung aufgefallen? Vielleicht ein Täuschungsmanöver, bei dem jemand nicht authentisch beziehungsweise wahrhaftig war?«

»Ja. Vor einer Woche war ich in der Kantine. Mir gegenüber saß Trommen und neben ihm Sandra Reußinger. Und da ist er wieder mal um sie herumscharwenzelt. Sie wissen schon, das macht er doch fast immer, wenn die beiden zusammen sind. Er hat sie also mit seinen blöden Komplimenten regelrecht zugeschwallt. Sie wissen schon – ›unsere Prinzessin des Präsidiums‹ und so. Dabei haben seine interaktionalen Mikrobewegungen ganz deutlich verraten: Ich meine das alles nicht ernst, ich verarsch dich nach Strich und Faden.«

Gut, auch dafür brauchte man Paulas Meinung nach kein großes, über Wochen geschultes mikromimisches Einfühlungsvermögen, um die Artigkeiten des Jörg Trommen als das zu erkennen, was sie im Grunde waren: leicht schmierige, meist variationsarme und immer plumpe Altherrenanmachversuche.

»Ja, das kann ich mir sehr gut vorstellen«, sagte sie. »Aber mal was anderes, worüber wir heute überhaupt noch nicht gesprochen haben. Haben Sie denn gestern Abend Frau Huttner angetroffen?«

»Ja«, antwortete Eva Brunner einsilbig. Wahrscheinlich passte ihr der schnelle Themenwechsel nicht.

»Prima. Und?«

Es folgte ein knapper Bericht über das Testament von Antonia Glanz, der sich im Wesentlichen mit dem, was Paula zeitgleich von Julia Feulner erfahren hatte, deckte. Das Gesamthandseigentum, die drei Töchter als alleinige Erbinnen, keine gesonderten Legate.

»Aber Bargeld ist fast keines mehr da, hat mir Frau Huttner erzählt, denn das hat die Erblasserin schon früher, als sie geistig noch voll auf der Höhe war, an ihre Töchter verteilt. Davon haben sich alle drei ihre Häuser beziehungsweise die Glanz ihre Wohnung am Valznerweiher gekauft. Ohne diese finanzielle

Unterstützung hätte sich wohl vor allem Letztere diese Wohnung nicht kaufen können.«

»Genau das Gleiche hat mir die Schwiegertochter von der Feulner auch gesagt. Jetzt können wir davon ausgehen, dass das so stimmt. Gut. Somit ist dieser Punkt schon mal abgehakt. Und war Frau Huttner in puncto Männerbekanntschaften ihrer Schwester auch so offen Ihnen gegenüber?«

»Nein. Leider nicht. Das Thema hat sie gleich im Keim erstickt. Darüber wisse sie überhaupt nichts, das hätte sie Ihnen doch schon lang und breit erklärt, Frau Steiner. Das war das einzige Mal, wo sie fast ein wenig unfreundlich geworden ist.«

»Interessant. Sehr interessant. Und, hatten Sie das Gefühl, sie war Ihnen gegenüber in diesem Punkt ehrlich? Sie weiß wirklich nicht Bescheid? Was haben Ihnen da die mikroaktionalen Bewegungen«, repetierte Paula den korrekten wissenschaftlichen Terminus, »von Frau Huttner verraten?«

»Darauf hab ich in diesem Zusammenhang doch nicht achten können!«, erwiderte ihre Mitarbeiterin fast empört. »Ich musste ja das Ganze auch protokollieren. Ein zuverlässiges Studium des mikromimischen Verlaufs ist nur möglich, wenn man sich darauf voll und ganz konzentrieren kann. Da darf man nicht durch andere Dinge abgelenkt sein. Sonst driftet es ganz schnell in einen fatalen Dilettantismus ab.«

»Aha. Soso.«

Nach einer längeren Pause konnte sich Paula nicht mehr zurückhalten und fügte noch hinzu: »Und jetzt sag ich Ihnen was: Die Huttner weiß genau Bescheid über die Liebschaften ihrer Schwester. Mit Namen, Dauer und allen Details. Warum aber gibt die sich in diesem Punkt dann so bedeckt?« Eine Frage, die sie sich umgehend selbst beantwortete.

»Weil es um dieses Thema Männerbekanntschaften ein dunkles Geheimnis gibt. Irgendetwas, das in den Moralvorstellungen der Huttner nicht in Ordnung ist. Vielleicht, dass ja immerhin zwei der Männer verheiratet waren? Oder irgendetwas, wovon wir keine Ahnung haben. Und für diese Erkenntnis, liebe Frau Brunner, brauche ich keine langjährige Praxis oder Erfahrung in Sachen Mikroausdruck. Das liegt auf der Hand. Da stellt sich bloß die Frage: Wie kommen wir an diese Information heran, wenn diejenige, die davon weiß, sich weigert, sich dazu zu äußern?«

Nachdem die »liebe Frau Brunner« dazu beharrlich schwieg, musste Paula wieder selbst die Initiative ergreifen.

»Wir müssen da nachlegen und nochmals eine breit gestreute Umfeldbefragung machen. Familie, Arbeitskollegen, Nachbarn. Alle. Bei den Nachbarn fangen wir an. Und zwar gleich morgen in der Früh.«

ACHT

Um neunzehn Uhr dreißig fuhr Frau Brunner den Dienst-BMW aus der Garage an der Maxtormauer. Paula winkte ihr zum Abschied kurz zu, dann rangierte sie den Porsche ein, schaltete den Motor aus und blieb noch eine Weile sitzen. Morgen Vormittag, hatte sie etwas voreilig bestimmt. Kein guter Termin für eine unangemeldete Befragung. Was, wenn ihre Kandidaten da alle aus dem Haus wären, bei der Arbeit oder Besorgungen machen? Das lag doch nahe. Sie startete das Auto, fuhr rückwärts aus der Garage und nahm Kurs auf den Osten der Stadt.

Am Valznerweiher versuchte sie es als Erstes bei Frau Schlötzer. Doch die schien außer Haus zu sein. Der zweite Versuch, im Erdgeschoss bei »Sandro Fasanella«, war erfolgreicher. Ein Mittdreißiger, schmal und hochgeschossen, Jeans, T-Shirt, barfuß, blauschwarze Bartstoppeln, öffnete ihr.

Paula stellte sich vor und fragte, ob sie hereinkommen dürfe. »Es dauert auch nicht lang.«

Bereitwillig trat Fasanella zur Seite und bat sie in sein Wohnzimmer. Sie setzten sich an einen runden Esstisch.

»Ich komme wegen des Mordes an Ida Glanz. Sie wissen sicher schon Bescheid?«

Er nickte. »Frau Schlötzer hat es mir gesagt.«

Auf die Frage, wann genau er Frau Glanz das letzte Mal gesehen habe, sagte Fasanella in akzentfreiem Deutsch mit leicht fränkischem Einschlag: »Das ist schon eine Weile her. Ich war nämlich jetzt drei Wochen im Urlaub. In Süditalien bei meinen Großeltern. In Apulien, um genau zu sein.«

Wo sonst?, dachte Paula, mit diesem verräterisch wohlklingenden Namen.

»Aber lassen Sie mich kurz nachdenken. Ja, ich glaube, das war noch im Juli, dass ich Frau Glanz das letzte Mal gesehen habe. Mitte Juli. Aber wann genau …?« Er hob bedauernd die schmalen Schultern.

»Das ist ja im Moment auch nicht so wichtig. Mich würde vielmehr interessieren, ob Sie uns von der Polizei respektive mir etwas über Frau Glanz' Männerbekanntschaften sagen könnten. Vielleicht hat sie Ihnen ja einen ihrer Freunde vorgestellt?«

Mit einem höflichen, distanzierten Lächeln schüttelte Fasanella den Kopf. »Nein, das hat sie nie. Es ergab sich nicht. Und so nahe standen wir, also Frau Glanz und ich, uns auch nicht, dass das angebracht gewesen wäre.«

»Und Sie haben auch nicht zufällig mal einen Namen aufgeschnappt? Im Treppenhaus oder bei einer Begegnung auf der Straße?«

Erneutes Kopfschütteln. »Nein. Leider nicht. Frau Glanz und ich, wir haben uns nur sehr selten gesehen. Schon allein unserer unterschiedlichen Arbeitszeiten wegen.«

»Das ist wirklich schade.«

Damit hatte sich der abendliche Einsatz hier erledigt. Eigentlich hätte sie jetzt gehen können. Aufstehen und heimfahren. Ihr Arbeitstag war ja lang genug gewesen. So lang wie unergiebig. Und uneigentlich …? Ein letzter Versuch aus dem Standardfragenrepertoire.

»Dann wissen Sie auch nichts darüber, ob Frau Glanz eventuell Ärger mit jemandem hatte? Oder anders formuliert: Kennen Sie Personen, die ihr nicht so wohlgesinnt waren?«

Fasanella schlug sich mit der Handinnenfläche auf den Mund, ganz leicht nur, und ließ diese dort liegen. Gleichzeitig registrierte sie, wie er sie blitzartig durch ein kurzes Weiten der Augenpartie fixierte. Paula deutete diese gestisch-mimische Kombination als ein eindeutiges nonverbales Signal dafür, dass er etwas wusste, sich aber eine Antwort bewusst versagte, aus welchen Gründen auch immer. Frau Brunner wäre stolz auf sie und ihr mikromimisches Einfühlungsvermögen gewesen.

Bevor er zu einer Ausflucht ansetzen konnte, kam sie ihm zuvor. »Herr Fasanella, überlegen Sie bitte genau, ob Ihnen vielleicht doch jemand einfällt. Wir sind gerade in diesem Fall auf die Unterstützung aus der Bevölkerung angewiesen. Wir würden Ihrem Hinweis auch ganz diskret nachgehen. Ihr Name bleibt in unseren Ermittlungen außen vor, das verspreche ich Ihnen.«

Schließlich gab er sich einen Ruck. »Sie werden es sowieso von einem der anderen Nachbarn erfahren. Insofern ist es egal, ob ich es Ihnen sage oder jemand anderer. Seit ein paar Monaten gab es Ärger zwischen Frau Glanz und Frau Schlötzer. Das wussten alle hier im Haus. Darf ich Ihnen etwas zu trinken anbieten?«

»Nein, danke. Sehr freundlich. Großen Ärger?«

»Ja.«

»Und Sie kennen auch den Grund für diesen Ärger?« Im Prinzip eine Frage, aber im Ton eine Feststellung, der die ungeduldige Aufforderung, endlich mehr darüber zu sagen, beigemischt war.

Fasanella verdrehte die Augen zur Zimmerdecke. »Kennen ist jetzt vielleicht zu viel gesagt. Es schien wohl so zu sein, dass Frau Glanz versucht hat, ihrer Nachbarin den Freund auszuspannen. Es gab da mal ein sehr lautes, heftiges Gespräch darüber im Hausgang zwischen den beiden Damen. Am Abend war das. Das hab aber nicht nur ich gehört, das haben wir alle hier im Haus gehört. Alle!«, betonte er. »Laut genug dafür war es ja.«

Da nahm Paulas Gedächtnis eine Art Zoom vor. Wie in einer Filmszene sprang es von Ute Schlötzers satt-tiefrotem Sofa zu Ida Glanz' Champagner-Bett und dann wie von selbst zu der Sporttasche, die man im Keller der Neuweiherstraße sichergestellt hatte.

In diesem Augenblick war sich die Kommissarin sicher, dass sie den Besitzer der Kunststofftasche inklusive der zwei Feinripp-Unterhosen und der außen abgetragenen Birkenstock-Pantoletten gefunden hatte. Nur der Name dazu fehlte ihr noch. Aber das würde ja leicht zu eruieren sein. Dachte sie.

»Danke für Ihre Offenheit, Herr Fasanella. Jetzt brauche ich bloß noch den Namen von Frau Schlötzers Freund, und dann sind Sie mich auch schon los und können Ihren Feierabend in aller Ruhe genießen.«

»Den Namen?«, fragte er verwundert nach. »Den weiß ich nicht.«

»Wirklich nicht?«

»Wirklich nicht. So nahe stehen wir uns hier im Haus nicht. Ich bin überzeugt, umgekehrt kennen meine Nachbarn den Namen meiner Lebensgefährtin auch nicht.«

Sie glaubte ihm. Außerdem würde sie den Namen mit Leichtigkeit morgen erfahren, bei der Person nämlich, mit der sie schon einmal das Vergnügen hatte. Komisch nur, dass Frau Schlötzer ihr damals von allen Männern der Ida Glanz bereitwillig erzählt hatte, bis eben auf den einen. Warum hatte sie ausgerechnet um den ein solches Geheimnis gemacht? Sie musste doch wissen, dass diese Affäre früher oder später ans Licht kommen würde. Wenn schon alle hier im Haus, wie Sandro Fasanella überzeugt war, darüber Bescheid wussten …

»Kennen Sie zufällig den Arbeitgeber von Frau Schlötzer?«, fragte Paula.

Fasanella nannte ihr eine große stadtbekannte Steuerkanzlei in der Äußeren Sulzbacher Straße. Dann stand sie auf, dankte ihrem Gastgeber nochmals für seine Hilfe und verabschiedete sich.

Auf der Straße zündete sie sich eine Zigarette an und schlenderte die Neuweiherstraße auf und ab. Bei dieser Gelegenheit entdeckte sie einen feuerroten Alfa Romeo Giulietta Spider. Er war nicht gerade hässlich, reichte aber in keiner Weise an die sportliche Eleganz ihres Charlys heran. Ein Cabrio mit H-Kennzeichen und den beiden verräterischen Initialen S und F. Seltsam. Irgendwie schien ihr das nicht passend – ein Mittdreißiger, der einen Oldtimer fuhr. Dafür brauchte es doch schon eine gewisse Erfahrung. Reife. Jahrzehntelange Fahrpraxis und genauso lange Entbehrung. Das erst verlieh beiden, Fahrer und Auto, war die Porsche-Besitzerin überzeugt, die entsprechende Würde und echten Oldtimer-Adel.

Es war kurz nach neun, als sie die Wohnungstür aufsperrte. Sie freute sich auf den Feierabend, auf ihr Sofa und auf den ersten Schluck von diesem trockenen, milden Viognier aus dem Jahr 2013, von dem sie noch eine halbe Flasche vorrätig hatte. Und darauf, endlich die Pumps, die sie vor zwei Monaten gekauft und bis heute kein einziges Mal getragen hatte, loszuwerden.

Nachdem sie die Schuhe abgestreift und achtlos in der Diele liegen gelassen hatte, ging sie barfuß in ihre Küche. Holte die Weinflasche aus dem Kühlschrank, schenkte sich großzügig ein und nahm noch im Stehen einen tiefen Schluck. Herrlich, diese Mixtur aus samtweichem Pfirsich, rauchig-erdigem Kardamom und dem scharfsüßen Litschi-Geschmack.

Dabei hatte der Wein gestern doch noch ganz anders geschmeckt. Sollte Paul also doch recht haben? Der konsequente Biertrinker und Weinverächter wurde nämlich nicht müde, ihr immer wieder vorzuhalten, dass es beim Weintrinken auf die Tagesverfassung ankomme, auf die Psyche. Und dass das ganze Gerede von Terroir, Mineralität und Komplexität nur hohles Wortgeklingel der Fachmagazine sei, die ohne das nicht überleben könnten.

»Diese ganze Branche lebt doch vom Snobismus all dieser vermeintlichen Weinkenner. Man will sich als Experte stilisieren, und dazu gehört nun mal, dass man den Geldbeutel weit aufmacht und über solche Sachen schwadroniert, dass es einer Sau graust. Mit Abgang, Aromenprofil, Kopfnote, Herznote und so. Dabei kriegst du heutzutage in jedem Discounter genauso anständige, fehlerfreie Weine. Nur eben wesentlich billiger.«

Sie hatte ihm damals vorgeworfen, dass er schlicht und ergreifend ein önologischer Banause sei und keine Ahnung, nicht einen Funken Ahnung!, von dieser komplizierten Materie habe. Als er ihr widersprechen wollte, hatte sie die Diskussion abrupt beendet.

Wahrscheinlich wollte sie einfach nicht, dass er ihr das lieb gewordene Hobby kleinredete. Denn heute, nach diesem auffällig anderen Geschmack ein und desselben Weins, war sie fast geneigt, ihm recht zu geben. Darin, dass die Tagesverfassung oder die – wie er es nannte – Psyche doch eine Rolle spiele. Dass es eine neutrale, objektive Bewertung nicht gebe. Ähnlich verhielt es sich mit der Musik. Auch da variierte ihre Begeisterung für bestimmte Lieblingssongs ja von Tag zu Tag.

Schließlich zog sie sich aus und wusch sich unter der Dusche den Schweiß von der Haut. Dann ging sie zurück in die Küche, schmierte sich zwei Käsebrote und setzte sich damit aufs Sofa. Nippte hin und wieder an dem Viognier.

Ihr schwirrte etwas durch den Kopf, das irgendwer bei den Befragungen in den letzten Tagen gesagt hatte, sie konnte es aber nicht abrufen. Sie wusste, es war etwas Wichtiges, gerade im Zusammenhang mit dem, was Fasanella ihr soeben anvertraut hatte. Also musste es mit Ute Schlötzer zu tun haben. Mit ihr und ihrem Verhältnis zu Ida Glanz. Sie sprang auf und holte den Notizblock aus ihrer Handtasche, die noch immer auf dem Dielenschränkchen lag.

Noch im Stehen las sie die Aufzeichnungen, die sie vom Gespräch mit Frau Schlötzer gemacht hatte. Aber da war nichts Auffälliges. Sie blätterte ein paar Seiten weiter. Und jetzt fiel es ihr wieder ein, hier stand es ja, in den Notizen, die sie noch am selben Tag während des Gesprächs mit Iris Huttner gemacht hatte.

»Ida hatte keine Freundinnen … doch mit Frau Schlötzer hat sie sich ganz gut vertragen. ›Das wäre aber auch die einzige Freundin, die ich Ihnen nennen kann.‹«

Für Paula sagte das zweierlei aus. Erstens: Iris Huttner wusste nichts von einer Affäre ihrer Schwester mit Schlötzers Freund. Oder war sie erst im Begriff gewesen, eine solche anzufangen? Egal. Und zweitens: Der Versuch, ihr den Mann auszuspannen, hatte Ute Schlötzers Gefühle der Nachbarin gegenüber grundlegend verändert. Sie war jetzt keine Freundin mehr, sie war der Feind von nebenan. Paula spann den Gedanken weiter.

Ute Schlötzer kann Ida Glanz nicht mehr ausstehen, sie hat eine enorme Wut auf sie, sie hasst sie wahrscheinlich sogar. Aber geht sie in ihren verletzten Gefühlen so weit, dass sie …? Ein kaltblütig geplanter Mord, ein Eifersuchtsdrama? Eine Beziehungstat, wenn auch keine innerfamiliäre, was näherlag, zumindest statistisch gesehen. Immerhin waren neunzig Prozent aller Morde Beziehungstaten. Meist lauerte der Täter in der eigenen Verwandtschaft, das Motiv im emotionalen Geflecht einer Familie.

Oder hat sich Ute Schlötzer mit dieser Angelegenheit schließlich abgefunden, vielleicht darauf gehofft, dass der

Freund doch noch zu ihr zurückkehrt? Sprich: Hat sie sich passiv verhalten? Dafür spricht, dachte Paula, dass sie sich in Therapie begeben hat. Freiwillig. Vielleicht, um damit ihrer Gefühle und Mordphantasien Herr zu werden? Auch dafür würde die Statistik sprechen. Frauen fanden sich viel eher mit solchen Verletzungen ab als ein in seinem Stolz gekränkter Mann. Weil sie immer noch in die Opferrolle hineinerzogen wurden. Vor allem wenn sie gut über fünfzig waren wie Frau Schlötzer. Bei den ganz jungen Frauen funktionierte diese Sozialisation nicht mehr so.

Kam diese ihre zweite Hypothese der Wahrheit näher als das Eifersuchtsdrama, als der eiskalt geplante Racheakt?

Aber warum hatte dann Ute Schlötzer ihr gegenüber gerade dieses Thema so geschickt geheim gehalten? Warum hatte sie, die sich doch bei all den anderen Männerbekanntschaften der Glanz so offenherzig gezeigt hatte, das verschwiegen? Weil es ihr peinlich war? Weil es unter Freundinnen keinen schlimmeren und klebrigeren Vorwurf gab als den, dass man sich gegenseitig den Mann ausspannt. Das war eine schwerwiegende Angelegenheit, die schlug eine tiefe, unheilbare Wunde. Da sahen manche schon mal rot, anerzogene Opferrolle hin oder her. Da konnte der Hass von einem Moment auf den anderen so hell aufflammen, dass plötzlich ein Messer in der Brust der Feindin steckte. Oder, wie in diesem Fall, ihr eins mit dem Eisenrohr über den Schädel gezogen wurde.

Auf der anderen Seite – ein Schlag mit einem solchen Rohr erforderte enorm viel Kraft. Hatte ihr Schneewittchen überhaupt diese Kraft, diese Stärke? Und diese Entschlossenheit? Sie versuchte, sich Ute Schlötzer mit dem weißen Eisenrohr in der Hand vorzustellen. Es wollte ihr nicht gelingen.

In Paulas Kopf rasten die Gedanken wie Derwische hin und her. Sie bekam diese Frau in Rot trotz aller Anstrengungen nicht richtig zu fassen. Sie trank ihr Glas in langsamen, kleinen Schlucken aus. Dann ging sie ins Bett.

★★★

Am anderen Morgen betrat Paula Steiner ihr Büro kurz nach acht. Sie fühlte sich gut, sie hatte glänzend geschlafen, sieben Stunden am Stück.

Auf ihrem Schreibtisch lag ein akkurat aufgeklopfter Stapel Papier. Sie warf nur einen kurzen Blick auf die handschriftlichen Notizen. Sie stammten alle von Heinrich, der nicht im Zimmer war. Der wird doch nicht etwa schon wieder …?

»Frau Brunner, haben Sie Heinrich heute schon gesehen?«

»Ja. Er ist bloß kurz in den Gemeinschaftsraum gegangen und macht sich einen Tee.«

»Gut. Dann warten wir, bis er kommt. So brauche ich nicht alles zweimal zu erzählen.«

Kurz darauf kam er mit einer dampfenden Tasse in der Hand zurück. Sie betrachtete ihn misstrauisch. Doch er sah aus wie immer. Er begrüßte sie stumm, mit einem freundlichen Allerweltslächeln. Also schien er weder verärgert über ihre Auseinandersetzung vom Dienstag zu sein noch beleidigt.

Paula berichtete über ihren gestrigen Abendeinsatz bei Sandro Fasanella, über die Erkenntnisse und Vermutungen. Eva Brunner biss sofort an.

»Ha, das ist ja sensationell«, rief sie und sprang auf. »Also, dann fahren wir jetzt zu der Steuerkanzlei, wo die Schlötzer arbeitet!«

»Ja, das machen wir auch. Aber einer muss dableiben. Schon allein deswegen, weil sich ja immer noch Hinweisgeber zu der Pressemitteilung melden könnten. Und das möchte ich nicht der Zentrale überlassen, dafür ist das einfach zu wichtig. Und da Sie gestern nach Ulm mitfahren mussten, Frau Brunner, dürfen Sie heute dableiben. Diesen Außendienst übernehmen wir zwei, Heinrich.«

Der Einspruch folgte sofort, wenn auch von ungewohnter Seite.

»Das finde ich jetzt keine so gute Idee, Frau Steiner, wenn ich das mal so direkt sagen darf. Denn Frau Schlötzer ist ja therapieerfahren. Das haben Sie mir selbst erzählt. Das heißt: Sie ist darauf geschult, geradezu professionell geschult, ihr Innerstes sowohl nach außen zu kehren als auch«, betonte die Hobbypsychologin der Kommission mit erhobenem Zeigefinger, »für sich zu behalten. Für einen solch heiklen Einsatz braucht man schon –«

»Zwei hochgradig kompetente und erfahrene Kriminaler wie Heinrich und mich«, ergänzte Paula. »Das wollten Sie doch sagen, oder?«

Diesmal folgte kein Widerspruch, aber eine eingeschnappte Miene. Paula war das egal. Sie winkte Heinrich, kurz darauf verließen beide das Haus.

Auf dem Parkplatz des Präsidiums sagte Paula: »Mir wäre es lieb, wenn du fahren könntest. Ich bin ja gestern nach Ulm und zurück gefahren. Da mag ich mich heute nicht hinters Steuer setzen. Verstehst du das?«

Das jedoch war nur die halbe Wahrheit. Im Prinzip wollte sie ihn von der Beifahrerseite aus im Auge behalten. Ihn, der immer noch beharrlich schwieg. Und das wäre vom Fahrersitz aus schlecht möglich gewesen.

»Kein Problem«, merkte Heinrich dazu nur lapidar an.

Die Fahrt nach Jobst verlief so schweigsam, wie sie begonnen hatte. Was Paula schwerfiel. Nur zu gern hätte sie Heinrich gefragt, wie er sich seine Zukunft in ihrer Kommission vorstellte. Auch und gerade in Hinblick auf seine pflegebedürftige Großmutter.

Doch sie riss sich zusammen. Dieses Gespräch musste schon er suchen. Alles andere hätte ja nach einem Einknicken, einem Nachgeben ihm gegenüber ausgesehen.

Heinrich stellte den Wagen am Ostbahnhof ab. Als sie die Jobster Straße hochliefen, sagte er beiläufig, ohne sie anzusehen: »Ich hatte gestern ein Gespräch mit Fleischmann. Er hat mich zu sich hochkommen lassen.«

»Und?«

»Es ging um meine Krankheitstage. Unter anderem. Dass ich in der Hinsicht der absolute Spitzenreiter des Präsidiums sei und so.«

Diesmal fragte sie nicht nach.

Als sie die Äußere Sulzbacher Straße erreicht hatten, blieb er stehen.

»Er hat gesagt, dass ich mir was überlegen müsste. Und zwar noch in dieser Woche. Im Gegensatz zu dir könne er das nicht weiter akzeptieren. Und dass das eine Zumutung sondergleichen für alle Kollegen sei, insbesondere aber für dich und an zweiter Stelle für Eva. Auch wenn er für meine Situation mit einer pflegebedürftigen nahen Angehörigen durchaus Verständnis habe. Ja, das hat er auch noch gesagt. Das wusste er sicher von dir.«

Paula, die ihm jetzt gegenüberstand, schaute ihm direkt in die Augen und wartete, bis auch er sie ansah. Aber das tat er nicht.

»Und, hast du dir schon etwas überlegt?«

»Ja. Ich werde es jetzt doch so machen, wie du es mir am Telefon empfohlen hast. Ich werde in der Zeit, bis uns die gesetzliche Pflegekraft bewilligt wird, aus eigener Tasche eine Pflegerin oder einen Pfleger bezahlen – meine Oma ist da für beides offen.«

»Mensch, prima. Das ist toll, ganz toll«, rief sie laut und begeistert aus. »Du wirst sehen, das ist für alle Seiten die beste Lösung. In erster Linie natürlich für deine Großmutter, aber auch für dich.«

Nachdem er nichts dazu sagte, sie nur etwas verschämt angrinste, fügte sie hinzu: »Und auch für mich. Denn mir hat schon bei dem Gedanken gegraust, in Zukunft ohne dich auskommen zu müssen. Dann hätte mir die Arbeit auch überhaupt keinen Spaß gemacht. Und auch ich«, betonte sie, »hätte mir etwas überlegen müssen.«

Inzwischen waren sie vor dem modernen Bürogebäude angekommen.

»So, und jetzt werden wir Frau Schlötzer mal gehörig in die Mangel nehmen. Wobei ich schon glaube, dass Frau Brunner recht hat: Einfach wird das nicht. Wer so therapieerfahren ist wie die, macht so leicht keine Fehler bei einer Vernehmung. Ich fürchte, da müssen wir –«

»Ach«, schnitt Heinrich ihr das Wort ab, »für uns zwei, Paula, wird das doch ein Sonntagsspaziergang. Uns als ›hochgradig kompetenten und erfahrenen Kriminalern‹«, zitierte er sie mit einem breiten Lächeln, »macht doch keiner was vor. Auch keine Therapietussi.«

Er nickte ihr zu und öffnete die schwere Eingangstür.

Trotz aller eindeutigen Verdachtsmomente gegen Ute Schlötzer – im Grunde war Paula Steiner, und darüber wunderte sie sich selbst, im Augenblick nur an einem interessiert: ob Schneewittchen auch am Arbeitsplatz in seinem Erkennungszeichen, diesem Flammrot, erschienen war.

Ob Glanz' Nachbarin deren Mörderin war, ob sie schnell gestehen würde oder ob sie sich so gut im Griff hatte, wovon Eva Brunner ja überzeugt war, ihren Fragen geschickt auszuweichen, das alles war der Kommissarin herzlich egal, als sie sich vom Aufzug in den zweiten Stock tragen ließ. Denn darum würde sich Heinrich, nun wieder fest verankert in ihrer Kommission, kümmern.

Die Steuerberatungskanzlei war eine Bürogemeinschaft von sechs Mitarbeitern und dem Kanzleivorstand, darunter auch ein Anwalt und eine Wirtschaftsprüferin, allesamt spezialisiert auf eine professionelle Rundumbetreuung, so individuell wie ganzheitlich, las Paula in einer Hochglanzimagebroschüre, während sie auf ihre Vernehmungskandidatin warteten. Man hatte ihnen versprochen, so bald als möglich mit Frau Schlötzer sprechen zu können. Leider ginge das nicht sofort, weil Frau Schlötzer noch in der persönlichen Kundenberatung sei. Aber sobald sie … dann würde sie …

Nach einer guten halben Stunde trat Frau Schlötzer auf sie zu. In einem chinaroten Seidenkostüm, roten Pumps und mit leuchtend roten Lippen. Wortkarg, kühl und sehr bestimmt. Also doch. Damit hatte sich Paulas Interesse an der anstehenden Vernehmung nicht sehr professionell, aber ganzheitlich verflüchtigt.

Schlötzer geleitete sie stumm in ihr Büro. Hellgrauer Schreibtisch, grauhellbraun melierte Auslegeware, grau getönte Wände. Vor diesem schlammfarbenen Ambiente war der Dame in Rot ein noch aufsehenerregender Auftritt gewiss als in dem bunten Eingangsbereich.

Die Steuerberaterin setzte sich, machte eine knappe Handbewegung, die man als Aufforderung, Platz zu nehmen, verstehen konnte, und – sagte nichts. Sie sah ihre beiden Besucher abschätzig aus den hellen graugrünen Augen an. Ganz ruhig saß sie da. Locker und entspannt, als hätte sie nicht nur ihren Körper spielerisch unter Kontrolle.

»Sie haben meiner Kollegin bei der Erstbefragung am vergangenen Sonntag etwas Wichtiges verschwiegen«, eröffnete Heinrich das Gespräch.

»So, habe ich das?«

»Ja. Sie haben bei der Aufzählung der Geliebten von Frau Glanz nämlich einen ganz entscheidenden Namen vergessen.«

»Und welcher sollte das sein?«

»Der von Ihrem Freund.«

Sie errötete, aber nicht sehr. Sie schien sich wirklich ziemlich gut im Griff zu haben.

»Wie kommen Sie darauf, dass mein Lebensgefährte irgendetwas mit meiner Nachbarin beziehungsweise mit dem Mord zu tun haben sollte?«

Paula war gespannt, wann Heinrich die Geduld verlieren würde. Wann er von weiteren Gegenfragen genug haben und endlich zum Angriff blasen würde.

»Uns liegen mehrere Zeugenaussagen vor«, sagte er, »wonach es einen lautstarken Streit zwischen Frau Glanz und Ihnen über ebendieses Thema gegeben hat. Mit einer eindeutigen Aussage.«

»Und welche Zeugen sollten das sein? Das würde mich doch sehr interessieren, wer meinen Ruf da vorsätzlich beschädigt«, konterte Ute Schlötzer mit einem abschätzigen Lächeln und hochgezogenen Augenbrauen.

»Sie werden Verständnis dafür haben, haben müssen, dass wir unsere Informanten nicht preisgeben dürfen«, erwiderte Heinrich nach kurzem Zögern.

Wenn er in Fällen wie diesen nicht wusste, was er sagen sollte, verlor sich Heinrich gern in solchen Allgemeinplätzen. Zeit, sich einzumischen.

»So, Frau Schlötzer, nur zu Ihrer Kenntnis: Vorsätzliche

uneidliche Falschaussage gegenüber der Polizei ist strafbar und wird mit einer Freiheitsstrafe von drei Monaten bis zu fünf Jahren sanktioniert. Das zum einen. Zum anderen teile ich Ihnen hiermit offiziell mit, dass Sie, unter anderem aufgrund dieser Falschaussage, unter dringendem Tatverdacht stehen, Frau Ida Glanz ermordet zu haben. In diesem Zusammenhang bin ich von Gesetzes wegen verpflichtet, Sie als Tatverdächtige darauf hinzuweisen, dass Sie das Recht haben, einen Anwalt zu dieser Vernehmung hinzuzuziehen. Also frage ich Sie hiermit: Möchten Sie einen Anwalt?«

»Verdächtig, ich, warum?« Noch immer war Ute Schlötzers Gesicht wie aus Stein. Aber Paula erkannte die Mühe, die sie das jetzt kostete. In diesem Zustand ließ sich an jedem Schutzpanzer, und käme er noch so flammrot daher wie dieser da vor ihr, eine Schwachstelle finden.

»Ich deute Ihre Gegenfrage so, dass Sie auf anwaltlichen Beistand bei unserer Vernehmung verzichten. Dann sind Sie ab jetzt zur vollständigen und wahrheitsgemäßen Aussage verpflichtet.«

Paula wartete. Sie sah aus dem Fenster, vor dem eine prächtige Sommerlinde stand, dann wieder zu ihrem Gegenüber. Es war jetzt ganz ruhig in dem Büro. Das harte, steinerne Gesicht war weg, diese angestrengte Gletscherkälte, auch dieses Aufpassen, was man sagt und was besser nicht. Bald würde der Moment kommen, in dem sie anfing zu reden. Das spürte Paula. Und so war es auch.

»Ich kenne Kurt seit fünf Jahren. Vor drei Jahren ist er bei mir eingezogen. Ich hab ihn damals sofort der Ida vorgestellt. Weil ich mich halt so gefreut habe. Und weil ich finde, das gehört sich so, wenn man ein so gutes Verhältnis hat, wie ich es zu ihr hatte. Manchmal, nicht oft, war sie bei uns zu Besuch. Es war immer nett. Wir haben zum Beispiel fast die komplette Fußball-WM zusammen angesehen. Ein paarmal sind wir alle drei in den Biergarten hier am Valznerweiher gegangen. Vor allem am Wochenende. Oder Kurt hat bei ihr in der Wohnung etwas repariert, weil sie mich darum gebeten hatte. Sie müssen wissen, Kurt ist handwerklich sehr geschickt. Ja, es war zwischen uns alles in bester Ordnung, bis …« Da verstummte Ute Schlötzer, und ihre Augen wurden ganz dunkel.

»Ja, bis?«, fragte Paula.

»Bis ich etwas entdeckt habe. Kurt hat sich hin und wieder etwas dazuverdient. Er hat Autos überführt. In ganz Deutschland war er unterwegs. Meist ist er in der Früh los und am Abend zurück. Aber manchmal, wenn es weite Strecken waren, hat er übernachten müssen. Also am Vormittag hin mit dem Auto, dann die Nacht im Hotel oder in einer einfachen Pension, am nächsten Tag retour mit der Bahn. Und diese Zweitagesfahrten häuften sich Anfang dieses Jahres. Aber da bin ich noch gar nicht misstrauisch geworden. Erst als er fast jede Woche unterwegs war mit einer Auswärtsübernachtung, hab ich ihn schon gefragt: ›Muss das sein, Kurt? Wir haben doch genug zum Leben. Du als Frührentner sowieso, und ich bin ja auch noch da.‹ Aber er hat gesagt, es mache ihm Spaß. Es sei nicht nur wegen des Geldes. Er wolle nicht darauf verzichten. Gut, hab ich mir gedacht, dann lasse ich ihm halt seinen Spaß.«

Bis hierher hatte Ute Schlötzer in einem neutralen, distanzierten Ton berichtet, so als würde sie ein Referat über eine Sache halten, widerstrebend und gelangweilt, die sie im Grunde nicht interessierte. Das änderte sich jetzt.

»Und dann hab ich gesehen, wie …«, presste sie knurrend hervor. Es folgte eine Pause.

»Vorher muss ich noch sagen, dass Kurt auf diesen Überführungen, bei denen er übernachtet hat, immer eine Reisetasche mitgenommen hat. Darin war Kleidung zum Wechseln, unter anderem sein Schlafanzug und ein Reisenecessaire. Nur das Nötigste. Wenn diese Tasche nicht mehr da war, wusste ich, er hat einen Auftrag bekommen und ist über Nacht weg. Also, ich komme an diesem Tag heim, früher als sonst, ich hatte mir spontan den Nachmittag freigenommen.« Hier stockte der Erzählfluss, um nach einer Weile wieder an Fahrt zu gewinnen.

»Und dann sehe ich seine Tasche in der Diele stehen. Ach, denk ich mir noch, da wird er ja jetzt bald losfahren, und gehe in die Küche. Nicht einmal eine halbe Minute später sperrt jemand die Wohnungstür auf, nimmt die Tasche und schließt die Tür wieder, von außen. Ich habe ihm dann noch etwas nachgerufen, aber das hat er wohl nicht gehört. Also bin ich auf den Balkon gegangen und hab auf ihn gewartet, damit ich mich wenigstens von da oben noch verabschieden kann. Mindestens zehn Minuten hab ich auf dem Balkon gewartet. Aber er kam und kam nicht.«

Aus den wasserdunklen Augen lösten sich nun zwei dicke Tränen, kollerten die Wangen hinab und wurden schließlich von der roten Kostümjacke gestoppt. Ute Schlötzer sah hilflos und verwundert auf die zwei kreisrunden Flecken auf dem Seidenstoff.

»Ich also hinaus in den Hausflur. Naiv, wie ich bin, dachte ich, er ist vielleicht in den Keller gegangen und sucht da was. Und wie ich so dastehe, im Hausgang, höre ich aus der Wohnung nebenan, also aus ihrer Wohnung, ein Getuschel und Gekicher. Ida und eine männliche Stimme. Und jetzt raten Sie mal, wer der Mann war?«

Noch bevor Paula antworten konnte, schrie die Fragenstellerin sie in hellem Diskant an: »Das war Kurt, mein Kurt! Die hat sich an meinen Freund rangemacht. Hinter meinem Rücken. Das muss man sich mal vorstellen! Das ist doch ungeheuerlich!«

Ungeachtet dieser Ungeheuerlichkeit sagte Paula: »Und was haben Sie getan?«

»Ich war wie gelähmt. Ich konnte mich einfach nicht bewegen. Ich stand da wie erstarrt.«

»Und dann?«, fragte Paula.

»Dann bin ich zurück in meine Wohnung und habe nachgedacht. Ein paarmal hab ich mir vorgenommen, so, du gehst jetzt da rüber und klärst das. Aber ich konnte einfach nicht. Ich saß den ganzen Abend nur auf dem Sofa. Irgendwie habe ich wahrscheinlich unbewusst darauf gewartet, dass Kurt wiederkommt und das Ganze als ein großes Missverständnis aufklärt.«

»Aber das war nicht der Fall?«

»Nein. Er ist die ganze Nacht über bei ihr geblieben. Ich bin am nächsten Tag nicht zur Arbeit gegangen, ich habe mich krankgemeldet. Und dann hab ich gewartet. Um neun ist Kurt aus ihrer Wohnung gekommen, mit seiner Tasche in der Hand. Das hab ich durch den Türspion gesehen. Als er endgültig fort war, bin ich zu ihr rüber und habe geklingelt. Sie hat auch sofort aufgemacht. Sie dachte wahrscheinlich, es ist Kurt, der etwas vergessen hat.«

Nachdem eine ganze Weile keine weitere Erklärung folgte, fragte Paula: »Und dann?«

»Ich wollte mit ihr reden, aber sie hat mir einfach die Tür vor der Nase zugeschlagen.«

»Und wie ging es weiter?«

»Sie ist den ganzen Tag über nicht aus dem Haus. Ich auch nicht. Aber am Abend, so gegen halb sieben, hab ich sie erwischt. Natürlich habe ich ihr eine Szene gemacht. Und wissen Sie, was sie als Einziges darauf geantwortet hat?«

Jetzt spielte Heinrich den Stichwortgeber. »Was hat Frau Glanz denn dazu gesagt?«

»Dass ich mich nicht so anstellen solle, schließlich sei ich ja nicht seine Ehefrau, sondern auch nur seine Geliebte. Und hätte als solche genauso wenig Anspruch auf ihn.«

Paula war dermaßen erstaunt, dass ihr der Unterkiefer hinunterklappte. »Ach«, sagte sie, nachdem sie sich wieder gefangen hatte, »Ihr Freund ist verheiratet?«

Ute Schlötzer nickte. »Ja, schon. Aber das ist doch kein Grund, ihn mir auszuspannen. Schließlich habe ich die älteren Rechte. Das ist doch schamlos, ja mehr noch: impertinent. So etwas der eigenen Nachbarin anzutun, die immer freundlich zu ihr war. Soll sie sich doch selber einen Mann suchen. Die dürre Ziege mit ihrem faltigen, sonnenstudioverbrannten Gesicht, die sich immer so viel auf ihre Figur eingebildet hat. Bei ihr hält es auf Dauer eben keiner aus. Die wollte ihn mir doch schon von Anfang an wegnehmen, aber hinterher ist man immer schlauer.«

Wörter wie Brandsätze und persönliche Angriffe, die aus einer eher niedrig gelagerten Schublade stammten.

»Ihr Freund heißt Kurt und wie mit Nachnamen?«, fragte Paula.

»Das tut doch nichts zur Sache. Er war es auf jeden Fall nicht, der sie umgebracht hat. Da bin ich mir hundertprozentig sicher. Und ich auch nicht.«

»Der Name tut sehr wohl etwas zur Sache. Vorsätzliche Behinderung der polizeilichen Ermittlungsarbeit ist im Übrigen strafbar, das nur erneut zu Ihrer Information. Also? Sagen Sie uns jetzt den Namen und die Adresse von Ihrem Freund? Oder ist es Ihnen lieber, wenn ich Sie gleich von hier aus von meinen Kollegen aufs Präsidium überführen lasse?«

Nach dieser unverhohlenen Drohung, die rechtlich auf sehr wackligen Füßen stand, gab Ute Schlötzer den Namen schließlich preis. Kurt Kanther heiße er, und er wohne in Altenfurt, in der Löwenberger Straße, wo es, setzte sie freiwillig hinzu, »sehr laut und wirklich nicht schön« sei. Aber, und das würde sie ihm hoch anrechnen, er bliebe da nur seiner Frau wegen. Die nämlich sei gesundheitlich sehr angegriffen, instabil, deswegen könne er halt –

»Ja, ist schon recht«, unterbrach Paula sie. »Nun zu etwas anderem, Frau Schlötzer. Mit dem, was wir von Ihnen soeben erfahren haben, hat sich die Sachlage grundlegend geändert. Unter anderem insofern, als Sie ja ein Motiv haben. Ich komme also nochmals auf Ihr Alibi zurück. Sie haben am Sonntag angegeben, Sie hätten in der fraglichen Zeit ferngesehen. ›Kunst und Krempel‹ hieß die Sendung. Was genau wurde denn da gezeigt?«

Da müsse sie nachdenken, das liege ja schon mehrere Tage zurück. Auf jeden Fall sei es »irgendwas mit Gemälden und alten Waffen« gewesen.

Paula und Heinrich hatten sich bereits erhoben, da fragte Frau Schlötzer noch: »Verstehen Sie denn nicht meine Lage? Gerade Sie, Frau Steiner, als Frau müssten dafür doch Verständnis haben. Dass sie mir Kurt ausgespannt hat und dabei taktisch sehr clever vorgegangen ist, kann man doch nicht einfach –«

»Zum Ausspannen gehören immer zwei: der Aktive und derjenige, der sich ausspannen lässt«, gab Paula etwas maliziös zurück.

***

Als sie wieder auf der Äußeren Sulzbacher Straße standen, vor diesem Eckhaus mit der einladenden Bäckereifiliale im Erdgeschoss, fragte Heinrich: »Paula, willst du gleich zu diesem Kanther, oder können wir hier noch schnell was essen und trinken?«

»Schnell schon überhaupt nicht. Wenn, dann lassen wir uns Zeit dafür. Und zwar richtig schön Zeit. Ich hab die Hetzerei jetzt nämlich satt.«

Auf dem Platz mit den drei kleinen Stehtischen, die in der direkten Sonne standen, herrschte eine Temperatur wie vor einem offenen, lodernden Kaminfeuer. Paula setzte die Sonnenbrille auf.

Kaum hatte sie ihren Cappuccino und ein großes Stück Donauwelle auf den Tisch gestellt, rief sie Klaus Dennerlein an. Sie sagte ihm, dass sie jetzt wüssten, wem die Kunststofftasche aus dem Keller der Ermordeten gehöre. Nämlich einem gewissen Kurt Kanther, Frührentner, wohnhaft in Altenfurt.

»Dann fahre ich jetzt los und hole mir seine DNA.«

»Das brauchst du eigentlich nicht. Die Aussage unserer Zeugin war eindeutig. Außerdem fahren wir, Heinrich und ich, sowieso zu ihm in einer halben Stunde. Und da kann ich dir doch die Probe mitbringen.«

»Nein, das mache ich selber. Dann kann ich sie gleich mit den Dingen vom Tatort abgleichen, zum Beispiel mit diesem Fitzelchen, dem schwarzen Baumwollstoff von der Lenkradstange, du erinnerst dich. Ich will das jetzt wissen, ob das von ihm stammt oder nicht.«

Bevor sie ihn noch warnen konnte, dass er das bitte bleiben lassen solle, weil er ihr damit den Überraschungseffekt der Erstbefragung zunichtemachen würde, hatte er schon aufgelegt.

»Klaus fährt jetzt zu Kanther und holt sich die DNA-Probe«, sagte sie zu Heinrich, der sein Stück Erdbeerkuchen skeptisch musterte.

»Ja, lass ihn doch. Kanther weiß mit Sicherheit über diesen Mord schon Bescheid. Der hat in der Zwischenzeit bestimmt schon versucht, die Glanz telefonisch zu erreichen. Und wenn er den Aufruf in den Medien gelesen oder gesehen hat, dann kann er ja eins und eins zusammenzählen. Er wird wissen, dass wir ihn über kurz oder lang aufsuchen werden.«

»Ja, stimmt eigentlich. Warum schaust denn du so kritisch, Heinrich?«

»Dein Stück Kuchen ist viel größer als meins. Und meins war teurer.«

»Wenn du willst, dann tauschen wir. Mir ist das egal.«

»Ja, wenn dir das wirklich egal ist, gerne.«

Nach dem flotten Wechsel der Kuchenteller herrschte genussvolles Schweigen, das Paula brach, als sie den letzten Schluck Kaffee getrunken hatte.

»Apropos Aufruf: Haben sich da viele gemeldet? Und ist etwas Brauchbares herausgekommen? Irgendetwas, was uns weiterhilft?«

»Angerufen haben gestern auf jeden Fall sehr, sehr viele. Aber du kennst das ja, die meisten Anrufe kannst du gleich in die Tonne treten. Die üblichen Spinner und Wichtigtuer halt. Ich müsste meine Aufzeichnungen vor mir liegen haben, um dir Genaueres sagen zu können. Hast du die denn noch nicht gelesen?«

»Gelesen ist jetzt zu viel gesagt, ich habe deine Notizen vorhin nur rasch überflogen.«

»Ach so.« Es folgte ein verständnisvolles Kopfnicken. »Aber an einen Anrufer zumindest kann ich mich erinnern«, fuhr Heinrich fort. »Der klang aus meiner Sicht glaubwürdig. Und wenn das stimmt, was der sagt, dann hätten wir auch eine plausible Erklärung für die Tatwaffe, für das weiß lackierte Rohr.«

»Und die plausible Erklärung lautet?«

»Also, der Anrufer hat ausgesagt, dass exakt eine Woche vor dem Mord ein Mann dort an der Russenwiese war, genau auf diesem Kiesweg. Und dieser Mann hatte ein Rohr in der Hand, ein weißes Rohr, mit dem er wütend und völlig sinnlos gegen die Bäume geschlagen hat. Da gibt es am Wegesrand wohl so eine Gruppe von Kirsch- und Holunderbäumen.«

Sie erinnerte sich. »Ja, stimmt. Und Schlehen sind auch dabei.«

»Na, auf jeden Fall muss dieser Mensch mit dem Rohr völlig

von der Rolle gewesen sein, meint der Zeuge. Er sei da rumgesprungen wie ein Irrer und habe auf diese Bäume eingedroschen. Immer wieder. Und zwar mit so einem Unterrohr, wie man es für Sonnenschirmständer benutzt. Farbe: weiß.«

»Jawohl, das könnte eine plausible Erklärung für die weißen Lackspuren sein, von denen Frieder gesprochen hat. Wahrscheinlich die einzig plausible Erklärung in diesem Fall. Aber war sich der Zeuge hundertprozentig sicher, dass es ein Schirmständerrohr gewesen ist, oder war das nur eine Vermutung von ihm?«

»Genau das hab ich ihn natürlich auch gefragt, Paula. Und da sei er sich absolut sicher, hat er ein paarmal betont. Er hätte nämlich auch einen Schirmständer auf seinem Balkon mit einem fast identischen weißen Rohr. Was dieser Irre in der Hand hatte, war der untere Teil von einem solchen Rohr. Das wisse der Zeuge deswegen so genau, weil an einem der beiden Enden die Halterung zu sehen war. Du weißt schon, diese Feststellmechanik, die man braucht, wenn man einen Sonnenschirm auf den Balkon stellen will.«

»Sehr gut. Wirklich. Darauf wäre ich nie gekommen. Und wie sieht es mit der Personenbeschreibung aus?«

»Schlecht, sehr schlecht. Auf das Gesicht habe er nicht geachtet, hat er gesagt. Ihm kam nur das Verhalten dieses Mannes ziemlich seltsam vor. Irgendwie nicht normal. Auf jeden Fall hat er dann zugesehen, dass er schnellstens von dort wegkam. Nicht dass der andere noch an ihm seine Wut auslassen würde. Der hat dem wohl alles Mögliche zugetraut. Der Zeuge, den Namen hab ich jetzt nicht mehr parat, ist immerhin schon über siebzig. Da wollte er dieser latenten Gefahr eben aus dem Weg gehen. Was ja auch verständlich ist.«

»Ähnliche Hinweise wie die von diesem Zeugen hat es nicht gegeben?«

»Nein«, antwortete Heinrich, »in dieser Richtung war das der Einzige.«

»Das ist auch egal. Ich nehme dem das ab. Ich glaube, das ist unser Täter. Nicht nur wegen des Rohres, sondern auch wegen der Uhrzeit. Schau, das war genau eine Woche vor der Tat. Der wusste, dass die Glanz immer am Samstag mit dem Fahrrad bei der Russenwiese ihre Runden dreht. Da wollte er sie abfangen, aber anscheinend kam sie an diesem Samstag nicht. Oder ist früher beziehungsweise später gefahren, sodass er sie verpasst hat. Einer von uns muss die Huttner dazu befragen. Vielleicht weiß die ja, ob ihre Schwester an diesem Samstag ihre Radtour hat ausfallen lassen. Aus welchen Gründen auch immer.«

»Das kann doch die Eva machen. Ich rufe sie gleich mal an. Ist das in Ordnung?«

Paula nickte.

Während Heinrich telefonierte, meldete sich das unbehagliche Gefühl wieder, das sie unlängst auf ihrem Sofa beschlichen hatte. Es hatte weniger mit der Sachlage, mit den bisherigen Erkenntnissen und Befragungen zu tun als mit ihr selbst. Aber was konnte das sein?

Hatte sie etwas Entscheidendes bei den Standardermittlungen vergessen? Vielleicht etwas bei der Umfeldbefragung? Nein. Oder hatte es mit dieser ominösen E-Mail zu tun, die Ida Glanz bekommen hatte, hätte sie der mehr Aufmerksamkeit widmen sollen? Wieder nein. Und die Gegenstände, die in direktem Zusammenhang mit der Tat standen? Ja. Das war es. Endlich hatte sich die unsichtbare fixe Idee aus ihrem Schatten gelöst und stand nun klar vor ihr: das Fahrrad. Der Unfall. Das hätte sie doch schon längst von der –

»Also, die Eva kümmert sich um die Huttner«, riss Heinrich sie aus ihren Gedanken. »Jetzt gleich. Sobald sie was weiß, ruft sie mich an.« Er sprang auf. »Dann können wir ja jetzt gehen. Oder?«

»Bitte setz dich noch mal kurz hin. Vorher muss ich die KT anrufen. Und das eilt. Das hätte ich schon längst machen sollen.«

Dennerlein meldete sich beim ersten Klingeln.

»Klaus, ihr habt doch sicher das Fahrrad von meiner Toten asserviert? … Nein, deswegen rufe ich nicht an. Jemand aus der Verwandtschaft von der Glanz hat mir erzählt, dass die vor ein paar Jahren einen Radunfall hatte. … Ja, aber wann genau das war, kann ich dir leider nicht sagen. Ich schätze, 2014 oder

2015. … Ja, ganz genau. Schau dir doch das Rad mal daraufhin an. Vielleicht findest du daran ja noch irgendwelche Unfallspuren. … Nein, ob da ein Personenschaden mit dranhängt, weiß ich auch nicht. Ich weiß nur, dass sie einen Unfall mit ihrem Fahrrad hatte. Und darüber will ich alles wissen.«

Sie wiederholte: »Alles, was du herausfinden kannst, bitte!« … »Ja, freilich, wenn du nichts findest, kann man es auch nicht ändern. Aber ich bin überzeugt, irgendetwas wird dir schon auffallen.«

Heinrich, der ihr Telefonat aufmerksam verfolgt hatte, fragte: »Was versprichst du dir von dieser Untersuchung, Paula? Konkret, meine ich.«

»Konkret? Keine Ahnung. Aber irgendwie kriege ich das Gefühl nicht los, dass wir auf einer ganz falschen Spur sind. Ich weiß nicht. Die Geliebten der Glanz und damit verbunden die Eifersucht beziehungsweise die Angst vor Entdeckung. Dann ihr Erbe, das jetzt den anderen Schwestern zufällt. Ja, das sind alles Eins-a-Motive. Und trotzdem …«

Kurze Gedankenpause.

»Ich glaube, unsere Ermittlungen gingen bisher von einem Vorurteil aus, über das noch ein zweites Vorurteil geschmiert ist. Und zwar Vorurteile, die wir, du, ich und Frau Brunner, haben, nicht die Verdächtigen. Wir haben den Fokus bislang einfach zu eng gesetzt, fürchte ich.«

»Aha, interessant. Und welche Vorurteile sind das deiner Meinung nach? Das möchte ich jetzt schon gerne wissen, welche Vorurteile speziell ich habe.«

»Schau, wir sehen die Glanz doch in erster Linie als erbarmungslos heiratswütige alleinstehende Frau, die bei ihrer Suche nach einem Ehemann keine Grenzen kennt. Weder der Verwandtschaft noch ihren Freundinnen gegenüber. Außerdem sehen wir in ihr die potenzielle Erbin von einem ziemlich großen Vermögen. Aber dann ist schon Schluss. Das kann doch nicht alles sein, was einen Menschen ausmacht!«

»Also, mir kannst du das nicht zum Vorwurf machen. Ich hab von Anfang an gesagt, dass –«

Paula fiel ihm ungehalten ins Wort. »Wir haben überhaupt

nicht nach rechts und links geschaut. Wir haben es uns zu einfach gemacht und sind allen Klischees, wie sie an jeder alleinstehenden und einigermaßen wohlhabenden Frau pappen, auf den Leim gegangen.«

Paula stand auf. »Vor allem ich, ich nehme mich davon gar nicht aus. Ich habe in ihr nur eine magersüchtige, perfektionistische und deswegen hochgradig unsympathische Reinlichkeitsfanatikerin mit einem krankhaften Waschzwang und einer quasi übermenschlichen Disziplin gesehen. Sowie mit einem Faible für schlechte Musik. Und das ist einfach zu wenig.«

»Heißt das, Paula, wir schenken uns das mit dem Kanther und der Befragung in Altenfurt?«, fragte Heinrich, der sie während ihrer selbstkritischen Rede erst zweifelnd, dann amüsiert angesehen hatte.

»Nein, das heißt es natürlich nicht. Wir bringen diese Überprüfung jetzt hinter uns, und wenn wir danach feststellen, dass wir auf dem falschen Weg sind, suchen wir eben nach einem anderen.«

★★★

Ute Schlötzer hatte recht: Schön war die Wohnung von Kurt Kanther nicht, dafür sehr laut. Unablässig rauschten die Autos durch die Löwenberger Straße und sorgten, gerade bei dieser Windstille, für einen hohen Lärmpegel.

Auf Paulas Läuten öffnete ihnen ein Mann Anfang sechzig, untersetzt, kleiner als sie selbst, kreisrundes Gesicht mit vergnügt blinzelnden blauen Augen und tiefen Lachfalten rund um die Mundpartie. Stirnglatze mit Leberflecken darauf. Von allen Geliebten der Ida Glanz war er der mit dem heitersten Gemüt, dem größten Sympathiewert und derjenige, den sie sich am wenigsten in trauter Zweisamkeit mit der Toten vorstellen konnte.

»Sie sind bestimmt die Frau Hauptkommissarin, Frau Steiner, gell?«

»Ja.« Sie zeigte ihm ihren Dienstausweis. »Und das ist mein Kollege Bartels. Dürfen wir reinkommen?«

»Ja, freilich.«

Wortlos ging er in dem schmalen Flur voran, dabei sah sie von hinten seine O-Beine und die schräg abgetretenen Absätze. Den Hals mit den weißen Speckfalten und die strähnigen grauen Haare, die im Nacken aufsprangen.

In dem glutheißen, stickigen Wohnzimmer saß auf einem kastigen, nagelneuen weißen Sofa mit grüner Schondecke eine kleine rundliche Frau mit einer Fernsehzeitschrift in den Händen und – strahlte über das ganze Gesicht. Ihre Füße berührten den Boden nicht. Sie schien genauso vergnügt zu sein wie ihr Mann. Auch sie besaß dieses wunderbare Talent zur grundlosen Fröhlichkeit.

»Sie sind sicher die Frau Hauptkommissarin? Ihr freundlicher Kollege, der Herr Dennerlein, hat Sie nämlich schon angekündigt. Bitte, Frau Kommissarin, nehmen Sie doch Platz. Hier.« Zeitgleich rutschte sie an den äußeren Rand des Sofas und klopfte zweimal leicht auf die Schondecke. Eine einladende Geste.

»Danke, aber ich muss mit Ihrem Mann allein reden. Leider.«

»Traudl, magst uns net derweil einen Kaffee machen? Sie trinken doch einen Kaffee mit uns, Frau Steiner?«

»Machen Sie sich bitte keine Mühe unseretwegen, Frau Kanther. Außerdem kommen wir gerade vom Kaffeetrinken. Und mein Kollege trinkt eh nur Tee.«

»Dann mach ich uns halt einen Tee. Einen guten Tee kann man immer trinken.«

Sprach's, schnellte wie ein Hüpfball vom Sofa hoch – übrigens erstaunlich beweglich für ihren »gesundheitlich stark angegriffenen Zustand« – und trippelte leichtfüßig aus dem Zimmer. Die Wohnzimmertür ließ sie offen. Aus Gedankenlosigkeit oder mit Absicht?

Kurt Kanther schloss die Tür und setzte sich auf das Sofa. Genau dahin, wo vorher seine Frau gesessen hatte.

»Herr Dennerlein hat mir schon alles Wichtige erzählt. Und er wollte von mir wissen, ob die Sporttasche in Idas Wohnung von mir ist. Ja, das ist sie. Das ist meine Tasche«, eröffnete er das Gespräch.

Bevor sie ihn korrigieren konnte, redete er weiter.

»Und das Zweite, was Sie von mir wissen wollen, ist doch bestimmt, ob ich ein Alibi habe. Ja, das habe ich. Am Samstag waren wir, also meine Frau und ich, nämlich erst zum Essen in Rückersdorf. Beim Weißen Schwan. Ich habe einen Schweinsbraten und Knödel gegessen. Wollen Sie auch wissen, was meine Frau gegessen hat?«

Als Heinrich stumm verneinte, fuhr er fort: »Und dann, das machen wir auch immer am Samstag, sind wir zum Kaffeetrinken noch zum Beck gefahren, hier bei uns in Altenfurt, direkt nebenan in der Löwenberger Straße. Ab fünf waren wir daheim. Bei der Hitze wollten wir nicht noch mal raus. Denn sonst gehen wir eigentlich am Samstagabend immer noch ins Wirtshaus.«

Mittags Schweinebraten und Knödel auf dem Land, am Nachmittag Kaffeetrinken bei einer regionalen Bäckereikette, abends noch ein Bier in einem Wirtshaus – es war ein sehr kleines Glück, das er da beschrieb. Und eines, das er wohl ausschließlich mit seiner Traudl teilen wollte.

»Das heißt«, fragte Heinrich, »außer Ihrer Frau kann niemand bezeugen, dass Sie am vergangenen Samstagabend in Ihrer Wohnung waren?«

»Nein, niemand sonst. Aber das muss doch reichen für ein Alibi. Oder reicht Ihnen das nicht?«

Heinrich ignorierte seine Frage. »Weiß Ihre Frau von Ihren Affären, also von Frau Glanz und Frau Schlötzer?«

»Nein, natürlich net.« Er sah voller Skepsis zur Tür. »Und das braucht sie doch auch net zu erfahren«, fuhr er mit gedämpfter Stimme fort. »Ich glaub nämlich, das wär jetzt net so gut.«

Während Heinrich noch an einer so nichtssagenden wie ausweichenden Erwiderung drechselte, fragte Paula: »Warum, was wäre denn dann?«

»Gscheit grantig wär sie halt. Das glaub ich schon. Obwohl, das eine, also meine Frau, hat mit dem anderen ja nix zu tun. Ich nehme ihr ja nix weg.«

»Na«, warf Paula mit einem kleinen Lächeln ein, »das kann man auch anders sehen. Aber das geht mich nichts an. Ihre

Frau erfreut sich, soweit ich das nach der kurzen Zeit beurteilen kann, bester Gesundheit?«

»Freilich«, kam es postwendend vom Sofa. »Die ist robust. In jeder Hinsicht. So wie ich auch.«

»Also haben Sie Frau Schlötzer etwas vorgeflunkert.« Sie erschrak über ihre Wortwahl, sie redete jetzt schon genauso euphemistisch daher wie Herr Kanther. »Beziehungsweise, um das Kind beim Namen zu nennen: Sie haben sie vorsätzlich angelogen.«

»Na, sonst wäre ja die Hölle los gewesen. Die wollte doch unbedingt einen Ehemann. Also mich.«

»Und Frau Glanz? Wollte die auch einen Ehemann?«

»Die hat das ja gewusst, dass ich in festen Händen bin, als wir uns zusammengetan haben. Davon war nie die Rede zwischen uns.«

»Aha.« Irgendwie passte das nicht in das Bild, das sie von der Ermordeten hatte. »Wirklich nicht?«

»Nein, wirklich nicht«, sagte er voller Überzeugung.

»Wann genau haben Sie und Frau Glanz«, Paula suchte nach einem harmlosen Begriff und landete schließlich wider Willen bei Kanthers Wortschatz, »sich denn zusammengetan?«

»Als Ute mit mir Schluss gemacht hat. Das war, jetzt muss ich mal überlegen, in diesem Frühjahr. Ah, jetzt weiß ich es wieder. Anfang Mai war das. Auf jeden Fall war es ein Dienstag.«

»Frau Schlötzer hat mit Ihnen Schluss gemacht? Nicht umgekehrt? Stimmt das?«

»Freilich stimmt das. Na, hören Sie einmal, Frau Steiner. Ich halte schon was aus, aber zwei Frauen nebenher … Das haut doch den stärksten Mann um.«

In diesem Moment betrat Frau Kanther das Zimmer, auf dem Arm jonglierte sie ein Tablett mit drei dampfenden Bechern. Nachdem sie diese verteilt hatte, nahm sie neben ihrem Mann Platz.

»Danke, Traudl. Aber ich glaube, du kannst nicht dableiben.« Dabei schickte Kanther Paula einen Blick, mit dem er um ihre Unterstützung bat.

Sie reagierte wie von ihm erwartet. »Ja, leider geht das im Moment noch nicht. Vielleicht später.«

»Aber darf ich wenigstens erfahren, um wen es geht? Ihr Herr Dennerlein war doch sicher wegen derselben Person da.« Frau Kanther machte keine Anstalten zu gehen. »Vielleicht kenne ich den oder die ja. Und kann auch etwas dazu beitragen.«

»Auch das geht leider nicht. Aus Gründen des Datenschutzes, Sie verstehen.«

Als die Tür wieder von außen geschlossen war, fragte Paula: »Was sagen Sie eigentlich Ihrer Frau über diese Angelegenheit, wenn wir wieder weg sind? Das wird sie doch bestimmt wissen wollen.«

»Ach«, meinte er leichthin, »da fällt mir schon was ein. Was Harmloses.«

»So. Ein paar Fragen hätte ich noch. Sie kannten Frau Glanz seit gut drei Monaten. Hat sie in dieser Zeit mal erwähnt, dass sie sich bedroht fühlt?«

Kanther schüttelte den Kopf. »Nein, nie. Warum, wer soll der Ida auch schon was gewollt haben? Das war eine ganz liebe Frau. Die hat niemandem geschadet.«

»Na ja«, sagte Heinrich, »ich weiß nicht, ob Frau Schlötzer das momentan genauso entspannt sieht.«

»Ach, wegen mir, meinen Sie? Das hat sich die Ute selbst zuzuschreiben. Wenn die mich nicht rausgeworfen hätte, wären wir heute noch zusammen. Nein, die hat wirklich keinen Grund zum Meckern. Aber wirklich nicht.«

»Hat Frau Glanz Ihnen mal von einem Fahrradunfall erzählt, den sie vor drei, vier Jahren hatte?«

Erneutes Kopfschütteln. »Die Ida hat einen Unfall gehabt, mit dem Rad? Nein, davon weiß ich nichts. Über solche Sachen haben wir nicht gesprochen. Wenn wir zusammen waren, dann haben wir es uns einfach nur gut gehen lassen. Weil – so oft kam das ja auch nicht vor. Und das bisschen Zeit, das wir hatten, das haben wir ausgenützt. Richtig schön ausgenützt.«

»Wir haben Ihre Tasche übrigens nicht, wie Sie vorhin sagten, in der Wohnung von Frau Glanz gefunden, sondern in ihrem Keller. Haben Sie dafür eine Erklärung?«

Kanther sah sie ungläubig an. »Im Keller? Hm. Eigentlich hat sie die immer in ihrem Schlafzimmer aufbewahrt. Das ist aber komisch.« Es war mit Händen greifbar, wie hinter der Stirnglatze mit den vielen Leberflecken darauf ein Gedanke nach dem anderen entstand und sofort wieder verworfen wurde. Schließlich hellte sich das kreisrunde, faltige Gesicht abrupt auf.

»Na ja, vielleicht als Vorsichtsmaßnahme. Aus Rücksicht gegenüber der Ute. Wenn die die Ida einmal besucht hätte, sollte sie eben nicht gleich meine Tasche, die bis dahin ja immer bei ihr gewesen war, vorfinden. Drum wahrscheinlich hat sie die in den Keller gestellt.«

»Ja, das ist denkbar. Noch eine Frage hätte ich. Frau Glanz hat am Samstag, also kurz vor ihrem Tod, eine Mail erhalten. Darin stand sinngemäß: ›Wir sollten reden. Selbe Stelle, selbe Welle?‹ Stammt die von Ihnen, Herr Kanther?«

Er überlegte lange – für sie zu lange –, bevor er antwortete. »Vielleicht.«

»Vielleicht? Das ist doch noch nicht so lange her, als dass Sie sich nicht mehr daran erinnern könnten. Denken Sie bitte noch mal genau nach«, sagte sie.

Und als er immer noch schwieg, legte sie nach. »Wir haben es bislang noch verabsäumt, das heißt: Wir sind einfach noch nicht dazu gekommen, diese Mail auf ihren Absender hin zu untersuchen. Was im Übrigen ganz, ganz rasch geht. Sie kennen ja sicher die nahezu unbegrenzten Möglichkeiten, die der Polizei speziell bei solcher Art Ermittlung zur Verfügung stehen«, sagte sie mit einem drohenden Unterton, der die kleine Flunkerei übertünchen sollte.

»Ja, jetzt erinnere ich mich. Die ist von mir. Ida wollte eine Auszeit von mir nehmen. Sie meinte, das sei besser für sie und auch für mich. Ich wollte das nicht. ›Warum eine Auszeit?‹, hab ich sie gefragt. ›Wir verstehen uns doch blendend.‹ Blendend!«, wiederholte er.

»Und weiter?« Paula blieb stur.

»Sie war wohl der Meinung, sie vergeude ihre Zeit mit mir. Sie habe sich was anderes vom Leben gewünscht. Und außerdem wolle sie endlich mal einen Mann, der nicht dauernd wieder verschwindet. Aber ich bin überzeugt, da hätte ich sie schon wieder rumgekriegt«, sagte er mit großem Selbstbewusstsein.

»Respekt, Herr Kanther, Respekt. Das kann nicht jeder, eine Mail mit einem Fake-Account und einer Fake-Mailadresse verschicken. Wo haben Sie denn das gelernt?«

»Das hat mir mein Sohn gezeigt. Und wenn man es einmal kapiert hat, wie das funktioniert, geht das kinderleicht.«

Paula packte ihren Notizblock wieder in die Tasche und erhob sich. »Sie machen Autoüberführungen, habe ich gehört. Jede Woche mindestens eine, wenn nicht mehr.«

»I wo«, winkte Kanther ab. »Doch nicht so oft. Da wäre ich ja schön blöd. Ich bin Frührentner, und manchmal helfe ich halt bei meiner alten Firma aus. Es gibt auch Monate, da hab ich überhaupt keinen Auftrag. Aber wenn, dann nur *unter*«, betonte er, »der Woche. Am Wochenende will ich schon mit meiner Traudl zusammen sein. Der Samstag und der Sonntag gehören meiner Frau, schon immer. Da beißt die Maus keinen Faden ab.«

Nach dieser Erklärung für seine flexible Freizeitgestaltung verabschiedeten sie sich. Und Paula wunderte sich noch, dass sie diesem Hallodri seine Lügen und Betrügereien nicht übel nehmen konnte. Wahrscheinlich, weil er der Einzige von ihren bisherigen männlichen Befragungskandidaten war, der auf seine Art und Weise ein Quäntchen Charme besaß. Und eine große Portion Offenheit und Entgegenkommen.

Sie stand bereits an der Wohnungstür, als sie hörte, wie Heinrich Frau Kanther fragte: »Haben Sie eigentlich einen Balkon? Vielleicht mit einem Sonnenschirm? Den könnte man ja bei der Hitze derzeit gut gebrauchen.«

Nein, sagte das Ehepaar Kanther unisono, einen Balkon hätten sie nicht, leider. Darum auch würden sie ja am Wochenende immer raus aufs Land, ins Grüne fahren.

Als Paula und Heinrich zu ihrem Wagen gingen, klingelte Heinrichs Handy. Anscheinend war es Eva Brunner.

Nachdem er telefoniert hatte, sagte er: »Laut Frau Huttner war ihre Schwester am Samstag vor dem Mord ausnahmsweise mal nicht auf der Russenwiese unterwegs. An dem Tag wollte sich die Glanz nämlich die Sonderausstellung zu Luther im Germanischen Nationalmuseum anschauen und anschließend an der Pegnitz entlang Richtung Fürth und retour radeln.«

»Also ist das auch geklärt. Gut. Aber jetzt was anderes. Wegen deiner Frage vorhin mit dem Balkon: Du glaubst doch nicht etwa, dass einer von den beiden Eheleuten mit dem Mord irgendetwas zu tun hat?«

»Ich wollte es nur ausschließen. Möglich ist alles.«

»Nein, das ist nicht möglich. Da muss ich dir widersprechen, Heinrich. Erstens weiß Frau Kanther respektive ahnt sie nichts von der Affäre beziehungsweise von *den Affären*«, betonte Paula den Plural, »ihres Mannes, und zweitens hat er kein Motiv. Dafür aber ein hervorragendes Alibi.«

Kurz nachdem sie von der Oelser Straße abgebogen waren, ergänzte sie: »Gehen wir mal davon aus, dass so ein Unterrohr für einen Sonnenschirmständer die Tatwaffe war. Dann hilft dir eine personenbezogene Suche auch nicht weiter. Denn so etwas kriegt man zum Beispiel bei Haushaltsauflösungen. Oder auf dem Wertstoffhof. Da liegt solches Zeug massenweise herum. Das kann sich jeder schnappen und damit losziehen, ohne dass es jemand registriert. Diese Spur ist in keinster Weise verfolgbar. Und das ist in diesem Fall sehr schade. Weil ich nämlich fürchte, dass das unsere einzig verbliebene faktische Spur ist.«

»Und was ist mit den Geliebten der Glanz plus ihren Ehefrauen sowie ihrer Verwandtschaft? Sind die für dich wohl jetzt samt und sonders aus dem Spiel?«

Sie dachte lange nach, bevor sie ihm antwortete.

»Ja. Schon. Nenn mir ein brauchbares handfestes Motiv, das Kanther, Feulner und auch Michael Eichinger, diesen zahmen Schwaben, zu dem Mord veranlasst haben könnte. Ich wüsste keines.«

»Die Angst vor Entdeckung«, kam es postwendend von der Fahrerseite. »Die Sorge, ihre Ehe damit zu gefährden. Das ist ein handfestes Motiv. Eines der besten überhaupt.«

»Ach, doch nicht in diesem Fall«, sagte Paula voller Überzeugung. »Feulner hat seiner Frau gegenüber sowieso die Karten offengelegt. Die weiß Bescheid über die Affäre ihres Mannes. Lieberth, der Kanarienvogel vom Einwohnermeldeamt, hat keine Frau an seiner Seite, weder eine Ehefrau noch eine feste Freundin, und damit auch keine Angst vor Entdeckung. Der ist von solcher Sorge meilenweit entfernt.«

Sie standen jetzt eine Ampellänge vor der Kreuzung der Regensburger Straße mit der Valznerweiherstraße und wurden von links und rechts argwöhnisch beäugt. Die Kommissarin tat das, was sie in solchen Fällen immer tat – sie gab den Gaffern durch ein Handzeichen zu verstehen, sie sollten sich besser auf die Ampel vor ihnen konzentrieren als auf die Insassen dieses Polizeiautos.

»Und Eichinger, dein zahmer Schwabe?«, fragte Heinrich.

»Der? Der hat auch keine Angst. Der meint doch, er habe alles im Griff. Der hat uns seine Frau, ohne zu zögern, und freiwillig, freiwillig!«, wiederholte sie, »als sein Alibi offeriert. Außerdem hat er mit der Glanz Schluss gemacht. Bleibt bloß noch Kanther. Aber den hast du selbst erlebt. Und seine Frau auch. Die ist ja nett, aber so was von naiv. Die kommt da nie drauf, dass ihr Mann nebenhinaus geht. Aber vielleicht würde das bei diesem großväterlichen, etwas verschlampten Typen mit seiner Stirnglatze und dem Bierbauch auch niemand sonst vermuten.«

»Bleibt nur noch das Geld. Beziehungsweise das Erbe. Und da habe ich von Anfang an und im Gegensatz zu dir, Paula, nie daran geglaubt, dass das tatentscheidend ist. Die ganze Sippschaft ist doch samt ihren Kindern finanziell so abgesichert, dass sie des Geldes wegen kein so großes Risiko eingeht.«

»Ja, das glaube ich mittlerweile auch. Apropos Finanzen: Hast du dir gestern die Kontoauszüge angesehen?«

»Ja, freilich. Soweit mir das bei dem ganzen Trubel mit all den Anrufern eben möglich war.«

»Und?«

»Nichts Auffälliges. Alles im grünen Bereich. Ich muss noch mal genau schauen, aber ich denke nicht, dass wir da fündig werden.«

»Und die Alibis?«

»Habe ich alle überprüft. Sind alle hieb- und stichfest. Die meisten sind zwar Familienalibis, bis auf die Huttner und Lieberth, klangen aber glaubhaft. Eine Nachprüfung macht da, zumindest von meiner Seite aus, keinen Sinn.«

»Da warst du ja gestern richtig im Stress«, sagte Paula durchaus anerkennend und ohne jeden ironischen Beiklang.

»Ja, ich habe mir Mühe gegeben, das stimmt schon, damit ich alles erledige, was du mir aufgetragen hattest.«

Nach einer längeren Pause, die sich immerhin von der Einmündung zur Scharrerstraße bis zur Allersberger Straße erstreckte, fügte er noch mit einem klitzekleinen Lächeln hinzu: »Fleischmann hat mir nämlich gestern ein paar Alternativen aufgezeigt, wohin er mich versetzen könnte, wenn ich mich nicht ab sofort entsprechend kooperativ verhalten würde. Diese Alternativen waren allesamt sehr unschön. Und das ist noch charmant ausgedrückt.«

NEUN

Vom Parkplatz des Präsidiums lief Paula direkt zu Dennerleins Büro. Das aber war verschlossen. An der Tür hing ein Zettel: »Bin in der Asservatenkammer. KD«.

Also wieder zurück über den Parkplatz zum Behaim-Bau, der an der Nordseite des Präsidiums lag, direkt an der Schlotfegergasse. Hier, im zweiten Stock des alten Sandsteingebäudes, waren sämtliche Asservaten des Präsidiums eingelagert.

»Ah, das trifft sich gut, dass du kommst«, wurde sie von dem Kriminaltechniker außergewöhnlich herzlich begrüßt. »Dann kann ich dir ja gleich hier an Ort und Stelle alles erklären.«

Dennerlein deutete auf ein robustes dunkelgrünes Hollandrad der Marke Raleigh, das neben ihm an einem Regal lehnte. Sie konnte keine Spuren eines Radunfalls daran entdecken. Nur leichte Gebrauchsspuren, ansonsten schien es sehr gepflegt zu sein. Und mit seinem grün lackierten Kettenkasten und dem passenden Mantelschoner anscheinend noch im Originalzustand.

»Also, mit diesem Fahrrad hat die Glanz keinen schweren Unfall gehabt«, sagte sie.

»Tja, auf den ersten Blick hast du recht, Paula. Da sieht man nichts, vor allem, wenn man so wie du jetzt direkt davorsteht. Komm mal her«, er winkte sie zu sich, »ich zeige dir etwas.«

Als sie neben ihm stand, deutete er auf die Gabel. »Aber jetzt, siehst du es?«

»Ehrlich gesagt, nein.«

»Weil du nicht richtig schaust. Solche Fahrradgabeln bilden bei Hollandrädern meist eine gerade Linie, eine ganz gerade Linie. Aber diese Gabel nicht, das siehst du schon?«

Sie nickte. »Ja, aber das ist doch minimal. Die ist halt ein wenig nach hinten eingedrückt. Das Vorderrad selbst ist ja noch vollständig intakt.«

»Paula, bei einem so massiven und stabilen Rad wie diesem musst du schon ziemlich schwere Geschütze auffahren, damit sich auch das Vorderrad verbiegt. Das heißt: Die Glanz hatte tatsächlich einen Radunfall. Keinen schweren, da hast du schon recht, aber einmal ist sie irgendwo draufgefahren. Oder umgekehrt, das kann nämlich genauso gut sein, dass ein anderer Verkehrsteilnehmer sie von vorn erwischt hat. Und dabei hat sich die Gabel nach hinten verbogen.«

»Und wo könnte die deiner Meinung nach draufgefahren sein?«

»Das kann ich dir nicht sagen. Hellseher bin ich keiner. Vielleicht auf eine Mauer. Oder auf ein parkendes Auto. Das muss dann aber mit einer ziemlich moderaten Geschwindigkeit passiert sein. Nicht mit einer hohen, dann wäre auch der Rahmen mehr in Mitleidenschaft gezogen worden.«

»Das glaub ich nicht. Also ich glaube nicht, dass die irgendwo dagegengebrettert ist. Das war eine erfahrene Radfahrerin. Und extrem vorsichtig war sie außerdem. Das haben mir alle aus ihrem Umfeld erzählt. Somit bleibt eigentlich bloß die Möglichkeit, dass sie von jemandem angefahren wurde, und zwar frontal. Eine Kollision mit einem Auto? Glaub ich nicht. Dann sähe das Rad derangierter aus. Vielleicht ein Zusammenprall mit einem anderen Radfahrer? Wer könnte diesen Unfall verursacht haben?«

Fragen, die sie sich selbst stellte, die aber von Dennerlein augenblicklich mit einer aufbrausenden Gegenfrage beantwortet wurden.

»Und woher soll ich das wissen? Ich habe vielleicht auch noch etwas anderes zu tun, als dauernd für die Madame hier den Adjutanten zu spielen. Ich bin ja bloß noch für dich unterwegs. Merkst du das überhaupt? Lass dir doch zur Abwechslung mal selber etwas einfallen. Du bist doch sonst auch so schlau und hältst dich für …«

Paula registrierte nicht einmal im Ansatz, wie er von Satz zu Satz ausfallender wurde. Zu sehr war sie mit den Bildern dieses Unfalls beschäftigt, die in zu schneller Abfolge wechselten, als dass sie seine Anwürfe und Beleidigungen zur Kenntnis nehmen konnte.

Plötzlich ließ ein Gedanke sie ausrufen: »Ha, ich hab es,

Klaus. Es gibt doch auch Geisterfahrer auf dem Fahrrad. Die sind in der falschen Richtung unterwegs, weil sie den Weg abkürzen wollen. Vielleicht war die Glanz ja als Geisterfahrerin unterwegs, musste jemandem, einem anderen Radfahrer oder einem Fußgänger, ausweichen und ist dabei auf eine Befestigung gestürzt. Auf ein Geländer zum Beispiel. Oder gegen einen Betonpfeiler. Was hältst du davon?«

»Nichts«, sagte Dennerlein. Er packte das Rad und trug es nach hinten. Paula folgte ihm auf dem Fuß.

»Und warum nicht?«

Während er das Fahrrad an der rückwärtigen Mauer deponierte, hob er kurz den Blick und sah ihr genau in die Augen. Es war eine Spur Hohn darin.

»Dagegen spricht deine eigene Einschätzung. Wenn es stimmt, was du vorhin gesagt hast, dass die Glanz sehr vorsichtig und eine erfahrene Radfahrerin war, dann ist die ein solches Risiko nicht eingegangen.«

»Auch wieder wahr.«

»So, hast du alles, was du brauchst? Wenn ja, dann würde ich jetzt gerne gehen.«

Als sie über den Hof liefen, fragte Paula: »Hast du Kanthers DNA schon mit dem schwarzen Baumwollstoff von der Lenkradstange abgeglichen?«

Er blieb stehen. »Du spinnst doch komplett, Paula. Ich bin«, er sah auf seine Armbanduhr, »vor gerade mal zwanzig Minuten ins Präsidium zurückgekehrt. Und seitdem hab ich mich nur mit deinem Fahrrad beschäftigt. Ich hab eigentlich den ganzen Vormittag nichts anderes gemacht, als deine diversen Aufträge abzuarbeiten. Es gibt vielleicht auch noch andere Kommissare in diesem Haus, die etwas von mir wollen. Und die es alle auch ganz, ganz pressant haben. Manchmal bist du schon sehr fordernd.«

Dann ließ er sie stehen und eilte ohne ein weiteres Wort auf das Hauptgebäude zu.

»Warum bist du denn so giftig heute? Das ist man von dir ja gar nicht gewohnt«, rief sie ihm hinterher.

Als er nicht reagierte, versuchte sie es mit einem Scherz. »Ich war wohl schon wieder zickig, dass du gar so grantig …?« Doch da hatte sich bereits die schwere Glastür hinter ihm geschlossen.

★★★

In ihrem Büro wartete eine unliebsame Überraschung auf Paula. Heinrich hielt ihr den Telefonhörer hin und sagte: »Der Chef will dich sprechen.« Dabei rollte er überdeutlich mit den Augen.
»Ja bitte, Herr Fleischmann.«
»Ich warte jetzt schon mehr als drei Tage auf Ihren Bericht. Gibt es dafür einen Grund? Sie haben doch seit gestern keinen Personalausfall mehr.«
Jetzt war es Paula, die die Augen verdrehte.
»Das nicht, aber die speziellen Umstände in diesem Fall erforderten bis jetzt unseren ganzen Einsatz. Heute Vormittag waren Herr Bartels und ich zum Beispiel zunächst bei einer Zeugenvernehmung in Jobst, die sich länger hinzog als geplant, anschließend sind wir nach Altenfurt gefahren, wieder zu einer Befragung, die sich ad hoc ergeben hat. Eben aus der vorausgegangenen Zeugenvernehmung in Jobst. Und jetzt komme ich gerade aus der Asservatenkammer, wo ich mit dem Kollegen Dennerlein —«
»Meinen Sie, Frau Steiner, mich interessiert, wie Sie Ihre Arbeit organisieren?«, wurde sie von Kriminaloberrat Fleischmann unwirsch unterbrochen. »Ich möchte keine mündliche Aufzählung am Telefon, sondern einen schriftlichen Bericht, und zwar heute noch!« Dann legte er auf. Ohne jede verbindliche Abschiedsformel.
»Scheißbericht! Wenn man mal zusammenrechnet, was ich in meinem Leben schon Zeit vertrödelt habe nur mit Berichteschreiben, kommen Jahre dabei heraus. Jahre!«
»Wenn du willst, Paula, schreibe ich dir halt diesen Bericht. Du müsstest ihn dann nur noch gegenlesen. Aber erst, wenn ich was gegessen habe. Falls dir das recht ist, wenn ich vorher in die Kantine gehe.«
Da flogen zwei Köpfe, ein rotblonder und ein brünetter mit ein paar Silberstreifen, in Richtung Heinrichs Schreibtisch. Eine

Sensation von überragendem Ausmaß! Etwas, das so in dieser Kommission noch nie da gewesen war. Heinrich hatte sich anbötig gemacht, ihr diese von allen so verhasste Schreibarbeit abzunehmen. Ohne Druck, ohne Order, ganz und gar freiwillig!

Als sie sich nach diesem Knaller wieder gefangen hatte, sagte Paula: »Gern. Ich nehm dein Angebot gern an. Dann kann ich in Sachen Fahrradunfall weiterrecherchieren. Ich glaube nämlich, darin steckt ein großes Potenzial, was unsere Ermittlungen anbelangt.«

Nachdem sich Heinrich in Begleitung von Eva Brunner auf den Weg in den vierten Stock gemacht hatte, wählte Paula die Telefonnummer aus der Wackenroderstraße. Sie hatte Glück, Julia Feulner meldete sich nach dem zweiten Klingeln.

»Paula Steiner hier, von der Kripo Nürnberg. Frau Feulner, ich melde mich noch einmal wegen des Mordes an der Tante Ihres Mannes. Sie sagten bei unserem Gespräch, Frau Glanz hätte einmal einen Unfall mit dem Fahrrad gehabt. Sie können sich gewiss erinnern, wann genau dieser Unfall gewesen ist?«

Doch Frau Feulner sagte, sie könne sich daran nicht mehr erinnern, leider, wie sie hinzufügte.

»Vielleicht nicht an das genaue Datum, aber das Jahr und die Jahreszeit wissen Sie sicher noch? Und den Unfallort brauche ich auch. Dieser Unfall hat sich sicher auf der Russenwiese ereignet, oder?«

Paula hörte eine Zeit lang nichts vom anderen Ende der Leitung. Was sie nicht weiter wunderte, im umgekehrten Fall hätte sie auch nachdenken müssen, bevor sie ein solches Vorkommnis, das Jahre zurücklag, parat gehabt hätte.

Schließlich folgte die ziemlich unwillige Aussage: »Nein, daran kann ich mich nicht mehr erinnern.« Diesmal blieb ihr die junge Frau das »leider« schuldig.

»Wenn Sie mich jetzt bitte entschuldigen wollen? Ich muss mich nämlich um meinen Sohn kümmern.« Julia Feulner wartete Paulas Einverständnis zu dieser Frage nicht ab, sondern legte – wie wenige Minuten zuvor Kriminaloberrat Fleischmann – grußlos auf. Das schien jetzt Mode zu werden.

Eine Weile starrte die Hauptkommissarin auf den Hörer. Was war das? Noch vor zwei Tagen hatte die junge Frau sich ihr gegenüber so entgegenkommend und offen gezeigt, hatte Familieninterna preisgegeben, die Paula von niemandem sonst aus dieser auskunftssperrigen Sippschaft erfahren hätte. Und jetzt? War da eine Mauer. Aber warum? Hatte Irene Feulners Schwiegertochter in der Zwischenzeit die Weisung erhalten, nicht mehr mit ihr zu reden? Hatte man sie umgepolt? Was war da passiert?

Aber Julia Feulner ist keine Frau, dachte Paula, die sich so leicht umpolen lässt. Und auch keine, die sich schnell fügt, die solche Weisungen, die ihrem Naturell nicht entsprechen, widerspruchslos befolgt. Also hatte ihre Weigerung, Zeit und Ort dieses Unfalls zu nennen, mit ihr selbst zu tun. Oder? Ja, mit ihr, aber auch mit jemand anderem. Mit der Ermordeten, mit Ida Glanz.

Julia Feulner verwehrte ihr, kam Paula zu dem Schluss, diese Informationen aus Taktgefühl, aus einer – wie der Kommissarin schien – überkandidelten und damit falschen Rücksichtnahme heraus. Einfach weil sie glaubte, der Tante ihres Mannes sonst post mortem zu schaden. Weil Ida Glanz eben nicht, wovon sie, Paula, die ganze Zeit ausgegangen war, die Geschädigte dieses Unfalls war, sondern die Verursacherin.

Wenn es wahr war, was ihr da durch den Kopf ging … ja, dann hatte sie soeben ein einwandfreies Motiv aus einer verborgenen Vergangenheit freigeschaufelt. Jetzt brauchte sie nur noch den Namen des Unfallgegners. Und das, war Paula überzeugt, war jetzt nur noch eine Lappalie.

Sie griff zum Telefonhörer und drückte die Wiederholungstaste. Doch ihre Verbindungsfrau aus der Feulner'schen Familie war nicht mehr daheim. Oder ging nicht ran. Mit Absicht. Weil sie die Fragen einer fordernden Kommissarin fürchtete.

Dieser aber war das im Moment egal. Wozu gab es schließlich den internen Polizeicomputer, wenn nicht, um solche Antworten, die ihr von anderer Seite aus arglistig verweigert wurden, ratzfatz zu finden?

Sie begab sich auf die Suche. Fahrrad – schwerer Unfall –

Russenwiese – 2014, das waren ihre Stichwörter. Kein Treffer. Sie änderte das Jahr in »2013«, strich das Adjektiv »schwer« und sah hoffnungsfroh auf den Bildschirm. Kein Treffer. Sie vergrößerte den Zeitrahmen von 2013 auf »2007–2015« und wartete. Kein Treffer.

Das durfte doch nicht wahr sein! Nur weil Frau Feulner meinte, ihr gegenüber einen völlig unangebrachten Anstandskodex praktizieren zu müssen, durfte sie, ein hochgradig ausgelasteter Profi, der zudem heute noch kein Mittagessen gehabt hatte, sich auf diese alberne und im Prinzip überflüssige Suche begeben!

Sie wählte die Nummer der Verkehrspolizeiinspektion in der Wallensteinstraße. Der Kollege mit der sehr jugendlichen Stimme hörte sich ihr Anliegen geduldig an, notierte die Suchparameter und sagte: »Dann wollen wir mal schauen, ob wir Ihren Unfall finden. Das wird ja nicht so schwer sein.«

Wenige Sekunden später folgte die Berichtigung: »Nein, ich muss Sie enttäuschen. Bei uns liegt in dieser Sache nichts vor.«

Paula bat ihn, nochmals zu suchen, mit veränderter Jahreszahl und einem weiträumigeren Unfallort – im Lorenzer Reichswald.

»Nein, auch da haben wir nix vorliegen. Sie wissen schon, Frau Kollegin, dass wir von der Verkehrspolizeiinspektion solche Unfälle nur dann registrieren, wenn sie von uns nacherfasst werden.«

»Freilich weiß ich das. Ich denke, ich bin schon wesentlich länger bei der Polizei als Sie«, sagte sie mit einem Anflug von Gereiztheit. Trotzdem brachte sie es fertig, sich bei ihm für »die schnelle Hilfe und auch für Ihre Geduld« zu bedanken.

Paula überlegte. Jetzt blieb ihr nur mehr die Ochsentour durch die einzelnen Polizeiinspektionen. Was aber, wenn dieser Unfall weder von der Verursacherin noch von dem oder der Geschädigten, nicht einmal das wusste sie – was sie der jungen Frau Feulner in dem Augenblick sehr übel nahm –, gemeldet worden war? Dann würde auch dieser Versuch ergebnislos bleiben. Vergebliche Mühe, vertane Zeit. Und das alles, obwohl die wenigen Informationen, die sie brauchte, mit Händen greifbar waren, direkt vor ihr lagen, in diesem Stadtteil mit seinen hochherrschaftlichen Villen, den fehlenden Klingelschildern und der verstockten Bevölkerung.

Sie sprang auf, packte ihre Handtasche und wollte soeben eine Kurznotiz für die Kollegen Bartels und Brunner schreiben, als diese das Zimmer betraten.

»Wo willst denn du schon wieder hin, Paula?«, fragte Heinrich.

»Nach Erlenstegen. Zur Nachvernehmung der Julia Feulner.«

»Soll einer von uns mitfahren?«

»Nein. Das mache ich allein.«

»Und wir?«

»Du schreibst den Bericht und schickst ihn gleich an Fleischmann. Ich brauch den nicht gegenzulesen. Sonst liegt im Moment nichts an.«

Eine gute halbe Stunde später stand Paula vor der Villa. In Erlenstegen war es kühl und ruhig. Für ihre Begriffe etwas zu ruhig. Kein heller Sirenenklang erschütterte das Haus; nicht einmal ein leises Gebrabbel oder Juchzen war zu hören. Was, wenn Frau Feulner doch nicht daheim war? Dann wäre ihre überstürzte Fahrt in das Nobelviertel völlig sinnlos gewesen. Sinnlos und unprofessionell. In banger Vorahnung drückte sie auf den Klingelknopf.

Es öffnete ihr eine alte Bekannte – die charmefreie, zänkische Vorstadtschnepfe aus dem Rainwiesenweg, diesmal mit einem mucksmäuschenstillen Enkel auf dem linken Arm. Ein für beide Seiten so überraschendes wie unangenehmes Wiedersehen.

»Was wollen Sie denn schon wieder? Hat Ihnen die Blamage mit dem Verhör bei uns in der Versicherung wohl noch nicht gereicht?«

»Verhöre gibt's keine mehr«, antwortete Paula automatisch. »Der Begriff ist seit der Nazi-Zeit vollkommen obsolet. Obsolet im Sinne von veraltet, nicht mehr gebräuchlich«, setzte sie etwas oberlehrerhaft hinzu. »Außerdem will ich nicht zu Ihnen, sondern zu Ihrer Schwiegertochter.«

»Die ist nicht da«, sagte Irene Feulner mit großer Befriedigung in der Stimme.

»Und Ihr Sohn?«

Frau Feulner zögerte zu lange mit der Antwort, als dass Paula ihr einen negativen Bescheid auch in diesem Punkt noch abgenommen hätte. »Ich muss ihn sprechen. Augenblicklich.«

Eine Zeit lang standen sich die beiden Frauen stumm gegenüber – unversöhnlich, in höchster Alarmbereitschaft.

Schließlich sagte Irene Feulner, und sie gab sich Mühe, es von oben herab klingen zu lassen: »Ich frage ihn mal. Und Sie warten derweil vor dem Gartentor.«

Paula musste nicht lange warten. Keine Minute später erschien Christian Feulner im Türrahmen. Er war barfuß, trug blaue Shorts und ein labbriges T-Shirt. Und ein verschmitztes Lächeln, als er die Haustür hinter sich zuzog. Die Ähnlichkeit mit seiner Mutter war unverkennbar.

»Wenn Sie möchten, Frau Steiner, können wir gerne auch ins Haus gehen. Ich fürchte aber, dann würde meine Mutter bei dem Gespräch dabei sein wollen.«

»Nein, nein«, winkte sie rasch ab, »das ist nicht nötig. Wir können uns doch genauso gut in Ihrem Garten unterhalten. Da wird es ja irgendwo einen Platz geben, wo man sich hinsetzen kann, oder?«

»Ja, natürlich, wenn Ihnen das so recht ist.«

Sie gingen um das Haus, dahin, wo man von der Straßenseite keinen Einblick hatte. Feulner setzte sich in eine Hollywoodschaukel und überließ ihr den weiß lackierten Gartenstuhl in antikem Design. Neugierig sah er sie an.

»Ihre Frau hat mir gesagt, Ihre Tante hatte vor ein paar Jahren einen Unfall mit dem Fahrrad. Dazu brauche ich von Ihnen lediglich das genaue Unfalldatum sowie den Unfallort. Dann sind Sie mich auch schon wieder los.«

Sie zog Stift und Block aus ihrer Tasche und legte beides vor sich auf den kleinen runden Gartentisch, der mit seiner weißen Lackierung und den stilisierten Blütenblättern das Pendant zu dem Stuhl abgab.

An das genaue Datum könne er sich leider nicht erinnern.

Ob dieser Unfall denn für ihre Ermittlungen so, dabei machte er eine kleine Kunstpause, wichtig sei?

»Ja, natürlich«, entgegnete sie. »Sonst würde ich Sie das mit Sicherheit nicht fragen.«

»Schade«, sagte Feulner, »in dem Punkt kann ich Ihnen, wie es aussieht, leider nicht weiterhelfen.«

Seine Erinnerungslücken samt den Antworten kamen ihr vertraut vor. Es waren im Prinzip exakt die gleichen Antworten, die seine Frau ihr gegeben hatte. Auch bei ihm vermutete sie hinter seiner Informationssperre diese falsche Rücksichtnahme post mortem.

Sie sagte, was sie seiner Frau hatte sagen wollen, bevor diese das Telefonat so abrupt beendet hatte: dass sie ihm das nicht abnehme. Dass dieses Ereignis ja auch noch nicht so lange her sei, um sich daran nicht mehr erinnern zu können, allzumal es sich ja möglicherweise um ein Vorkommnis von einem weitreichenden Ausmaß handele.

Nachdem er beharrlich schwieg und ihrem Blick dabei nicht einmal auswich, sah sie sich genötigt, schwerere Geschütze aufzufahren.

»Wissen Sie übrigens, Herr Feulner, dass das Zurückhalten von Beweismitteln strafbar ist? Ebenso strafbar, wie das vorsätzliche Zurückhalten von ermittlungsentscheidenden Informationen den Straftatbestand der versuchten Strafvereitelung erfüllt?«

Jetzt war es an ihr, eine kleine Kunstpause zu machen. Der Impuls, den sie damit hoffentlich gegeben hatte – die Verunsicherung ihres Gegenübers –, sollte auch Zeit haben, sich auszubreiten.

Doch Christian Feulner blieb nach dieser versteckten Drohung, die teils korrekte, teils nicht ganz so zutreffende Zitate aus dem Zivilprozessrecht enthielt, weiter stumm. Und dabei sah er seiner sturen, unzugänglichen Mutter noch ähnlicher als vorher. Auf eine abstoßende Weise ähnlich.

Für den Bruchteil einer Sekunde streifte das erlösende Wort »Beugehaft« ihre Synapsen, dann palaverte sie drauflos.

»Sie wollen Ihrer Tante nichts Schlechtes nachsagen, jetzt, wo sie tot ist und sich nicht mehr wehren kann. Sie soll nicht mit Dreck beworfen werden, und das würde sie, wenn Sie mir Ort und Datum dieses Unfalls nennen würden. Weil wir dann alles dazu herausfinden könnten. So ist es doch?«

Er hatte den Mund schon zur Gegenrede geöffnet, da gab sie ihm durch ein Handzeichen zu verstehen, dass sie mit ihrer Rede noch längst nicht fertig sei.

»Zum Teil kann ich Sie da auch verstehen. Zu einem ganz kleinen Teil. Aber zu dem wesentlich größeren eben nicht. Weil Sie es mit Ihrem Wissen nämlich in der Hand haben, ob der- oder diejenige, der oder die Ihre Tante auf dem Gewissen hat, gefasst wird oder nicht. Aber so wie es ausschaut, ist Ihnen das ja vollkommen egal. Was mich, ehrlich gesagt, wundert. Ich hatte bisher schon den Eindruck, dass das nicht so ist. Dass Sie und Ihre Frau die Einzigen aus Ihrer Familie sind beziehungsweise waren, die Frau Glanz gern gemocht haben. Aber wie es scheint, habe ich mich da gründlich geirrt.«

»Doch, doch, natürlich«, protestierte Feulner, ohne zu zögern, »habe ich Ida, meine Tante, gerngehabt. Sehr gern sogar. Sie war ein wirklich liebenswerter, durchwegs anständiger Mensch. Und dass sie und mein Vater … dass sich also diese unselige Geschichte vor vier Jahren ereignet hat und damit alle Bindungen in der Familie verloren gegangen sind, habe ich am meisten bedauert. Das war im wahrsten Sinn des Wortes ein tragischer Konflikt. Nicht mehr zu reparieren. Und auch wenn man ihr das nicht glaubt – meine Mutter hat darunter gelitten, dass sie und ihre Schwester …«

Er brach mitten im Satz ab, dann wurde es kurz still. Paula hatte den Eindruck, er prüfe, ob das, was er gesagt hatte, auch wirklich stimmte. Aber er nahm nur einen neuen Anlauf, um das Unvermeidliche zu tun.

»Tante Ida hatte den Unfall mit dem Fahrrad am zwanzigsten September 2014. Das war ein Samstag.«

»Und wo?«

»Auf dem Sandweg. Direkt hinter dem Schmausenbuck.«

»Ach, nicht auf der Russenwiese. Darum …«

Christian Feulner stand auf. »Und jetzt gehen Sie bitte. Mehr werden Sie von mir dazu nicht erfahren. Und auch von sonst keinem aus der Familie. Denn außer meiner Frau und mir weiß sowieso niemand von dem Unfall.«

Paula gehorchte. Sie packte Stift und Block in ihre Tasche, erhob sich und wollte sich noch bei Christian Feulner bedanken. Doch der war schon über die rückwärtige Terrasse im Haus verschwunden.

Ein letzter langer Blick auf die Villa. Die Haustür stand jetzt offen. Dann drehte sie sich um, ging zum Dienstwagen und fuhr los.

Zwei Minuten später stellte sie den BMW in der Mozartstraße ab und schlenderte zum Steakhaus »Steinplattenhöhe«. Sie setzte sich in den kleinen Garten mit seinen ausladenden weißen Sonnenschirmen, winkte die Bedienung zu sich und bestellte ein Zanderfilet mit einem großen Salat und eine Apfelsaftschorle.

Während sie auf ihr Essen wartete, gab sie ihren Fahndungserfolg an die Kommission weiter. Es war Heinrich, der ihren Anruf entgegennahm. Er erklärte, er werde sich sofort um die Unfallrecherche kümmern.

»Am besten ist, du rufst zuerst bei der Verkehrspolizeiinspektion an«, sagte sie. »Und wenn du da nicht fündig wirst, dann musst du halt die Inspektionen einzeln abklappern.«

»Gut, das mache ich«, willigte er sofort ein. »Und du, was machst du? Kommst du jetzt?«

»Nein. Ich muss erst noch was essen und vor allem etwas trinken. Aber du informierst mich bitte, sobald du Genaueres herausgefunden hast. An der Geschichte bleiben wir dran. Das hat jetzt Vorrang.«

»Freilich.«

Und nun verbot sich Paula, weiter über diesen Fall, der noch lange nicht abgeschlossen war, nachzudenken. Es half – augenblicklich stellte sich ein Gefühl von Urlaub, Freiheit und Unbeschwertheit ein. Sie genoss die schmeichelnde Wärme, das Wispern der alten Bäume vom nahen Platnersberg genauso wie die dezenten Gespräche von den Nachbartischen. Aber auch das Alleinsein. Und vor allem die Aussicht, nach dem Essen einfach aufstehen zu können und sich um nichts mehr kümmern zu müssen. Einmal nicht kochen müssen, das war herrlich. Kein Geschirr musste abgetragen oder abgewaschen werden, kein Kühlschrank aufgefüllt, und vor allem musste kein Paul, der ambitionierte Hobbykoch, über den grünen Klee gelobt werden.

★★★

Paula hatte soeben das Besteck auf dem Teller abgelegt und sich eine Zigarette angezündet, als Heinrich anrief.
»Du, wir haben ihn.«
»Wen habt ihr?«, fragte sie verständnislos nach.
»Na, den, der die Anzeige gegen die Glanz erstattet hat, nach dem Unfall.«
»Also den Geschädigten?«
»Nein! Quatsch!«
Sie merkte, wie er ungeduldig wurde, was doch sonst kommissionsintern in ihrer Kernkompetenz lag.
»Wen habt ihr dann?«
»Den Vater von dem Kind, das bei dem Fahrradunfall so schwer verletzt wurde. Der hat die Anzeige gestellt. Natürlich hat er diese Anzeige nicht gegen die Glanz erstattet, die war ja unfallflüchtig, sondern gegen unbekannt. Das ist ein gewisser Ranulf Hufnagel, wohnhaft in der Allersberger Straße. Da, wo das Bleiweißviertel beginnt. Soll ich dir die Anzeige von diesem Ranulf Hufnagel, übrigens ein extrem alberner Vorname, finde ich, einmal vorlesen?«
»Schick sie mir doch einfach aufs Handy, Heinrich. Da wird ja alles Wichtige drinstehen.«
»Ja, schon, aber willst du den denn nicht gleich vorladen?«
»Jetzt möchte ich erst einmal die Anzeige lesen. Und dann schauen wir weiter.« Bevor sie das Gespräch beendete, fügte sie noch hinzu: »Ich komme, sobald es mir möglich ist.«
Und möglich war es ihr eben erst dann, wenn sie hier im Schatten und in Ruhe ihre Zigarette zu Ende geraucht hatte.
Zehn Sekunden später piepte ihr Smartphone. Die Dringlichkeit, mit der Heinrich dieser Spur folgte, war ungewöhn-

lich. Sie drückte die Zigarette aus und las die Anzeige, die die Polizeiinspektion Mitte am Sonntag, den 21. September, um elf Uhr aufgenommen hatte.

> *… wurde von einer Radfahrerin angefahren und beim Sturz schwer verletzt. Nach Angaben des Vaters Ranulf Hufnagel (Adresse bekannt) lief der fünfjährige Leon Hufnagel (wohnhaft bei Hufnagel, Ranulf, Adresse wie oben) am vergangenen Samstag gegen 15 Uhr auf dem Sandweg (Schmausenbuck) stadtauswärts, als ihm eine etwa fünfundvierzigjährige Radfahrerin entgegenkam. Auf Höhe der Kreuzung zum Klingenweg berührte sie den Buben mit dem Vorderrad, er stürzte daraufhin gegen einen Stapel von aufgeschichteten Holzstämmen und blieb in einem Gebüsch verletzt liegen. Anschließend wurde der Junge für kurze Zeit ohnmächtig. Die Radfahrerin, die, bedingt durch den Zusammenstoß mit dem Buben, mit dem Rad ebenfalls auf den Holzstoß prallte, blieb danach zwar kurz stehen, fuhr dann aber weiter. Den Angaben von Hufnagel, Ranulf, zufolge hat sie einen weißen Glockenrock und eine blaue Jeansjacke getragen. Unterwegs war sie mit einem grünen Hollandrad mit dunklen Satteltaschen.*

Sie war noch nicht fertig mit dem Lesen, da piepte ihr Handy schon wieder. Diesmal war es der Fahndungsaufruf zu der Anzeige, den ihr Heinrich schickte. »… Wer hat den Vorfall beobachtet oder kann Angaben zu der Radfahrerin machen? Hinweise nimmt die Polizei unter der Telefonnummer … entgegen.«

Allem Anschein nach hatte sich auf diesen Aufruf niemand gemeldet, denn sonst hätte ihr Heinrich doch das entsprechende Protokoll sicher mitgeschickt. Das bedeutete: Die Polizei und damit auch Ranulf Hufnagel hatten Ida Glanz nicht ausfindig machen können. Wie also hätte Hufnagel an ihren Namen und die Adresse kommen sollen? In diesem Moment kamen Paula Zweifel, ob der Mord tatsächlich etwas mit diesem Radunfall zu tun haben könnte.

Die zweite Frage, die sie beschäftigte: Warum war der Unfall überhaupt ein – wie es ja im Protokoll stand – schwerer Unfall, der schwere Verletzungen nach sich gezogen hatte? Gut, der Junge hatte das Bewusstsein verloren, aber doch nur für »kurze Zeit«. Und Kinder in dem Alter steckten so einen Rempler leichter weg als alte Menschen. Heinrich hatte also recht: höchste Zeit, sich intensiver mit diesem Hufnagel zu beschäftigen.

Als Paula den Gang zu ihrem Büro entlanglief, kam ihr Eva Brunner entgegen. Sie hatte verweinte Augen. Und sie reagierte nicht auf Paulas Hallo, sondern eilte schnurstracks zu den Toiletten.

»Was ist denn mit Frau Brunner los? Warst du ihr gegenüber wieder mal taktlos?«, fragte Paula Heinrich, nachdem sie das Büro betreten hatte.

»Also, hör mal. Was heißt hier ›wieder‹? Ich bin nie taktlos. Und wenn, dann habe ich gute Gründe dafür. Ach, und das andere. Das weißt du gar nicht?«

»Was denn?«

»Da war doch vor ein paar Wochen eine interne Stellenausschreibung. Die haben einen Nachfolger für Dr. Zickler, unseren Polizeipsychologen, gesucht, das ist dir aber schon bekannt. Und auf diese Stelle hat sich die Eva beworben und sich wohl auch starke Hoffnungen gemacht. Und jetzt, vor zwei Stunden, kam eine hausinterne Mail. Da wurde die neue Psychologin, eine Frau Dr. Sowieso, vorgestellt. Mit Bild und Lebenslauf. Beste Zeugnisse. Polizeierfahrung. Dagegen konnte die Eva halt nicht anstinken. Und das stinkt ihr. Ha«, lachte er vergnügt auf, »ein schönes Wortspiel. Und ein in diesem Fall sehr zutreffendes.«

»Und warum weiß ich davon nichts?«

»Ich weiß davon offiziell auch nichts, Paula. Das hab ich in der Kantine mal zufällig aufgeschnappt.«

»Aber Frau Brunner hat doch gar keine Ausbildung als Diplom-Psychologin?«

»Paula, die haben das in ihrer Ausschreibung schon offen gehalten. Da war von einem Diplom-Psychologen keine Rede. Beziehungsweise von einem abgeschlossenen Studium. So wie das formuliert war, hätte sich auch Hinz und Kunz darauf bewerben können.«

»Trotzdem, ich finde das schon etwas vermessen von ihr. Nur weil sie dieses Heftel abonniert hat, braucht man doch nicht zu glauben, sich mit studierten Psychologen messen zu können.«

Sie ließ ihre Worte auf sich wirken. Dabei fiel ihr etwas auf. »Vermessen – messen. Das ist übrigens auch ein schönes *und*«, betonte sie, »zutreffendes Wortspiel.«

Ach, war das ein fröhliches Scherzen, so hinter der geschlossenen Zimmertür.

»Die wird sich hoffentlich bald wieder einkriegen, oder meinst du, dieses Gesicht bleibt uns jetzt die nächsten Wochen erhalten?«, fragte sie.

»Keine Ahnung. Ist mir auch wurscht. So, aber jetzt zu unserem Ranulf. Ich hab den schon mal gegengecheckt. Er ist kein unbeschriebenes Blatt.« Frohlockend deutete Heinrich auf ein Aktenbündel. »Etliche Vorgänge. Da, schau. Ach, besser, ich komm gleich mal rum zu dir.«

Er stand auf, rollte seinen Stuhl neben ihren und legte die Akte auf ihre Schreibtischplatte. So saßen beide vertieft über diesem Ausdruck wie Ärzte über einer komplizierten Organtransplantation.

»Hufnagel, Ranulf, geboren 1981 in Tiflis, Georgien«, las sie halblaut vor. »… seit 1987 in Deutschland … 1988 Antrag auf deutsche Staatsangehörigkeit … 1999 Verstoß gegen das Betäubungsmittelgesetz … 2002 Widerstandshandlung gegen die Staatsgewalt im Rahmen einer Personalien-Überprüfung … 2004 Angriff auf eine Polizeibeamtin bei einer Routinekontrolle auf der Bundesstraße 8 mit einem Teppichmesser … 2005 unerlaubter Waffenbesitz …«

Sie überflog das zweite Blatt, das jedoch frei von Vorgängen war.

»Ich denke«, bemerkte Heinrich, »wenn wir den vernehmen wollen, nehmen wir vorsichtshalber das SEK mit.«

»Warum?«

Stumm deutete Heinrich mit seinem Zeigefinger auf den Passus »unerlaubter Waffenbesitz«.

»Ach, deswegen. Ja, das ist vielleicht zu empfehlen. Obwohl«, sinnierte Paula, »seit 2005, also seit zwölf Jahren, hat er sich nichts mehr zuschulden kommen lassen. Vielleicht waren das vorher alles Jugendsünden. Außerdem ist er ja –«

»Jugendsünden?«, fiel Heinrich ihr lautstark ins Wort. »Der war dreiundzwanzig, als er die Polizistin mit dem Teppichmesser bedroht hat. Und wissen wir, ob er später nicht einfach nur Glück gehabt hat und deswegen nicht erwischt wurde?«

»Ja, das kann schon sein. Aber seit acht Jahren ist er Vater. Für viele, die vorher auf der schiefen Bahn waren, sich vielleicht auch in den entsprechenden Kreisen bewegt haben oder auch nur durch einen dummen Zufall da reingerutscht sind, ist das ein Anlass, sich am Riemen zu reißen und es einmal auf die halbwegs anständige Tour zu versuchen.«

»Trotzdem. Ich bleibe dabei, Paula: Ohne SEK gehe ich nicht in Hufnagels Wohnung. Und dir würde ich das auch nicht empfehlen. Ein Giftler mit einer Waffe, das ist eine hochexplosive Mischung. Am besten ist, wir oder der Dr. Kauper schicken dem eine Ladung zur Beschuldigtenvernehmung. Und wenn er nicht kommen sollte, veranlassen wir sofort die Vorführung. Da sind zumindest wir aus dem Schneider.«

»Das dauert mir zu lang«, sagte sie. »Ich hätte den Fall gern noch in dieser Woche abgeschlossen.«

In diesem Moment betrat Eva Brunner das Büro. Von den rot umrandeten Augen war fast nichts mehr zu sehen, aber ihre Miene … ein in Stein gemeißeltes Abbild von Kummer und Enttäuschung. Stumm setzte sie sich auf ihren Stuhl und verschränkte die Arme vor der Brust.

Da, bei diesem rotblonden Häufchen Elend, fasste Paula Steiner den Entschluss, das Thema Bewerbung und Absage von sich aus nicht anzusprechen.

Betont forsch fragte sie: »So, Frau Brunner, sind Sie eigentlich schon auf dem neuesten Stand der Dinge in Sachen Ranulf Hufnagel? Hat Heinrich Ihnen das Wichtigste dazu erklärt?«

Die Antwort: ein stummes Kopfnicken.

Paulas Reaktion: ein überschwängliches »Sehr gut«. Und was würde die Kollegin an ihrer Stelle machen? Das SEK bei Hufnagels Erstvernehmung hinzuziehen, was Heinrich empfehle, oder auf die Unterstützung der Spezialeinheit verzichten? »Hm, was meinen Sie, Frau Brunner?«

»Weiß net.« Das kam leise und ohne geringstes Interesse.

Da ahnte Paula Steiner, dass der Schmerz bei Frau Brunner tiefer saß, als sie und Heinrich vermutet hatten. Und sie malte sich aus, wie trübsinnig das Arbeitsklima die nächsten Tage – oder sollten doch gar Wochen daraus werden? – in ihrem Team ausfallen würde.

»Gut, dann machen wir einen Kompromiss. Keine Vernehmung, nur eine informatorische Befragung.«

»Wann?«, fragte Heinrich.

»Na, jetzt.«

»Och, Mensch, Paula. Es ist halb sechs. Das bringt doch nichts. Vernehmen müssen wir ihn sowieso. Da machen wir uns ja die doppelte Arbeit.«

»Auch kein Problem. Dann hast du jetzt Feierabend. Frau Brunner und ich übernehmen das. Gell, Frau Brunner?«

Diesmal wartete sie die Reaktion ihrer Mitarbeiterin nicht ab, sondern stand auf, packte ihre Handtasche und nahm die Dienstwaffe aus dem Schrank.

»Ich gehe schon mal vor, Sie kommen ja sicher gleich nach?«

Sie eilte hinunter auf den Parkplatz, rutschte schnell auf den Beifahrersitz und stellte sich den Seitenspiegel so, dass sie von da aus den Parkplatz plus die Eingangstür gut sehen konnte. Bald darauf erschien ihre Mitarbeiterin mit gesenktem Blick und hängenden Schultern.

Nachdem Eva Brunner Platz genommen hatte und den Wagen starten wollte, sagte Paula: »Warten Sie noch kurz. Warum haben Sie mir nichts davon erzählt, dass Sie sich auf Dr. Zicklers Stelle beworben haben? Vielleicht hätte ich Sie dabei ja unterstützen können. Aber so, wenn ich davon nichts weiß …«

Überrascht drehte sich Eva Brunner zu ihr um. Und sagte erst einmal nichts. Schließlich: »Ich dachte, Sie sind sauer, wenn ich –«

»Warum sollte ich da sauer sein?«, fiel Paula ihr ins Wort. »Ich weiß doch, wie sehr Sie dieses Thema umtreibt. Schon von daher hätte ich es Ihnen gegönnt, dass Sie diese Stelle kriegen. Aber jetzt mal ehrlich, Frau Brunner, haben Sie sich wirklich reelle Chancen ausgerechnet, dass Sie für unseren Chef ernsthaft als Zicklers Nachfolgerin in Frage kommen?«

»Ja, eigentlich schon. Ich bilde mich ja in dieser Sache ständig fort, und das freiwillig, ohne Zwang. Auf eigene Kosten. Ich beschäftige mich in meiner Freizeit ausschließlich mit psychologischen und auch mit psychotherapeutischen Themen. Auf ganz hohem Niveau. Und außerdem finde ich, dass ich, unter anderem in Verbindung mit meinem jahrelangen aktiven Polizeidienst, also der praktischen Erfahrung, die ideale Kandidatin dafür gewesen wäre. Denn die Neue, die man statt mir genommen hat, war ja nur ein halbes Jahr bei der Polizei. Und das auch nur in Nordrhein-Westfalen.«

Oh Himmel, hilf! Wie war solch einer grandios unintelligenten Selbstüberschätzung mit Worten beizukommen, und zwar ohne dass Frau Brunner hinterher beleidigt war? Wahrscheinlich gar nicht.

So sagte Paula abschließend nur: »Na, ein Gutes hat das Ganze zumindest. Sie bleiben uns, Heinrich und mir, erhalten. Und ich muss überhaupt nicht sauer sein oder werden. So, und jetzt können wir fahren. Am besten ist, wir denken einfach nicht mehr an diese Geschichte. Einverstanden?«

ZEHN

Kurz nach achtzehn Uhr hatten sie die Allersberger Straße in der Südstadt erreicht. Der frühere reine Arbeiterbezirk hatte sich im Laufe der Jahrzehnte kaum zu seinen Gunsten verändert. Noch immer zeichnete sich dieser Teil der Südstadt durch eine hohe Bevölkerungsdichte und günstige Immobilien- sowie Mietpreise aus, eine Folge des überdurchschnittlich großen Migrantenanteils. Dazu kamen viele Rentner und mindestens ebenso viele Hartz-IV-Empfänger. Bäume und Grünanlagen waren Mangelware, die Luftverschmutzung hatte hier innerstädtisches Rekordniveau erreicht. Die Suche nach einem Parkplatz gestaltete sich zeitaufwendiger, als Paula lieb war.

Das Haus, in dem Hufnagel wohnte, sah aus wie ein zur Architektur gewordener Sozialfall. Ein schmuckloses, unverputztes Sandsteingebäude mit kleinen Schallschutzfenstern und zahlreichen Einschusslöchern aus dem Zweiten Weltkrieg. Im Erdgeschoss ein Asia-Imbiss, aus dem der Geruch von schlechtem Fett waberte. Jedes Stockwerk war mit einer Satellitenschüssel verunziert. In das Haus konnte man nur auf der rückwärtigen Seite gelangen, nachdem man nämlich durch die schmale Hofeinfahrt gegangen war.

Hufnagel wohnte im zweiten Stock. Paula drückte auf den Klingelknopf, und Eva Brunner zog ihre Dienstwaffe aus dem Holster. Dann warteten sie. Erneutes Klingeln. Wieder keine Reaktion. Sie versuchte es in der ersten Etage bei »M. Xepapadakos«. Sofort sprang die Haustür auf.

Sie stiegen die schmale Treppe hinauf. Oben auf dem Treppenabsatz stand eine magere, winzige circa Siebzigjährige und empfing sie mit einem abweisenden Blick. Sie trug eine ärmellose bunte Kittelschürze aus hundert Prozent Polyester und in der linken Hand ein Strickzeug.

Paula setzte ihr charmantestes Lächeln auf und stellte sich und ihre Mitarbeiterin »Kriminaloberkommissarin Brunner« vor. Zu dem Misstrauen gesellte sich schlagartig ein Höchstmaß an Wachsamkeit. Als Paula ihren Dienstausweis vorzeigte, wurde ihr dieser umgehend aus der Hand gerissen und in die Schürzentasche gesteckt. Dann machte Frau Xepapadakos auf dem Absatz kehrt, verschwand in ihrer Wohnung und knallte ihnen die Tür vor der Nase zu.

Nach zwei Minuten öffnete sich die Tür wieder. Eine einladende Geste, dazu die freundlichen Worte: »Kommen Sie doch herein, Frau Hauptkommissarin Steiner, bitte. Mein Haus steht Ihnen offen. Ich bin die Maria Xepapadakos.« Sie sprach ein tadelloses Deutsch mit dem typisch fränkischen Vibrations-R.

Paula streifte sich auf der Schmutzfangmatte die Schuhe ab, bevor sie das »offene Haus« ihrer Gastgeberin betrat, eine für die Südstadt typische Altbauwohnung. In der Mitte ein schmaler, lang gestreckter Flur, von dem links und rechts kleine Räume abzweigten. Das Wohnzimmer war mit massiven Sitzmöbeln aus Kunstleder vollgestellt. Auf den wenigen freien Plätzen lauerte griechischer Touristennippes.

Paula und Eva Brunner wurden auf das wuchtige Sofa dirigiert, während Frau Xepapadakos ihnen gegenüber auf einem einfachen Holzstuhl mit Bastsitz Platz nahm und sie zufrieden anlächelte.

»Es geht um Ihren Nachbarn, Herrn Hufnagel. Kennen Sie ihn gut?«, fragte Paula.

»Ja, sehr gut. Es ist mein Lieblingsnachbar. Und ein braver Mann. Fleißig, immer freundlich und sehr hilfsbereit. Immer. Dabei hat er es selbst so schwer. Was wollen Sie denn von ihm?« Sie rutschte auf die vordere Stuhlkante und musterte sie skeptisch.

»Ach, wir hätten nur ein paar wichtige Informationen von ihm gebraucht. Aber leider ist Herr Hufnagel ja nicht daheim. Schade.«

Maria Xepapadakos sprang auf, trippelte zum Fenster und sagte: »Stimmt, er ist noch nicht da. Aber er müsste jeden Augenblick von der Arbeit kommen. Er ist immer pünktlich.«

Dann setzte sie sich wieder.

»Wenn er da ist, steht nämlich sein Firmenbus im Hof. Er arbeitet bei Tobaccoland und füllt Zigarettenautomaten auf.

Als Servicemitarbeiter im Außendienst. Eine wirklich schwere Arbeit. Den ganzen Tag ist er unterwegs, jetzt bei der Hitze genauso wie im Winter, wenn es so kalt ist. Und er verbringt die meiste Zeit im Sitzen. Das ist nicht gesund. Das sage ich immer zu ihm. Überhaupt nicht gesund! Aber was soll er machen?«

»Ja, das ist hart«, sagte Paula. »Mal was anderes, Frau Xepapadakos: Herr Hufnagel hat doch einen Sohn, den Leon. Um den muss sich dann tagsüber wohl seine Frau kümmern? Wenn der Vater den ganzen Tag unterwegs ist.«

»Nein«, schüttelte die Griechin energisch den Kopf. »Das macht er alles selber, also fast alles. Denn die Mutter von Leon ist damals gegangen, die hat sich von Ranulf scheiden lassen, nicht einmal ein Jahr nachdem das mit dem Unfall passiert ist. Auf und davon, wie der Wind! Seitdem habe ich sie hier in diesem Haus nicht mehr gesehen. Obwohl sie immer noch ganz in der Nähe, gleich ums Eck, in dem kleinen Reisebüro arbeitet. Wissen Sie, Frau Steiner, das ist keine gute Frau, keine gute Frau.«

»Ja, ja, das wissen wir von der Polizei natürlich, das mit Herrn Hufnagels Frau. Die ganze Sache mit der Trennung und der Scheidung«, sagte Paulas Mund ohne ihr Zutun. »In welche Schule geht denn der Leon hier in Nürnberg?«

»Der geht doch nicht auf eine normale Schule. Das kann er nicht. Leon lebt unter der Woche in einem Heim für körperbehinderte Kinder, in einer betreuten Einrichtung. Da geht er auch in die Schule, also in die Förderschule«, sagte Maria Xepapadakos. »Am Wochenende holt ihn Herr Hufnagel fast immer zu sich. Manchmal auch seine geschiedene Frau. Aber das ist selten.«

War der Junge auch geistig behindert? Und war diese Zweifachbehinderung etwa die Folge des Unfalls am Schmausenbuck? Paula startete einen Versuchsballon in Richtung Kittelschürze.

»Das muss ja ein wirklich schlimmer Unfall gewesen sein. Denn vorher hatte Leon diese Behinderungen ja nicht, gell?«

»Nein, vorher fehlte ihm nichts, gar nichts.« Maria Xepapadakos war eine lebhafte Frau. Wenn sie sprach, waren ihre Hände unaufhörlich in Bewegung. Doch jetzt hielt sie inne.

»Ich kannte den Leon schon als Baby. Und bis zu diesem Tag war der Bub ein gesundes Kind. Ein ganz gesundes Kind. So fröhlich und auch sehr gescheit, dem hat gar nix gefehlt, gar nichts! Das war vielleicht ein Unglück für die Eltern. Aber das wissen Sie ja alles selbst, Frau Steiner.«

»Ja, freilich«, log Paula tapfer. »Der Sturz auf den Holzstapel da am Schmausenbuck. Und dann ist er noch kurze Zeit ohnmächtig geworden. Was genau haben die Ärzte bei Leon noch mal diagnostiziert?«

»Ein SHT, ein schweres Schädel-Hirn-Trauma. Irversebil, irsebervil, halt nicht mehr gutzumachen. Das bleibt ihm, ein Leben lang. Das kriegt er nicht wieder los. Seitdem hat er doch erst seine epileptischen Anfälle. Und die Lernstörungen. Seitdem kann er sich nur schwer auf etwas konzentrieren und fast nichts merken. Und ist so zittrig.«

Kurze Pause.

»Den ganzen Tag muss er diesen Lederhelm tragen. Das ist doch schlimm für ein Kind. Was meinen Sie, wie der anfangs von den anderen Kindern hier im Viertel gehänselt wurde! Aber seitdem ihm seine Mutter einen schönen bunten Helm gekauft hat, wird er in Ruhe gelassen.«

Schädel-Hirn-Trauma, irreversibel. Das war in der Tat ein Drama, eine Katastrophe. Da mochte sich einer schon moralisch im Recht fühlen, wenn er zum tödlichen Gegenschlag ausholte. Wenn er sich so brutal rächte. Auch wenn diese Vergeltung nicht nur keinen Sinn ergab, sondern man sich dadurch selbst schadete. Denn wahrer Hass machte vor einem solchen Irrwitz wie dem, dass solcherart Rache Leon den Vater nehmen würde, nicht halt.

Paula hatte genug gehört. Sie stand auf.

Frau Xepapadakos tat es ihr gleich und wuselte zum Fenster. »Jetzt ist Herr Hufnagel da. Schauen Sie, sein Auto steht unten. Jetzt können Sie mit ihm sprechen.«

»Ach«, sagte Paula, »jetzt ist es zu spät. Wir wollen ihm doch seinen Feierabend lassen. Den hat er sich, glaube ich, redlich verdient.« Und diesmal war kein Körnchen Unwahrheit in ihrer Rede; sie meinte das vollkommen ernst.

Vehement stimmte ihr die Griechin zu. »Genau, das ist sehr rücksichtsvoll von Ihnen, Frau Steiner. Nach achtzehn Uhr störe ich ihn auch nicht mehr. Da soll er erst mal zur Ruhe kommen.«

Letzte Frage. »Wann geht denn Herr Hufnagel aus dem Haus in der Früh?«

»Gegen acht Uhr. Nur am Freitag, da höre ich, wie er meist schon um sechs, spätestens halb sieben wegfährt. Aber freitags macht er auch früher Schluss. Da holt er ja den Leon zu sich.«

Unten auf der Straße fragte Eva Brunner: »Und wenn wir doch noch zu Hufnagel gehen? Wir haben ja unsere Waffen dabei.«

»Nein, heute nicht. Dafür ist morgen noch genug Zeit. Der läuft uns nicht davon. Der nicht. Im Gegenteil.«

Und damit sollte die Kommissarin wieder einmal recht behalten, aber in einem ganz anderen Sinn, als sie in diesem Augenblick ahnen konnte.

★★★

Es war kurz vor zwanzig Uhr, als Paula ihre Wohnung am Vestnertorgraben aufsperrte. Sie stellte sich lange unter die Dusche, dann entkorkte sie die Flasche Scharzhofberger Riesling-Kabinett Egon Müller aus dem Jahr 2014. Die einzige Flasche dieses Riesling-Kabinetts und die teuerste aus ihrem Keller.

Nur ein kleiner Schluck, und ihr Urteil stand fest wie eine frost- und bombensichere Betonmauer: etwas fruchtsüß, leicht naturnah, ein bisschen widerspenstig. Aber ein Wein, von dem man immer mehr haben möchte. Und einer, den die Kritiker zu Recht in beschwipsten Adjektiven umkreiste. Sie schenkte sich ein großes Glas davon ein, holte aus der Schublade des Küchentischs eine Tüte Studentenfutter – ihr Notvorrat für Tage wie diesen, an denen sie nicht kochen mochte oder musste – und ging damit ins Wohnzimmer.

Sie schaltete den Fernseher ein. Es lief irgendeine dieser

Talksendungen. Lauter B- und C-Prominenz, die sich da auf ihren Stühlen wichtigtat, sich gegenseitig ständig ins Wort fiel und doch nichts Neues zu verkünden hatte. Paula stellte den Apparat auf lautlos. So verbrachte sie die folgenden zwei Stunden: mit starrem Blick auf den Bildschirm, hin und wieder langte sie in die Tüte, warf eine Nuss oder Rosine – das überließ sie dem Zufallsprinzip – in den geöffneten Mund und spülte mit einem winzigen Schluck von diesem sündteuren Weißwein nach. Dann ging sie ins Bett.

Um halb fünf klingelte der Wecker. Sie brauchte eine Weile, bis sie wusste, was der Grund für dieses Klingeln zu so nachtschlafender Zeit war. Dann fiel es ihr wieder ein. Ranulf Hufnagel und dessen ebenfalls früher Arbeitsbeginn am heutigen Freitag.

Sie schlüpfte in ihre Kleidung von gestern, ging in die Küche und schaltete die Kaffeemaschine ein. Nach dem Frühstück, das angesichts der gebotenen Eile geradezu üppig ausfiel – zwei Tassen Kaffee plus ein Fünf-Minuten-Ei plus eine Schale Birchermüsli –, verließ sie die Wohnung und wartete vor dem Haus. Fünf Minuten später fuhr Eva Brunner mit dem Polizei-BMW vor.

Die Fahrt in den Süden der Stadt verlief schweigsam. Erst als die beiden in dem Hof an der Hauswand Position bezogen hatten, fragte Eva Brunner: »Meinen Sie, die Griechin hat Hufnagel etwas von unserem Besuch erzählt?«

»Nein, das glaube ich nicht. Nicht nach dem, was sie gestern gesagt hat. Das mit dem Feierabend.«

»Ich bin mir da nicht so sicher«, meldete Eva Brunner ihre Zweifel an. »Wir waren ja immerhin von der Polizei, und da ist es doch denkbar, dass sie in dem Fall eine Ausnahme …«

Weiter kam sie nicht. Denn in dem Augenblick trat Ranulf Hufnagel aus dem Haus. Ein Hüne, mindestens eins fünfundneunzig groß. Breite Hüften, pechschwarzes lockiges Haar, strahlend blaue Augen. Er trug eine ausgewaschene Bluejeans, darüber ein weißes T-Shirt und eine ausgebeulte Jeansjacke sowie klobige Ledersandalen. Schuhe der Größe, so schätzte Paula, siebenundvierzig. Mindestens!

Während sie entgeistert auf diese viel zu großen Schuhe starrte, stand ihre Mitarbeiterin bereits mit gezogener Waffe vor Hufnagel. »Hände hoch, Polizei! Und keine Bewegung!«, rief sie.

Hufnagel folgte ihren Anordnungen widerstandslos und, wie es den Anschein hatte, gleichgültig. Paula legte ihm Handschellen an, während Eva Brunner seine Jacke absuchte. Smartphone, Geldbeutel, Schlüsselbund, eine zerknüllte und mehrfach benutzte Plastiktüte, ein Päckchen Kaugummi, Feuerzeug und eine Packung Marlboro – das war alles, was sie daraus hervorholte. Eine Waffe war nicht dabei.

Eine halbe Stunde später trafen zwei Kollegen von der Inspektion Nürnberg-Süd ein. Ein spektakulärer Auftritt mit Blaulicht und Martinshorn. Wieder eine halbe Stunde später war es still in dem kleinen geteerten Hinterhof mit der rostigen Teppichstange, den fünf überquellenden Mülltonnen und dem Kleinbus mit dem Schriftzug »Tobaccoland«.

»Haben Sie sich seine Schuhe mal angesehen?«, fragte Paula.
»Nein. Warum?«
»Das war keine dreiundvierzig, der hat mindestens Schuhgröße siebenundvierzig.«
»Und das heißt?«
»Tja«, lautete Paulas einsilbige Antwort. Dieses Detail, das so gar nicht in ihr schönes Puzzle passte, hatte sie vollständig aus dem Konzept gebracht. Sie wusste schlicht nicht, was sie jetzt denken oder gar tun sollte.

Irgendwann sagte Eva Brunner, die ihre Chefin eine Weile aufmerksam beobachtet hatte: »Ich würde vorschlagen, Frau Steiner, wir fahren jetzt ins Präsidium, konfrontieren den mit dem, was wir wissen, und hören uns mal an, wie er darauf reagiert. Was meinen Sie?«

»Hm«, brummte sie ihre Zustimmung, »das können wir schon machen. Und wenn sich die KT getäuscht hat mit der Schuhgröße? Das kann doch auch sein. Oder?«
»Also, ehrlich gesagt, das glaube ich nicht.«
»Nicht? Schade.«

Man hatte Ranulf Hufnagel bereits in den großen Vernehmungsraum im Erdgeschoss gebracht. Paula ging zunächst in das Nebenzimmer und beobachtete ihn durch den Einwegspiegel. Er machte einen entspannten, fast schon zufriedenen Eindruck. Nervös war der nicht und ängstlich noch viel weniger. Sollte sie sich wirklich so getäuscht haben?

Er hatte soeben seine Angaben zur Person gemacht, als Eva Brunner ansetzte, die Belehrungen auszusprechen. Auf den Tatvorwurf – »… sind Sie der Tat verdächtig, Frau Ida Glanz am Samstag, den … gegen … getötet zu haben« – folgte der Hinweis zu Hufnagels Aussageverweigerungsrecht und schließlich sein Recht auf einen anwaltlichen Beistand.

Der immer noch entspannt wirkende Ranulf Hufnagel sagte daraufhin: »Ja, ich mache von meinem Recht, die Aussage zu verweigern, Gebrauch. Und ich möchte einen Anwalt, bitte. Sofort.«

Paula ging in den Vernehmungsraum, setzte sich neben die Kollegin und musterte Hufnagel, während Eva Brunner sagte: »Uns liegen Aussagen von Zeugen vor, wonach Sie am Samstag, den …, also exakt eine Woche vor dem Mord, in der Nähe der Russenwiese mit einem weißen Unterrohr, wie es für Sonnenschirmständer üblich ist, gesichtet worden sind. Sie sollen mit ebendiesem Rohr absichtsvoll und heftig auf mehrere Bäume eingeschlagen haben. Was sagen Sie dazu?«

Doch Hufnagel schüttelte nur stumm den Kopf.

»Wo waren Sie am vergangenen Samstag in dem Zeitraum zwischen achtzehn Uhr und neunzehn Uhr dreißig?«

Wieder kaprizierte sich Hufnagels Antwort auf dieses wortlose Kopfschütteln.

Tapfer hielt Eva Brunner das einseitige Gespräch am Laufen, sprach davon, dass er nach dem schlimmen Unfall seines Sohns Leon, der daraufhin mit einer irreversiblen Zweifachbehinderung in einer betreuten Einrichtung leben musste, ja wirklich allen Grund gehabt habe, Frau Glanz abgrundtief zu hassen. Zumal dadurch nicht nur sein Sohn so schwer verletzt worden, sondern auch seine Ehe letztendlich in die Brüche gegangen sei. Das seien schon mal starke Motive für eine solche Tat. Und zwar seien das Motive, die jedes Gericht sicher auch als strafmildernd bewerten würde.

»Wollen Sie nicht doch Ihr Gewissen erleichtern? Schließlich ist es nur eine Frage der Zeit, bis wir Ihnen das nachweisen können.«

Diesmal schüttelte er nicht einmal den Kopf, sondern sah nur stumm und starr geradeaus.

»Wir haben nämlich an der Lenkradstange von Frau Glanz' Fahrrad Gewebereste von schwarzem Baumwollstoff gefunden, die von dem Täter stammen müssen. So, und jetzt brauchen wir nur noch Ihre DNA mit den Spuren an diesem Baumwollstoff zu vergleichen, dann können wir den Nachweis erbringen, dass Sie diese Tat begangen haben. Und dann wird sich ein Geständnis Ihrerseits auch nicht mehr … Insofern ist es doch besser, Sie bekennen gleich …«

Paula hatte Hufnagel die ganze Zeit beobachtet. Er schien genauso entspannt zu sein wie am Anfang der Vernehmung. Nur ein einziges Mal flackerten seine Augen kurz auf, zeigte er sich verunsichert und angreifbar. Das war, als Frau Brunner von den Gewebereseten an der Lenkradstange sprach. Das legte sich aber schnell wieder. Bei dem Wort Nachweis gaben Hufnagels Lippen sogar knapp die Zähne frei. Ein selbstsicheres Lächeln, überlegen, fast arrogant.

Da wusste Paula, dass er nicht der Täter sein konnte. Aber er hatte das Täterwissen. Hufnagel kannte den, der es war. Wer aber war dieser Komplize, der ihm geholfen hatte? Der statt seiner Ida Glanz erschlagen hatte, damit Hufnagel straffrei ausging? Ein Freund? Ja, das war gut möglich. Das war sogar wahrscheinlich.

Da fiel ihr Franz Krumbiegel ein. Ihr alter Lehrmeister, der sie die ersten Monate ihrer Ausbildung so väterlich unter seine Fittiche genommen hatte und nicht müde wurde, ihr immer wieder »die zwei Unwörter jedes guten Kriminalers« einzubläuen – das Unwahrscheinliche und das Unwesentliche.

Daran müsse sie arbeiten, hatte er wiederholt gemahnt, diesen Blick für das Unwahrscheinliche und das Unwesentliche zu schärfen. Vor allem bei den verzwickten, scheinbar unlösbaren

Fällen. Denn das Wesentliche, war der erfahrene Hauptkommissar überzeugt, plane ja der Täter, der damit auch gleichzeitig das Wahrscheinliche arrangiere. Ob er das nun absichtlich oder unbewusst mache, sagte Krumbiegel, spiele für die Gegenseite, die Ermittler, überhaupt keine Rolle. Nur, dass er es tue und sich somit auch die ganz banalen Fehler leiste.

Vollkommen unwesentlich war in diesem Fall, ob Hufnagel noch verheiratet war oder geschieden, wie seine griechische Nachbarin glaubte. Und das glaubte Frau Xepapadakos auch nur deswegen, weil man es ihr gesagt hatte. Man hatte die Griechin vorsätzlich angelogen. Eine reine Sicherheitsvorkehrung. Eine taktische Maßnahme, um ihren Kreuzzug gegen Ida Glanz, auf dem sich das Ehepaar Hufnagel seit September 2014 befand, vor allen geheim zu halten. Jeder sollte glauben, dass sich Ranulf Hufnagel und seine Frau mit dem Unfall und seinen verheerenden Folgen abgefunden hatten. Die Scheidung als Code, dass man nun strikt getrennte Wege ging.

Jetzt fügten sich in Paulas Gehirn andere scheinbar nicht zusammenpassende Details ineinander, bis am Schluss jedes Teilchen seinen Platz in dem Puzzle gefunden hatte. Vor allem dieses unwahrscheinliche Detail, dass …

»Ich bestehe darauf«, riss Hufnagel sie aus ihren Überlegungen, »jetzt sofort meinen Anwalt anzurufen. Geben Sie mir mein Handy. Bitte.«

»Selbstverständlich können Sie Ihren Anwalt anrufen«, sagte Paula. »Wie heißt er denn?«

»Den Namen hab ich jetzt leider nicht parat. Der ist mir in der ganzen Aufregung mit der Verhaftung und so entfallen. Darum brauche ich ja mein Handy.«

Paula ging zu dem Regal an der Wand, zog aus der untersten Schublade das örtliche Telefonbuch sowie das dazugehörige Branchenbuch hervor und legte ihm beide auf den Tisch.

Hufnagel schob die Bücher mit einer ungeduldigen Geste weg. »Da muss ich mich ja durch die ganzen Seiten quälen. Das ginge viel schneller, wenn ich mein Handy bekommen würde. Ich brauch es doch nicht lang, nur für ein einziges Telefonat. Bitte, Frau Steiner.«

»Diesen Wunsch kann ich Ihnen leider nicht erfüllen. Jetzt schauen Sie mal die Gelben Seiten durch«, sie tippte auf das Branchenbuch, »da werden Sie Ihren Anwalt bestimmt finden. Und dann kriegen Sie von uns auch ein Telefon, damit können Sie anrufen.«

Sie ging zur Tür und winkte Eva Brunner zu sich. Auf dem Flur sagte sie: »Sie müssten den mal eine gute Stunde beschäftigen. Vielleicht auch zwei. Auf alle Fälle so lange, bis ich Ihnen Bescheid gebe.«

Sie sah auf ihre Armbanduhr. Erst fünf nach acht. Ob Heinrich da schon an seinem Arbeitsplatz war? Sie glaubte nicht.

Doch sie hatte sich getäuscht. Der Kollege saß bereits an seinem Schreibtisch und ließ soeben seinen Computer hochfahren.

»Schau mal, ob Ranulf Hufnagel geschieden ist oder nicht.«
»Warum?«
»Bitte jetzt keine Gegenfragen. Ich sage dir dann schon, worum es geht.«

Sie wartete neben ihm, bis er endlich verkündete: »Nein, ist er nicht. Er ist verheiratet mit Hufnagel, Diana, wohnhaft in Nürnberg. Die arbeitet in einem ...«

»... Reisebüro in der Südstadt«, vervollständigte sie seinen Satz. »Und da fahren wir jetzt hin.«

Unterwegs berichtete sie, was sie am Vorabend erfahren hatte. Und auch das, was sie sich vor wenigen Minuten zusammengereimt hatte. Heinrich hörte sich ihren Bericht wortlos an, nur manchmal nickte er zustimmend mit dem Kopf.

»Und warum nimmst du mich und nicht die Eva mit?«, fragte er, als sie mit ihrem Bericht fertig war.

»Weil Frau Brunner noch mit Hufnagel zu tun hat. Und ich will diesen Fall möglichst schnell abschließen.« Kleines, in sich gekehrtes Lächeln. »Und auch deswegen, damit du einen lockeren Wochenenddienst vor dir hast. Zumal du ja jetzt zwei davon vor –«

»Ah«, unterbrach er sie, »den Schmarrn glaubst du doch selbst nicht. Im Prinzip geht es dir nur darum, dass ich die Drecksarbeit mache.«

»Ja«, sagte sie, »diesmal bist du mit der Festnahme dran. Ich mag heute einfach nicht.«

Punkt neun Uhr betraten sie das kleine Reisebüro. Da die Tür und das schmale Schaufenster mit Sonderangeboten und Deko-Materialen zugekleistert waren, brannte innen künstliches Licht – und das mitten im August! Hinter dem einzigen Tisch saß eine Frau mit rot gefärbtem Pagenkopf. »D. Hufnagel – Reiseverkehrskauffrau« stand auf dem Aufsteller vor ihr.

Paula trat an die linke Wand und betrachtete interessiert den TUI-Katalog Frühjahr/Sommer 2018. Augenblicklich schälte sich die Reiseverkehrskauffrau aus ihrem Sitz und stellte sich neben sie. Diana Hufnagel hatte fein geschnittene klassische Gesichtszüge und war mit ihren gut ein Meter fünfundachtzig eine stattliche, aparte Erscheinung. Sie trug ein kurzärmliges dunkelblaues Kostüm und beigefarbene Pumps aus Bast mit einem Keilabsatz.

Es folgte die Standardfrage aller Reisebüromitarbeiter. »Was kann ich für Sie tun?«

»Sie haben Schuhgröße dreiundvierzig, gell?«, lautete Paulas Gegenfrage.

»Ja«, sagte Diana Hufnagel irritiert.

»Und Sie haben am Samstag vor einer Woche schwarze Handschuhe aus Baumwolle getragen?«

Diesmal erhielt Paula keine Antwort, zumindest keine verbale. Aber die Reiseverkehrskauffrau strich sich mit einer schnellen, unwirschen Handbewegung über die Stirn, um dann wieder in betont geschäftlichem Ton zu fragen: »Haben Sie schon ein konkretes Reiseziel ins Auge gefasst? Und wann möchten Sie verreisen, noch dieses Jahr oder nächstes Jahr?«

»Leider weder noch«, antwortete Paula mit einem Seufzer.

Sie zog den Dienstausweis aus der Handtasche und stellte zunächst sich, schließlich Heinrich vor, der noch hinter der Tür verharrte. Bei dem Wort Kripo registrierte sie ein leichtes Flackern in Diana Hufnagels dunkelbraunen Augen, das aber wesentlich kürzer ausfiel als der verunsicherte Blick bei der Frage nach der Schuhgröße.

»Herr Bartels wird Ihnen das Weitere erklären«, sagte sie. Damit war ihr Part erledigt. Und sie konnte jetzt Heinrichs Platz an der Tür einnehmen.

»… stehen Sie in dringendem Tatverdacht, Frau Ida Glanz am … entspricht den Erfordernissen für eine vorläufige Festnahme auf der Grundlage von Paragraf … werden Sie heute noch unverzüglich einem Richter vorgeführt …«, leierte er seinen Text herunter.

Diana Hufnagel reagierte wie ihr Mann – nämlich gar nicht. Sie blieb einfach stehen und stierte aus dem Fenster. Keine Gegenfrage, kein »Wie kommen Sie darauf?«, kein Leugnen, nichts.

»Haben Sie verstanden, was ich gesagt habe?«, fragte Heinrich.

»Ja, ja.«

»Sie haben doch sicher so ein Schild, auf dem ›Geschlossen‹ steht?«

Automatisch deutete Diana Hufnagel auf die Fensterbank, wo ein weißes Emaille-Schild mit dem Aufdruck »Sorry, we're closed« stand. Paula griff danach und hängte es an die Türscheibe.

Dann drehte sie sich noch einmal um zu der stattlichen Erscheinung mit den roten Haaren und dem dunkelblauen Kostüm.

»Drei Jahre sind eine sehr lange Zeit. Haben Sie oder Ihr Mann denn niemals daran gedacht, die Suche nach Frau Glanz einzustellen?«

»Nein, nie! Aber wir haben doch allein schon zweieinhalb Jahre gebraucht, bis wir sie endlich gefunden hatten, da auf der Russenwiese. Sie hatte ihre Fahrradroute nach dem Unfall geändert«, sagte sie mit leiser, aber fester Stimme.

»Wir haben alle Radwege in Nürnberg und Umgebung abgeklappert, wirkliche alle! Zuerst die gängigen, dann die ausgefalleneren und am Schluss eben den Lorenzer Reichswald. Und als wir sie dann endlich hatten, ist uns jedes Mal etwas dazwischengekommen. Meist in Form von Wanderern, Spaziergängern oder anderen Radfahrern. Bis eben auf den letzten Samstag. Da war der Weg frei.«

Diana Hufnagel zögerte kurz, dann setzte sie hinzu, wieder mit dieser leisen, festen Stimme: »Außerdem musste einer von uns ja immer bei Leon, unserem Sohn, bleiben. Wir haben uns also abgewechselt, einmal war mein Mann dran, am nächsten Samstag wieder ich. Darum hat das so lange gedauert.«

»Und dann, als Sie sie gefunden hatten, war da der Wunsch nach Vergeltung, nach Rache denn immer noch so dringend wie am Anfang?«

Langsam drehte sich Diana Hufnagel zu Paula und sah ihr direkt in die Augen. »Noch dringender. Ich wusste immer, wenn wir das endlich hinter uns haben, kann ich wieder schlafen. Und das kann ich jetzt auch. Seit einer Woche schlafe ich wieder ausgezeichnet. Können Sie sich das vorstellen?«

Ja, das konnte sie sich vorstellen. Wenn man sich einmal in ein Vorhaben verbissen und so lange darauf hingearbeitet hatte wie die Hufnagels mit ihrem Rachefeldzug, dann fiel es schwer, die entsprechenden Anstrengungen wieder einzustellen.

Die Kommissarin hatte genug gehört. Sie ging nach draußen und rief die Inspektion Nürnberg-Süd an.

✱✱✱

Nach nicht einmal einer Stunde war der ganze Spuk vorbei. Die Streifenbeamten, übrigens dieselben, die erst am Morgen ihren Mann mitgenommen hatten, waren mit Diana Hufnagel, die bei ihrer Festnahme keinerlei Widerstand leistete, Richtung Präsidium davongerauscht.

Heinrich schloss die Tür und sperrte das Reisebüro von außen zu, darum hatte Frau Hufnagel ihn zweimal gebeten. An der Innenseite der Glastür baumelte das »Sorry, we're closed«-Schild noch kurz hin und her. Wie eines dieser Saloon-Schilder aus verwittertem Holz nach einer heftigen Schießerei in einem schlechten Western, dachte Paula.

Heinrich bestand darauf, dass sie sich noch in ein Café setzten, bevor sie wieder ins Präsidium fuhren. Paula hatte zwar nach dem üppigen Frühstück heute überhaupt keinen Appetit, fügte sich aber gern.

Er bestellte zwei Rühreier mit gebratenem Speck, drei Brötchen, eine Aufschnittplatte mit einer zusätzlichen Portion Butter, ein Glas Orangensaft und zwei Tassen schwarzen Tee. Sie begnügte sich mit einer Tasse Kaffee und einem Bamberger Hörnchen.

Nachdem Heinrich die Rühreier mit offensichtlichem Heißhunger verdrückt hatte und sich nun über die Aufschnittplatte hermachte, fragte sie: »Eins würde mich noch interessieren, Heinrich. Weißt du, warum die Glanz gekniet hatte oder zumindest gebeugt dastand, als ihr das Rohr über den Kopf gezogen wurde?«

»Ja, das weiß ich. Das hab ich die Hufnagel nämlich gefragt.« Er wischte sich den Mund mit der Papierserviette ab, bevor er weiterredete.

»Angeblich konnte sie ihr, als sie ihr direkt gegenüberstand, das Rohr doch nicht so ohne Weiteres über den Schädel ziehen. Wobei ich daran große Zweifel habe. Aber egal. Auf jeden Fall hat sie ihr eine Falle gestellt. Sie hat ihre Handtasche vor das Fahrrad fallen lassen, die Glanz bückt sich, will ihr beim Aufheben helfen, die Hufnagel sieht nur noch ihre Haare, und da erst habe sie zuschlagen können. Behauptet sie.«

»Doch, Heinrich, das nehme ich ihr ab. Dass sie in dem Moment nicht einfach ausholen und –«

»Wie gesagt, das ist ja jetzt egal. Aber ich habe auch eine Frage an dich. Du erinnerst dich doch an das Gespräch, das du vor ein paar Tagen mit der Eva über die Wackenroderstraße geführt hast. Warum sollte ich damals eigentlich meinen Mund halten?«

Natürlich erinnerte sie sich. Und sie hatte gedacht, dass er das längst vergessen hatte. Es überraschte sie selbst immer wieder, wie man sich in Heinrich täuschen konnte. Wie sehr man ihn unterschätzte, wovon sie sich nicht ausnahm.

Heinrich Bartels lieferte sich selbst die Antwort. »Das hat was mit dem alten Diehl zu tun. Mit unserem Waffenproduzenten und seiner Nazi-Vergangenheit.« Das war keine Mutmaßung, das war eine Feststellung, der umgehend eine zweite des findigen Ermittlers folgte.

»Ah, jetzt weiß ich es. Du hast damals, als das erste Mal die Rede davon war, dem die Ehrenbürgerwürde der Stadt Nürnberg zu verleihen, vor seinem Haus demonstriert. Das stimmt doch?«

Sie nickte.

»Und warum durfte die Eva davon nichts erfahren? Das ist nichts Ehrenrühriges. Im Gegenteil. Das ist doch ganz harmlos.«

»Hm«, sagte Paula, »so ganz harmlos war das damals in den achtziger Jahren nicht. Denn das waren alles unangemeldete Demonstrationen, die wir da veranstaltet haben. Und einmal hat uns der feine Herr Ehrenbürger wegen Sachbeschädigung und Körperverletzung sogar angezeigt. Er behauptete, wir hätten Stinkbomben und anderes in seinen Garten geworfen. Was aber überhaupt nicht stimmte.«

Nach einer Pause schließlich das Geständnis.

»Auf jeden Fall ist dann die Polizei gekommen und hat uns mit aufs Präsidium in Gewahrsam genommen. Zur erkennungsdienstlichen Behandlung mit allem Drum und Dran. Abnahme der Fingerabdrücke inklusive.«

»Ui«, rief Heinrich anerkennend aus. »Nicht schlecht, nicht schlecht.«

Als sie wieder vor ihrem Wagen standen, sagte Heinrich mit einem breiten Feixen: »Ha, das Schönste an deiner Geschichte ist: Damit habe ich dich ja in der Hand, damit bist du erpressbar, meine liebe Paula. So, und aufgrund dieser doch stark veränderten Sachlage werden wir uns jetzt mal ganz kurz darüber unterhalten, wer den kommenden Wochenenddienst macht. Ich glaube, den wirst du übernehmen. Und zwar gerne und freiwillig.«

Sie tippte sich mit dem Zeigefinger zweimal auf die Stirn. »Komm, steig ein und sei nicht so albern.«

EPILOG

Den Rest des Vormittags und einen guten Teil des Nachmittags verbrachte Paula an ihrem Schreibtisch. Anträge stellen, Formulare ausfüllen, Berichte schreiben. Das Übliche. Dann endlich ging sie heim.
 Als sie die Wohnungstür aufschloss, rief es ihr aus dem Bad entgegen: »Du kommst viel zu früh. Ich bin doch noch nicht fertig.«
 »Fertig womit?«, fragte sie, streifte die Schuhe ab und lief in das Badezimmer.
 Dort am Boden lagen eine Bohrmaschine, Zollstock, Bleistift, ein riesiger Spiegel mit einem schmalen Milchglas-Rand, Pauls ausklappbarer blauer Werkzeugkasten, eine Montageanleitung, zwei Noppenschaumplatten und eine mannshohe Verpackungskartonage. Daneben kniete Paul am Boden und klappte den Zollstock auf.
 »Was wird das, wenn's fertig ist?«
 »Der ideale Kompromiss für uns beide.«
 »Kompromisse sind nie ideal, schon per definitionem nicht.«
 »Doch, in dem Fall schon.«
 Er stand auf und überreichte ihr die Bedienungsanleitung. »Vorlesen! Laut vorlesen!«
 »Badezimmerspiegel. Warm- und kaltweiß wählbar. Dimmer. Multifunktions-Touch-Schalter. Vierzig mal sechzig Zentimeter«, deklamierte sie wie befohlen.
 »Eben«, sagte er und strahlte sie selbstzufrieden an.
 Aber weil er die Frage in ihrem Blick ahnte, fügte er noch hinzu: »Schau, Paula, diesen Spiegel kannst du dir so einrichten, wie du willst. Du kannst zum Beispiel den Farbtemperaturbereich einstellen und mit dem Dimmer die Helligkeit steuern. Dann brauchst du keine Angst mehr zu haben, wenn du in der Früh in den Spiegel schaust. Und das Gute ist: *Ich*«, betonte er, »kann ihn mir auch so einrichten, dass er für mich passt. Ha, ich bin schon ganz gespannt, wie das ist, wenn ich mich morgen

früh hier rasier. Du siehst also, es gibt ihn doch, den idealen Kompromiss. Oder nicht?«

Da, bei dieser kindlichen Freude, hinter der er seine Fürsorge ihr gegenüber verbarg, wurde ihr warm ums Herz, schmolz sie dahin. So sehr, dass sie den Tränen nahekam. Diese verdammte Dünnhäutigkeit, die ihr schon heute in der Früh zu schaffen gemacht hatte. Die wurde auch von Jahr zu Jahr schlimmer. Einfach nur peinlich. Vorsichtshalber legte sie sich die Hand über die Augen.

»Du hast vollkommen recht«, murmelte sie. »Dann störe ich dich nicht länger«, sagte sie und verließ schnell das Badezimmer.

Als sie in der Küche stand und auf die Burg starrte, wischte sie sich mit dem rechten Handrücken eine Träne aus dem Augenwinkel und war in diesem kurzen Moment sehr glücklich.

Ein Dankeschön zum Schluss an:

– Dr. Thomas Kornexl, Notar
– Kriminalhauptkommissar Robert Sandmann,
  Pressesprecher des Polizeipräsidiums Mittelfranken
– Dr. Christian Schacher, Internist

… für die Bereitschaft, mich anzuhören und zu beraten, wie auch für die guten Tipps und Anregungen.

Petra Kirsch
MORD AN DER KAISERBURG
Broschur, 224 Seiten
ISBN 978-3-89705-715-9

»*Die gelernte Journalistin lässt ihre Heldin durch eine liebevoll-detailliert beschriebene Noris düsen und in das eine oder andere Fettnäpfchen treten. Das Humorpotenzial macht die Sache auch für routinierte Konsumenten einschlägiger Literatur unterhaltsam.*«
Nürnberger Nachrichten

»*Paula Steiner ist eine Ermittlerin, wie sie Krimileser lieben.*«
Nürnberger Nachrichten

www.emons-verlag.de

Petra Kirsch
DÜRERS HÄNDE
Broschur, 240 Seiten
ISBN 978-3-89705-894-1

»Petra Kirsch weiß Charaktere zu zeichnen.« Hersbrucker Zeitung

»Krimileser erwartet eine atmosphärisch dichte, vielschichtige Handlung vor Nürnberger Kulisse.« Nürnberger Nachrichten

www.emons-verlag.de

Petra Kirsch
MORD IN DER NORIS
Broschur, 224 Seiten
ISBN 978-3-95451-018-4

»*Wer Nürnberg kennt, wird mit Vergnügen Paula Steiner rund um die Burg begleiten.*« Fränkische Landeszeitung

www.emons-verlag.de

Petra Kirsch
FRÄNKISCH SCHAFKOPF
Broschur, 208 Seiten
ISBN 978-3-95451-273-7

»Mit authentischem Lokalkolorit, viel hintergründigem Witz und einer charakteristischen Darstellung der handelnden Personen schuf Petra Kirsch ein Lesevergnügen für alle Frankenfans.«
Fränkische Landeszeitung

www.emons-verlag.de

Petra Kirsch
MORD AUF FRÄNKISCH
Broschur, 240 Seiten
ISBN 978-3-95451-571-4

»*Die psychologisch einfühlsame Schilderung von Menschen und Milieu bildet die Stärke von Petra Kirsch.*« Nürnberger Nachrichten

www.emons-verlag.de

Petra Kirsch
FRÄNKISCHES FINALE
Broschur, 224 Seiten
ISBN 978-3-95451-947-7

»*Petra Kirschs Franken-Krimis bestechen durch die genaue Beschreibung der Örtlichkeiten und vor allem den Krimispaß, nämlich Spannung bis zur letzten Seite.*«   Fränkische Landeszeitung

www.emons-verlag.de